Ovid

Die Kunst der Liebe

Ovid

Die Kunst der Liebe

Liebeselegien

Liebeskunst

Heilmittel gegen die Liebe

Aus dem Lateinischen
von Wilhelm Hertzberg,
bearbeitet von Liselot Huchthausen

Mit einem Kommentar
von Wolfgang Ritschel

ANACONDA

Titel im lateinischen Original:
Amores, Ars amatoria, Remedia amoris

Zu dieser Ausgabe:
vorliegender Text folgt der Ausgabe in der Bibliothek der Antike:
Ovid, Werke in zwei Bänden, Herausgegeben von Liselot
Huchthausen, Berlin und Weimar 1968.
Diese Ausgabe erschien erstmals unter dem Titel
„Die Kunst der zärtlichen Liebe. Liebesdichtungen" (TdW).

(diese Ausgabe wurde vermittelt von der Aufbau Media GmbH,
Berlin)

Die Deutsche Bibliothek verzeichnet diese Publikation in der
Deutschen Nationalbibliographie; detaillierte bibliographische
Daten sind im Internet unter http://dnb.ddb.de abrufbar.

Umschlagmotiv: „Venus and Cupid", 1785,
Pompeo Girolamo Batoni (1708–1787)
© Bridgeman Giraudon

Umschlaggestaltung: Dagmar Herrmann, Köln

Printed in Czech Republic 2005
ISBN 3-938484-42-X

info@anaconda-verlag.de

Liebeselegien

Wir, die vor kurzem noch fünf Bücher gewesen des Naso,
Sind jetzt drei, so gefiel besser dem Dichter sein Werk.
Wenn auch so wir vielleicht nicht Genuß dem Leser bereiten,
Ist um zwei doch jetzt sicherlich leichter die Pein.

Erstes Buch

1

Waffen in schwererem Takt und gewaltsame Kriege zu singen
War ich gerüstet; dem Stoff sollte sich fügen die Form;
Gleich lang waren die Verse; da lachte Cupido, und immer
Stahl aus dem zweiten des Paars einen der Füße der Schalk.
„Wer gab, wilder Gesell, dir Recht auf meine Gedichte?
Den Pieriden geweiht bin ich als Dichter, nicht dir!
Raubt auch Venus vielleicht die Waffen der blonden Minerva?
Fachet der Fackeln Glut Pallas, die blonde, vielleicht?
Wer wohl fänd es erlaubt, wenn Ceres herrscht' in dem Bergwald?
Wenn die beköcherte Maid gäbe den Fluren Gesetz?
Rüstet mit spitzigem Speer wohl einer den lockenumwallten
Phoebus Apollo? Bewegt Mars das aonische Spiel?
Groß, o Knab, ist dein Reich, zu mächtig ist deine Herrschaft!
Was, Ehrgeiziger, strebst neuem Beginnen du nach?

Also, was ist, ist dein? Dein auch des Helikon
Bergschlucht?
Kaum noch die Leier Apolls, scheint es, ist sicher vor
dir.
Als mit dem ersten der Verse mein Lied sich trefflich
emporschwang,
Wurden die Sehnen sogleich mir bei dem zweiten
geschwächt.
Und doch fehlt mir ein passender Stoff für die leichteren
Rhythmen,
Fehlt mir ein Knab, ein schmuck Mägdlein mit
wallendem Haar."
Also klagt ich; da löst von den Schultern sofort er den
Köcher,
Wählt ein Geschoß daraus, mir zum Verderben
bestimmt,
Kraftvoll krümmt mit dem Knie zur Halbmondsform er
den Bogen,
Spricht: „Hier nimm für dich, Dichter, den passenden
Stoff!"
Weh mir Armem! Es hat gar sichere Pfeile der Knabe!
Wehe, es brennt! Nicht mehr frei bin ich, der Gott
herrscht in mir!
Mit sechs Füßen beginne mein Lied; es ende mit fünfen.
Eiserner Krieg und ihr, eiserne Rhythmen, lebt wohl!
Jetzt mit der Myrte vom Strand umkränze die goldenen
Schläfen,
Muse, der nun in elf Takten erklinge das Lied.

2

Was es bedeuten doch mag, daß gar so hart mir das Lager
Vorkommt; nirgend im Bett liegen die Decken mir
recht;
Daß ich die Nacht schlaflos – wie dauert sie lange! –
verbringe;
Daß mein ermüdet Gebein schmerzt, wie ich wälze den
Leib?
Merken doch würd ich's gewiß, wär ich von Liebe befallen.
Oder hat listig ihr Gift still sich geschlichen ins Herz?

So wird's sein, es haften die spitzigen Pfeile im Herzen,
Amor tobt als Tyrann wild in dem neuen Besitz.
Weich ich? Oder entzünd ich durch Kampf aufflackernde Lohe?
Weiche! Die Last wird leicht, wenn mit Geschick man sie trägt.
Oft schon sah ich die Glut der geschüttelten Fackel entsprühen,
Sah, wie die Glut, sobald keiner sie regte, verlosch.
Häufiger trifft die Geißel den Stier, der zuerst in der Schlinge
Gegen das Joch sich wehrt, als der des Pfluges sich freut.
Eisengebiß zerreißt die Lippen des störrischen Rosses:
Weniger spürt es den Zaum, wenn es sich fügt ins Geschirr.
Denn, die sich sträuben, bedrängt viel wilder und heftiger Amor,
Als die unter sein Joch still sich zu beugen gestehn.
Sieh – ich bekenn es –, du hast auch mich erbeutet, Cupido,
Machtlos streck ich die Hand aus, dein Gesetz zu empfahn.
Kampfes bedarf's hier nicht; ich bitt um Verzeihung und Frieden.
Wehrlos bin ich; kein Ruhm ist's, wenn bewehrt du mich zwingst.
Kränze mit Myrten dein Haar; schirr an die Tauben der Mutter,
Dein Stiefvater wird dir schenken den Wagen dazu.
Auf dem Wagen alsdann, wenn das Volk rings jauchzt zum Triumphe,
Wirst du stehn und mit Kunst lenken der Vögel Gespann.
Und es folgt dir gefangen der Jünglinge Schar und der Jungfraun,
Als prachtvollster Triumph gilt dir der stattliche Zug.
Ich, als dein letzter Erwerb, mit der frisch mir geschlagenen Wunde,
Trag im gefesselten Geist Ketten, die nimmer ich trug.

Auch die Vernunft und die Scham, die Händ auf den Rücken gebunden,
Führt man daher, und was sonst Amors Befehlen sich sträubt.
Alles erbebet vor dir, das Volk streckt flehend die Arme
Nach dir aus, und laut singt es und jubelt: „Triumph!“
Tollheit und Irrtum sind deine Gefährten, auch schmeichelnde Worte,
Die zu deinem Panier stets sich beharrlich geschart.
Mit *den* Kriegern besiegst du glorreich Menschen und Götter;
Ließt *diese* Hilfe du dir nehmen, so stündest du nackt!
Froh vom hohen Olymp klatscht Beifall deinem Triumphe
Venus; vom Lager herab streut sie dir Rosen aufs Haupt.
Edelgestein im Haar und Edelgestein an den Flügeln,
Wirst goldprangend du selbst fahren auf goldnem Geschirr.
Wirst nicht wenige dann, wenn recht ich dich kenne, versengen,
Wirst im Vorüberziehn Wunden verteilen genug.
Wolltest du selber es auch, nicht rasteten deine Geschosse.
Ist rings alles erhitzt, wütet die Flamme von selbst.
So zog Bacchus daher, der des Ganges Lande gebändigt,
Ernst mit Tigern, wie du prangst mit dem Vogelgespann.
Also, da ich ein Teil sein kann des heil'gen Triumphes,
Schone mich! nicht an mir, Sieger, verschwende die Kraft.
Blick auf die glücklichen Waffen des Caesar, deines Verwandten,
Wie mit siegender Hand selbst den Besiegten er schützt.

3

Recht nur ist, was ich bitte: das Mädchen, das jüngst mich erbeutet,
Möge mich lieben; wo nicht, ewig mich fesseln an sich.
Ach! ich erbat zuviel! Sie dulde nur, daß ich sie liebe,
Und Kytherea selbst höre mein brünstiges Flehn.

Nimm mich an zu dauerndem Dienst für Jahre und Jahre,
Nimm mich an, der treu, innig zu lieben versteht.
Ob hochklingende Namen mich nicht vorzeitlicher Ahnherrn
Dir empfehlen, ob nur stamme von Rittern mein Blut,
Mögen mein Feld auch nicht unzählige Pflüge bestellen,
Messen den Aufwand nur spärlich die Eltern mir zu:
Rede dann Phoebus für mich und die neun Gefährtinnen, er auch,
Welcher die Reb erfand, Amor, der dir mich geschenkt,
Treue, die niemandem weicht, und unsträfliche Sitten, die nackte
Einfalt ohne Betrug und die errötende Scham.
Nicht für Tausende schwärm ich; nicht bin in der Lieb ich ein Gaukler;
Glaub es mir, ewig sind dir meine Gedanken geweiht.
Mit dir, was mir der Schwestern Gespinst verleihet an Jahren,
Möcht ich verleben, von dir werden im Tode beweint.
Du sei mir ein fruchtbarer Stoff für meine Gedichte;
Dann werden Lieder entstehn, würdig so herrlichen Stoffs.
Dichtkunst machte die Io berühmt, die erschrak ob der Hörner,
Und die als Vogel der Flut täuschte der schlaue Galan,
Und die, über das Meer von des Stieres Trugbild getragen,
Mit jungfräulicher Hand griff in die Krümmung des Horns.
Auch uns beide besingt man einst rings über den Erdkreis,
Und mein Name erklingt stets mit dem deinen vereint.

4

Heut zu demselben Gelag mit uns wird gehen dein Gönner;
Wäre die Mahlzeit doch, Götter, die letzte des Manns!
Also als Gast nur soll mein geliebtestes Mädchen ich anschaun,
Und ein anderer soll ihrer Berührung sich freun?

Du sollst ruhn an des anderen Brust in holdem Umfangen?
Er soll dir um den Hals schlingen den Arm, wie er will?
Nun, dann staune nicht mehr, daß beim Wein der Atrakerin Schönheit
Doppelgestaltiges Volk einst zu den Waffen gedrängt.
Nicht ist die Waldung mein Haus, nicht mit Pferdesleibe verwachsen
Bin ich – und kaum vor dir halt ich die Hände zurück.
Aber vernimm, was heute du tun mußt! Gib nicht dem Ostwind,
Gib dem laulichen Süd nimmer zur Beute mein Wort.
Zeitiger komm als der Mann; zwar was dein früheres Kommen
Nütze, noch weiß ich es nicht – dennoch sei früher du da.
Wenn auf dem Polster er liegt, so geh mit bescheidenem Antlitz
Zu ihm und lege dich auch; rühre *mir* heimlich den Fuß.
Acht auf mich, auf jeglichen Blick, die gesprächigen Mienen,
Auf den verstohlenen Wink lausch und erwidre mir ihn.
Worte – doch lautlos – sagt das beredsame Zucken der Brauen,
Worte der Finger; du lies Worte, geschrieben mit Wein.
Wenn das üppige Spiel dir unserer Lieb in den Sinn kommt,
Schwinge den zierlichen Daum' hold um das rosige Kinn.
Führst im geheimen Verschluß des Busens du über mich Klage,
Laß am Ohr herab lässig dann hängen die Hand.
Doch wenn, holdestes Kind, was ich tat und sprach, dir gefallen,
Dann im Kreise herum dreh mit den Fingern den Ring.
Fasse den Tisch mit der Hand, so wie ihn Betende fassen,
Flehst du mit Recht auf den Mann Böses in Menge herab.
Was für dich er gemischt, heiß klüglich selber ihn trinken,
Leise zum Diener gewandt, fordre dir, was du begehrst.

Dann nehm ich mir zuerst den Becher, den du ihm zurückgabst,
Und an der Stelle, wo du trankest, da trink ich dir nach.
Wenn von der Speise vielleicht, die er zuvor hat gekostet,
Er dir bietet, so schieb, was er berührte, zurück.
Laß ihn die Arm auch nicht auf den Rücken dir legen, dich drücken;
Lehne dein liebliches Haupt nie an die knöcherne Brust.
Dulde die Finger auch nicht um des Busens schwellende Knospen,
Aber vor allem, daß nie willig zum Küssen du seist!
Wenn du zu küssen ihn wagst, tret ich als Liebhaber offen
Vor und halte dich fest, rufe: „Die Küsse sind mein!“
Dies ist alles zu sehn; doch was die Gewänder verstecken,
Wird mir Gründe genug bieten zu heimlicher Furcht.
Rück mit dem Schenkel ihm nicht zu nah und nicht mit dem Schienbein;
Setz dein Füßchen ihm nicht leis auf den tölpischen Fuß.
Vielerlei fürcht ich Armer, da keck ich vieles begangen
Und mein Beispiel selbst Schreck mir bereitet und Qual.
Oft schon unter dem deckenden Mantel fanden wir beide,
Fanden mein Mädchen und ich Raum für geschwinden Genuß.
Das wirst niemals du tun. Doch vor jedem Verdacht dich zu sichern,
Nimm das verdächt'ge Gewand, bitte, vom Rücken herab!
Bitte zu trinken den Mann; doch küß ihn nicht, wenn du ihn bittest.
Heimlich gieß, wenn er trinkt, kannst du es, Wein noch dazu.
Wenn hinlänglich besiegt von Schlaf und Wein er dahinsinkt,
Wird uns Zeit und Ort bringen den wichtigsten Rat.
Stehst du dann auf, um nach Hause zu gehn, aufstehen wir alle;
Denke daran, daß du dann mitten im Schwarme dich hältst.

Denn hier wirst du mich finden; wenn nicht, so find ich
dich selber;
Was du berühren daselbst kannst, das berühre von mir.
Weh mir Armem! Mein Rat, er nützt nur wenige Stunden,
Da das Gebot der Nacht von der Geliebten mich trennt.
Nachts verschließt dich der Mann – und traurig mit
quellenden Tränen
Folg ich, so weit es erlaubt, bis zu der grausamen Tür.
Küsse dann wird er sich nehmen, und nicht bloß Küsse
sich nehmen;
Was mir heimlich du gibst, gibst du gezwungen, als
Pflicht.
Doch gib ungern sie, daß den Zwang er merke; das kannst
du.
Schmeichelndes Kosen sei fern, Venus verdrossen und
karg.
Ist mein Flehn von Gewicht, so wünsch ich, daß nichts er
genieße
Oder daß wenigstens dir nicht zum Genuß es gereicht.
Aber welches Geschick die Nacht auch möge bereiten,
Leugne beharrlich vor mir morgen, daß du ihn erhört.

5

Heiß war der Tag und hatte bereits vollendet die
Mitte,
Und auf dem Polster zur Rast hatt ich die Glieder
gestreckt.
Halb war geöffnet und halb verschlossen der Laden des
Fensters
Und die Beleuchtung matt, wie in den Wäldern sie
herrscht;
Gleichwie die Dämmerung sanft nur strahlt, wenn
Phoebus entflohn ist
Oder verschwunden die Nacht, ehe der Tag noch
begann.
Diese Beleuchtung mußt du schüchternen Mädchen
bereiten,
Da sich die ängstliche Scham drin zu verstecken
gedenkt.

Siehe, Corinna, sie naht, umhüllt vom entgürteten Kleide,
Und ihr entfesseltes Haar wallt um den glänzenden Hals,
Wie in ihr bräutlich Gemach die berühmte Semiramis eintrat
Oder wie Laïs, die einst Scharen von Männern entflammt.
Ich entriß ihr das Kleid – zu dünn, um viel zu verhüllen –,
Doch sie stritt um das Kleid, sich zu bedecken damit.
Aber da *so* sie stritt, als trachte sie nicht nach dem Siege,
Ward durch den eignen Verrat ihre Besiegung nicht schwer.
Wie von Umhüllungen frei sie so vor den Augen mir dastand,
War an dem ganzen Leib nirgend ein einziger Fehl.
Was für Schultern und was für Arme nun sah und berührt ich!
Und wie bot sich dem Druck schwellend des Busens Gestalt!
Unter der festen Brust wie maßvoll senkte der Leib sich,
O wie jugendlich schlank Schenkel und Hüfte sich wölbt!
Doch was preis ich sie Stück für Stück – preiswürdig war alles,
Und ohn End an mich hab ich die Nackte gepreßt.
Und wer wüßte das übrige nicht? Wir ruhten ermattet;
Daß Mittage wie der häufig mir würden zuteil!

6

Pförtner, mit eisernem Band schmachvoll an die Türe gekettet,
Laß in der Angel die Tür, laß sich die grausame drehn!
Glaub, was ich bitt, ist gering; laß halb sich öffnen den Eingang,
Nur so viel, daß sich schräg dränge die Seite hindurch.
Liebe, so lange geübt, hat schmächtig zu solchem Gebrauche,
Leicht an Gewicht und behend längst mir die Glieder gemacht.

Amor hat mir gezeigt, wie ich sacht die Posten der Wächter
Könne durchschleichen; er hat sicher die Füße gelenkt.
Und doch fürchtet ich einst die Nacht und eitle Gespenster,
Staunte, wenn sich auf den Weg einer im Finstern gemacht.
Laut auflachte Cupido; es lachte die liebliche Mutter;
Und er sprach leichthin: „Du auch wirst einst noch ein Held."
Und nicht lange, da kam auch die Liebe: Nicht fliegende Schatten
Fürcht ich bei Nacht, nicht die Hand, gegen mein Leben gezückt.
Dich allein, Gefühlloser, fürcht ich, nur dir muß ich schmeicheln,
Du hast den Blitz, der mich einzig zu töten vermag.
Sieh – und damit du es siehst, zieh auf den grausamen Riegel –,
Wie mit Tränen ich rings habe die Türe benetzt.
Und doch, als du, entblößt vom Kleid, zur Züchtigung dastandst,
Sprach für den Zitternden ich bei der Gebieterin vor.
Und nun wäre die Gunst, die einst für dich doch gewirkt hat –
Oh, wie schmählich! –, für mich ohne Bedeutung und Kraft?
Danke mir, wie ich's verdient! Dein Lohn sei, was du dir wünschest!
Pförtner, die Nachtzeit flieht; schiebe den Riegel zurück!
Schieb ihn zurück! So mögest du einst, erlöst von der langen
Kette, nicht Knechtschaftstrunk schmecken auf ewige Zeit!
Pförtner, ein eisernes Ohr hast du den vergeblichen Bitten;
Hart aus Eisen gefügt, starrt in den Pfosten die Tür.
Nutzt der belagerten Stadt auch der Schutz verschlossener Tore,
Mitten im Frieden doch nicht fürchtest du Waffengewalt?

Was erst tätst du dem Feind, da so du den Liebenden ausschließt?
Pförtner, die Nachtzeit flieht; schiebe den Riegel zurück!
Nicht mit Heeresgeleit, noch komm ich mit Waffen gerüstet;
Einsam bin ich; mir folgt Amor, der grimmige, nur.
Ihn, und wünscht ich es auch, ich könnt ihn nimmer entlassen;
Eher noch könnt ich mich selbst trennen vom eigenen Leib.
Amor demnach und im Kopf ein mäßiges Räuschchen, die bring ich
Mit und den Kranz, der vom Haar, vom schön gesalbten, mir sinkt.
Fürchtet *die* Waffen man auch? Und wagt man sie nicht zu bekämpfen?
Pförtner, die Nachtzeit flieht; schiebe den Riegel zurück!
Träger Gesell! Doch vielleicht, daß der Schlaf, stets Liebenden feindlich,
In die Winde mein Wort weht und das Ohr dir verschließt?
Und doch erinnr ich mich wohl, als zuerst ich zu täuschen dich suchte,
Warst – da die Mitte der Nacht zeigten die Sterne – du wach.
Oder vielleicht ruht jetzt bei dir dein eigenes Liebchen.
Ach dein Los, wie viel besser ist dann es als meins.
Hätt ich es so, gern nähm ich auf mich die drückenden Ketten.
Pförtner, die Nachtzeit flieht; schiebe den Riegel zurück! –
Täusch ich mich, oder erscholl ein Ton von knarrender Angel?
Hört ich ein dumpfes Geräusch wie von gerüttelter Tür?
Ach, es ist Täuschung! Es schlug an die Tür der entfesselte Sturm nur,
Wehe, wie weit mir der Wind wieder die Hoffnung verschlug!

Boreas, denkst du daran, wie du einst entführt Orithyia?
Komm mit Gebraus, und die Tür stoße, die taube, mir ein.
Alles ist still in der Stadt; und feucht von kristallenem Frühtau,
Fliehet die Nachtzeit hin; schiebe den Riegel zurück! –
Oder mit Feuer und Schwert – ich selbst tollkühner als beides –,
Hier mit der Fackel sogleich stürm ich das stolze Gemach.
Nacht und Begierde und Wein – die raten zur Mäßigung nimmer;
Frei ist jene von Scham, Liber und Amor von Furcht.
Alles nun hab ich versucht; ich habe durch Bitten und Drohung
Nicht dich bewogen; du bist grausamer noch als die Tür.
Wahrlich, nicht bist du es wert, daß du wachst an des holdesten Mädchens
Schwelle; du hättest die Hut trauriger Kerker verdient.
Sieh, wie der Rosse bereiftes Gespann schon Lucifer rüstet
Und zu des Tagwerks Mühn wecket die Armen der Hahn.
Doch du, Kranz, den ich nun so traurig vom Haar mir genommen,
Hart auf die Schwelle gestreckt liege den Rest nun der Nacht.
Mögst der Gebieterin du, sieht dort sie morgen dich liegen,
Zeugnis geben, wie mir kläglich entschwunden die Zeit.
Wie du auch seist, leb wohl und nimm hin des Scheidenden Grüße,
Fühlloser! Schändlich, daß du Liebende abweist! Leb wohl.
Grausame Pfosten, auch ihr, lebt wohl, du starrende Schwelle,
Du mitfronende Magd, Tür, unerbittliches Holz!

7

Schließ mir die Hände mit Fessel und Band (sie verdienen die Ketten),
Bis sich mein Wüten gelegt, bist in der Tat du mein Freund!
Gegen die Herrin erhob in der Wut ich die rasenden Arme;
Von wahnsinniger Hand weinet mein Mädchen verletzt.
Ja, ich hätte mich selbst an den teuersten Eltern vergriffen,
Hätte mit grimmigem Hieb heilige Götter bedroht!
Hat nicht Ajax einst, der den siebenhäutigen Schild schwang,
Rings im weiten Gefild Herden gejagt und gewürgt?
Der graunvoll an der Mutter den Vater gerächt hat, Orestes,
Zückt' er nicht gegen der Nacht Göttinnen rasend den Stahl?
Also, ich konnte das Haar, das zierlich gestrählte, zerzausen?
Selbst das verworrene Haar stand der Geliebten nicht schlecht.
So selbst war sie noch schön; so jagt' in des Maenalus Dickicht
Schoeneus' Tochter vordem mit ihrem Bogen das Wild;
So, als der tobende Süd das Schiff des verrätrischen Theseus
Samt den Gelübden entführt, weinte die Kreterin einst.
So lag – nur daß die Binde das Haar umhüllte – Kassandra
Einst vor deinem Altar, keusche Minerva, im Staub.
Wer hätte „Rasender" nicht, wer nicht „Barbar" mich gescholten?
Sie sprach nichts; von Furcht war ihr die Zunge gelähmt.
Aber ihr Blick, lautlos und stumm, sprach bittersten Vorwurf,
Und wenn ihr Mund auch schwieg, klagten die Tränen mich an.
Lieber ja wollt ich, es wären vom Leib mir die Arme gefallen;
Besser vom eigenen Selbst hätt ich geopfert ein Stück.

Mir zum eigenen Schaden hab ich verschwendet die
Kräfte,
Und zur Strafe mir selbst hab ich mich tapfer gezeigt.
Kein Erbarmen mit euch, die ihr halft zu Mord und
Verbrechen,
Traget die Fesseln, die ihr, räubrische Hände, verdient!
Hätt ich den Schlechtsten vom Volk der Quiriten
geschlagen, ich müßt es
Büßen; ist größer etwa gegen die Herrin mein Recht?
Wohl gab des Tydeus Sohn dem Verbrechen das
schmählichste Beispiel,
Da er ein göttliches Weib schlug; doch der zweite bin
ich.
Schuldiger bin ich als er; ich verwundete, die ich zu
lieben
Vorgab; Tydeus' Sohn wütete gegen den Feind.
Auf, und rüste dich nun siegreich zu prächt'gen
Triumphen;
Lorbeern wind um dein Haar, zahle Gelübde dem Zeus.
Und die begleitende Schar, die dem Siegesgespanne sich
anschließt,
Rufe: „Triumph!" In die Flucht jagte der Tapfre – ein
Weib.
Geh die Gefangne voran mit flatternden Haaren und
trauernd,
Ganz schneeweiß im Gesicht – ließen die Wunden es
zu!
Besser doch hätte der Mund noch Male vom Drucke der
Lippen
Oder es trüge der Hals Spuren vom lüsternen Zahn.
Endlich – und schoß ich dahin nach Art des
geschwollenen Gießbachs,
Hatte verblendeter Zorn ganz mich zur Beute
gemacht –:
War es nicht völlig genug, wenn das schüchterne
Mädchen ich anfuhr?
Mehr denn genug, wenn ich ihr Drohungen donnerte
zu?
Wenn ich zum Schimpf ihr das Kleid vom obersten Saum
bis zur Hälfte
Zog herab – der Gurt hätt es zur Hälfte geschützt?

Doch ich eiserner Mensch, ich konnte das Haar von der Stirn ihr
Reißen, die Nägel ihr gar drücken ins edle Gesicht!
Und da stand sie erstarrt; blutlos und weiß war das Antlitz,
Wie aus Marmorgestein parischer Felsen gehaun.
Leblos sah ich sie stehn; ich sah erbeben die Glieder,
Wie wenn der Pappeln Haar leise durchsäuselt der Wind,
Wie von Zephyrs milderem Hauch das schwächliche Rohr bebt,
Wie wenn der lauliche Süd streift die gekräuselte Flut.
Lang hielt zurück sie die Tränen; dann flossen sie über ihr Antlitz,
Wie vom schmelzenden Schnee trieft das entfesselte Naß.
Da erst fing ich an, wie schuldig ich sei, zu empfinden;
Alle die Tränen, die *sie* weinte, sie waren *mein* Blut.
Dreimal wollt, ich mich jetzt abbittend zu Füßen ihr werfen,
Doch dreimal zurück stieß sie mit Schauder die Hand.
Doch du zaudre nicht mehr – es mildert die Rache den Schmerz mir –,
Nein, mit den Nägeln sofort fahre mir in das Gesicht!
Schone die Augen mir nicht, noch schone mir etwa die Haare,
Stehe den Händen der Zorn bei, wenn sie selber zu schwach.
Und daß von meinem Verbrechen nicht bleibt solch trauriges Merkmal,
Ordne dein eigenes Haar säuberlich so, wie es saß.

8

Es gibt ein Weib – wer zu lernen begehrt, was Kupplerin heiße,
Höre –, es gibt ein alt Weib; sie ist Dipsas genannt;
Und zu Recht so genannt; nie sah sie nüchtern des schwarzen
Memnon Mutter emporlenken ihr rosig Gespann.

Magische Künste versteht sie wohl, ääische Lieder,
Und zur Quelle zurück treibt sie den strömenden Fluß;
Weiß gar wohl, was die Kräuter, des zaubrischen Kreisels gedrehter
Faden und was der Schleim rossiger Stuten vermag.
Wenn sie es will, so häuft das Gewölk sich rings um den Himmel,
Wenn sie es will, so erglänzt heiter die Bläue des Tags.
Glaub mir, ich habe gesehn, wie blutig flammten die Sterne
Und wie des Mondes Gesicht purpurn mit Blut sich umgoß.
Ja, ich vermute, daß oft sie verwandelt fliegt durch das Dunkel,
Daß in Gefieder sie nachts hüllt den verwitterten Leib.
So vermut ich, und so erzählt man; auch blitzt in den Augen
Doppelt Pupille ihr oft, leuchtet mit doppeltem Strahl.
Ahnherren ruft sie und Urahnherrn aus verfallenen Grüften,
Und ihr Zaubergesang spaltet den festesten Grund.
Sie vermaß sich zu schänden die keuschesten Ehegemächer,
Und ihr Mund ist fürwahr schlimmer Beredsamkeit voll.
Zufall machte mich einst zum Zeugen, da so sie ermahnend
Sprach – ich lauschte versteckt hinter dem Flügel der Tür –:
„Weißt du, mein Schatz, daß du gestern gefielst dem begütertsten Jüngling?
Oh, wie stutzt' er, wie hing fest er an deinem Gesicht!
Wem auch gefielest du nicht? Du weichst keinem Weibe an Schönheit;
Oh, wie weh es mir tut, daß dir der Schmuck nur gebricht.
Wärst so glücklich du doch, wie an Reiz du allen voranstehst!
Wenn du reich einst wirst, werd ich nicht ärmer drum sein.
Siehe, der feindliche Stern des Mars nur hat dir geschadet;
Mars ist fort, jetzt steht Venus im günstigen Haus.

Daß sie dir nütze sogleich, o sieh, hat verliebt sie den Reichen
 In dich gemacht; sie trägt Sorge für das, was dir fehlt.
Auch sein Gesicht ist so, daß es wohl mit dir sich vergliche;
 Wünscht' *er* zu kaufen dich nicht, müßtest *du* kaufen ihn selbst.
Ach, sie errötet! Die Scham steht gut dem weißen Gesicht – doch
 Nur die erheuchelte nützt; wirkliche schadet zumeist.
Blickst in den Schoß du verschämt mit niedergeschlagenen Äuglein,
 Mußt du doch zusehn, wieviel Geld dir ein jeder wohl bringt!
Waren zu Tatius' Zeiten die schmutzigen Weiber Sabinums
 Mehreren Männern vielleicht nicht sich zu fügen geschickt:
Jetzt übt Mars auf fremdem Gebiet die Geister in Waffen,
 Da in Aeneas' Stadt Venus als Königin herrscht.
Wer hier schön ist, buhlt. Keusch ist, die niemand versucht hat.
 Doch ist verbauert sie nicht gänzlich, versucht *sie* zuerst.
Streiche die Falten nur fort, die dir die Stirne entstellen,
 Falten rechnet man oft schlimm wie Vergehen uns an.
Prüfte Penelope selbst doch der Jünglinge Kraft mit dem Bogen,
 Daß er die Manneskraft zeig, diente der Bogen aus Horn.
Heimlich gleitet dahin und versteckt die flüchtige Jugend,
 Wie mit raschem Gefäll schleunig entgleitet der Bach.
Erz wird blank durch Gebrauch; ein gutes Gewand will benützt sein,
 Und ein verlassenes Haus starrt von entstellendem Staub.
Schönheit, nimmer verschenkt, wird alt aus Mangel an Übung;
 Auch sind zu rechtem Erfolg einer und zwei nicht genug.
Sicherer ist's und erregt nicht Neid, wenn viele du plünderst;
 Vollere Beute gewinnt stets aus der *Herde* der Wolf.

Sieh, was außer dem neuen Gedicht dein trefflicher Sänger
Schenkt; bei Liebenden laß klingen die Tausende nur.
Strahlt nicht selber der Gott der Sänger in goldnem Gewande?
Und, die melodisch er schlägt, ist nicht die Leier von Gold?
Wer dir gibt, sei größer vor dir als der große Homerus.
Glaube mir das, mein Kind: Geben ist höchstes Talent.
Nimmer verachte mir den, der für Geld seine Freiheit erhandelt:
Ja, ein bekreideter Fuß ist ein geringes Vergehn.
Laß dich täuschen auch nicht durch die wächsernen Bilder der Halle;
Packe den Stammbaum ein, *armer* Verliebter, und geh!
Wer, weil selber er schön, umsonst zu haben die Nacht denkt,
Mag ein Geschenk für dich fordern vom eignen Galan.
Mäßig stelle den Preis zuerst, wenn die Netze du ausspannst,
Daß sie nicht fliehen; doch scharf nimm sie, sobald du sie hast.
Nimmer auch schadet es, wenn du dich stellst, als liebtest du: mag er
Glauben, du liebst ihn; doch nie laß es ihn glauben *umsonst*.
Oft verweigre die Nacht; gib vor, du leidest an Kopfschmerz;
Aber ein anderes Mal biete dir Isis den Grund.
Dann nimm wieder ihn auf, daß er nicht des Wartens gewohnt wird
Und nicht die Lieb erschlafft, wird sie zu häufig versagt.
Sei deine Tür dem Bittenden taub, dem Gebenden offen;
Draußen des Harrenden Wort höre der Glückliche drin.
Schmoll, als seist du zuerst verletzt, wenn du ihn verletzt hast,
Daß sich durch Gegengewicht hebe die Schuld mit der Schuld.
Aber gestatte dem Zorn niemals zu dauernden Spielraum,
Da andauernder Zorn oft zur Erbitterung führt.

Laß die Augen sich auch auf Befehl zu weinen gewöhnen,
  Daß bald dies, bald das schicklich die Wange benetzt.
Wenn zu täuschen es nützt, so scheue dich nicht vor dem Meineid:
  Venus' Gottheit leiht taub sich dem buhlenden Spiel.
Sklav und Sklavin mußt du geschickt zu der Rolle dir wählen,
  Daß sie ihm sagen, was sich eigne für dich zum Geschenk.
Mögen sie selbst sich erbitten ein weniges; bitten von vielen
  Weniges sie, so häuft endlich die Gabe sich doch.
Werde der Buhle gerupft von Schwester und Mutter und Amme:
  Rasch ist vollendet der Raub, haschen nur Hände genug.
Gehen die Gründe dir aus, weshalb du Geschenke dir forderst,
  Back zum Geburtstag dir Kuchen und laß sie ihn sehn.
Hüte dich, daß er zu sorglos dich liebt, da er keinen Rival sieht;
  Wenn du den Streit wegräumst, dauert die Liebe nicht lang.
Mögen die Spuren im Bett, daß ein Mann da war, ihm verraten,
  Sei von lüsternem Kuß immer der Nacken dir wund;
Laß die Geschenke vor allem ihn sehn, die der andere sandte,
  Gab dir niemand etwas, *kauf* auf dem Heiligen Weg.
Trugst du schon vieles davon, so bitt ihn, damit er nicht alles
  Schenke, zu *leihn,* was du – nimmer ihm stellest zurück.
Brauche den Mund; verstecke den Sinn mit Schmeicheln und Heucheln;
  Unter dem Honigseim birgt sich das grausame Gift.
Bringst zuwege du das, was in langem Gebrauch sich bewährt hat,
  Schlägst du mein warnendes Wort nicht in die Luft und den Wind:
Wirst du mich segnen noch oft, solang ich lebe, wirst oft dann
  Flehn du, daß sanft in der Gruft ruhe mein totes Gebein."

Noch war die Red im Fluß, da verriet mich plötzlich mein Schatten;
Doch kaum konnt ich zurückhalten die Hände vor Wut,
Daß ich ihr weißes und spärliches Haar und die Augen, vom Trunke
Triefend und rot, und ihr alt Runzelgesicht nicht zerriß.
Mögen die Götter kein Obdach, ein darbendes Alter dir geben,
Dauernden Frost und dazu ewiglich brennenden Durst!

9

Jeder, der liebt, ist Soldat, und sein eigenes Lager hat Amor;
Atticus, glaube mir fest, jeder, der liebt, ist Soldat.
Das für den Kriegsdienst taugt, das Alter ist passend zur Liebe:
Schlecht ist ein greiser Soldat, schlecht zum Verlieben ein Greis.
Die ein Feldherr heischt von tüchtigen Kriegern, *die* Jahre
Fordert für Lager und Bund auch die Geliebte mit Recht.
Beide dann ziehen auf Wacht; auf der Erd auch schlafen sie beide;
Der vor dem Feldherrn, *der* vor der Gebieterin Tür.
Weit zu gehn ist die Pflicht des Soldaten: man schicke das Mädchen,
Und ohn Ende verfolgt rüstig der Liebende sie,
Dringt zum Gebirg empor, das ihn hemmt; vom Regen geschwollne
Ströme durchschwimmt er und wühlt kühn sich durch Haufen von Schnee.
Muß er Meere durchziehn, nicht schwatzt er vom tobenden Ostwind,
Fragt nicht, ob für die Fahrt günstig auch sei das Gestirn.
Wer, wenn Soldat nicht oder verliebt, ertrüge den Nachtfrost
Und mit stöberndem Schnee Ströme von Regen gemischt?

Als Kundschafter entsandt wird jener ins feindliche Lager,
Dieser erspäht des Rivals Augen, als wär er ein Feind.
Städte belagert der eine, der andre der grausamen Liebsten
Schwelle; die Tore zerbricht jener und dieser die Tür.
Oft schon hat es genützt, die Feinde im Schlaf zu beschleichen,
Sie mit bewaffneter Hand waffenlos niederzuhaun.
So erlag die barbarische Schar des thrakischen Rhesus,
Und das gefangne Gespann ließ den Gebieter im Stich.
Also benutzen ja auch Liebhaber den Schlaf des Gemahles
Und erheben die Wehr gegen den schlummernden Feind.
Zu durchschleichen die Schar der Wächter, die Posten der Späher,
Ist den Soldaten und ist armen Verliebten gemein.
Unzuverlässig ist Mars: nicht sicherer Venus; Besiegte
Richten sich auf, und von wem *nie* du es dachtest – er fällt.
Also nennet nicht mehr die Lieb ein müßiges Treiben!
Voll von geschäftigem Geist dünkt mich die Liebe zu sein.
Briseus' Tochter entflammt, die geraubte, den großen Achilles:
Troer, solang es erlaubt, brecht die argolische Macht!
Aus Andromaches Arm zog Hektor fort zu den Waffen,
Und sein ehlich Gemahl setzt' ihm den Helm auf das Haupt.
Selbst auch der Feldherrn Fürst, der Atrid, als er Priamus' Tochter
Sah, war entzückt vom Haar, das sie bacchantisch umfloß.
Mars, in der Falle des Schmieds ertappt – wie fühlt' er die Fesseln!
Keine Geschichte war so gangbar im Himmel als *die*.
Auch ich selbst war träg und zu üppiger Muße geboren,
Und durch Schatten und Bett war mir verweichlicht der Sinn.
Siehe, da trieb mich Schlaffen die Sorg um ein liebliches Mädchen
In ihr Lager; gebot dort mir zu dienen um Sold.

Regsam bin ich seitdem und in nächtliche Kriege verwickelt:
Drum, will einer nicht träg werden, der liebe wie ich.

10

Gleich *ihr*, die vom Eurotas entführt auf phrygischen Kielen,
Zweien vermählt, den Krieg zwischen den Gatten entflammt;
So wie Leda war, als, versteckt in des trügrischen Vogels
Weißem Gefieder, sie einst schlau der Verführer getäuscht;
Gleich Amymone, als rastlos sie auf verdörrtem Gefilde
Irrt' und die Locken des Haupts drückte des Kruges Gewicht:
Also warst du: besorgt schon dacht ich an Stier und an Adler
Oder was Liebe noch sonst schuf aus dem Donnerer Zeus.
Nun ist verschwunden die Furcht; des Gemüts Irrwahn ist geheilt nun,
Und es berückt dein Gesicht ferner die Augen mir nicht.
Fragst du, was so verwandelt mich hat? – Daß Geschenke du forderst,
Das ist der Grund, weshalb fürder du nicht mir gefällst.
Als einfältig dein Herz, da liebt ich dich – Körper und Seele;
Jetzt hat der Fehler des Geists deine Gestalt auch versehrt.
Amor ist nackt und ein Knabe; von Geiz noch frei ist sein Alter;
Ohne Gewand ist sein Leib; offen erscheinet er stets.
Wollt ihr der Venus Sohn preisgeben für schnöde Bezahlung?
Fehlt ihm der Bausch doch selbst, drin zu bewahren das Geld.
Venus ist nicht, noch Venus' Sohn, für grausamen Kriegsdienst
Passend; nicht dienen für Sold friedliche Götter wie sie.

Für ein bedungenes Geld ist die Buhlerin jedem verkäuflich,
Treibt auf Geheiß mit dem Leib elendes Wuchergeschäft.
Doch sie verflucht auch genug den Befehl habsüchtiger Kuppler.
Was freiwillig ihr tut, tut sie gezwungen doch nur.
Nehmet zum Beispiel euch das Tier, dem keine Vernunft ward.
Schmählich, daß sanfteren Sinn hege das wilde Geschöpf!
Fordert die Stute vom Hengst ein Geschenk, die Kuh von dem Stiere?
Bietet der Widder dem Schaf, das ihm gefällt, ein Geschenk?
Nur das Weib erfreut sich des Raubs, den dem Manne sie abnahm,
Sie nur vermietet die Nacht, sie nur vermietet sich selbst.
Und sie verkauft, was beiden gefällt, was beide verlangten,
Feilscht um den Preis, was es ihr bringt, wenn sie selbst sich vergnügt.
Oh, wie verkehrt, daß den Liebesgenuß, der für beide doch gleich ist,
Daß den diese *ver*kauft, während ihn jener *er*kauft!
Daß mir bringe Verlust, dir Gewinn dasselbe Vergnügen,
Das durch vereinigtes Tun Weib sich bereiten und Mann!
Schön ist's nicht, wenn Zeugen ihr Wort verkaufen zum Meineid,
Schön nicht, öffnet dem Geld sich des Geschworenen Truh;
Schändlich, wenn man Verbrechen verficht mit bestochener Zunge,
Schändlich, wenn ein Gericht Schätze zusammen sich rafft:
Schändlich, durch Zoll und Zins vom Bett zu vermehren das Erbgut,
Schändlich, die Schönheit preisgeben für schnöden Gewinn.
Schuldet mit Recht man Dank nur für Dinge, die nicht man bezahlt hat,
Kann ein vermietetes Bett nie uns verpflichten zum Dank.

Der da mietet, hat alles bezahlt. Hat den Lohn er gegeben,
Bleibt für keinerlei Dienst er dir verpflichtet hinfort.
Hütet euch drum, ihr Schönen, die Nacht für Geld zu verhandeln;
Nie hat guten Erfolg, glaubt mir, ein schmutziger Raub.
Nicht war so viel wert der Gewinn des sabinischen Armschmucks,
Daß auf der Jungfrau Haupt stürzte der Waffen Gewicht.
Ja, es durchbohrte den Leib, aus dem er entsprungen, des Sohnes
Schwert – ein Halsband gab Grund ihm zur rächenden Tat.
Doch nicht bringt es euch Schmach, ein Geschenk vom Reichen zu fordern;
Der kann manches Geschenk geben; er hat ja genug.
Pflückt von beladener Rebe die üppig hangenden Trauben!
Spende Alcinous' Land Äpfel aus reichem Ertrag!
Was der Arme dir gibt, ist Dienst und Eifer und Treue.
Bringe der Herrin sein jeder, so viel er besitzt.
Auch die Gabe ist mein, in Gedichten zu feiern ein Mädchen,
Das es verdient, und berühmt mach ich dadurch, wen ich will.
Kleider zerreißen gar bald; auch Gold und Juwelen zerbrechen;
Aber der Ruhm, den ein Lied schafft, ist von ew'gem Bestand.
Nicht das Geben sowohl als das Fordern kränkt und verdrießt mich:
Was ich der Fordernden nicht gäbe, das geb ich von selbst.

11

Nape, die du das flatternde Haar zu sammeln und ordnen
Trefflich verstehst, nicht zum Schwarm niedriger Mägde gehörst,

Wohl vertraut mit dem Dienst verstohlener Nächte, geschickt auch
Und erfinderisch, wenn Zeichen zu geben es gilt;
Die du Corinna so oft zuredetest, wenn sie zu kommen
Anstand, die ich getreu immer auch fand in der Not:
Nimm die Täfelchen, die heut morgen ich schrieb, und der Herrin
Bringe sie; jeden Verzug räume gewandt aus dem Weg.
Nicht von Kieselgestein noch hart von Stahl ist dein Busen,
Nicht einfältiger auch bist du als andre des Stands,
Ja ich vermute, auch du hast Amors Bogen empfunden;
Schütze die Fahnen in mir, denen du selber gefolgt.
Fragt sie, wie es mir geht, so sprich: „Er lebt von des Abends
Hoffnung." Das übrige schrieb schmeichelnd die Hand auf das Wachs.
Während ich rede, entfliehet die Zeit; gib, hat sie zu tun nicht,
Klug ihr das Täfelchen, doch mach, daß sogleich sie es liest.
Sieh (das befehl ich dir an), wenn sie liest, nach Augen und Stirn ihr,
Da Zukünftiges oft schweigend die Miene verrät.
Dann laß ohne Verzug recht viel sie schreiben zur Antwort;
Ärgerlich ist's, dehnt rings leer sich das glänzende Wachs.
Dränge sie Zeil an Zeile, so daß auf des äußersten Randes
Halb verstümmelter Schrift lange mein Auge verweilt.
Doch, was soll sie sich viel mit dem Stift die Finger ermüden?
Laß nur das einzige Wort stehn auf dem Täfelchen: „Komm!"
Dann mit Lorbeer will ich umwinden der Tafeln Triumphschrift,
Dann im heiligen Haus bringen der Venus sie dar,
Mit der Widmung: „Euch weiht, da ihr treu so lang ihm gedient habt,
Naso der Venus; noch jüngst wart ihr gewöhnliches Holz."

12

Weint um mein bittres Geschick! Die Täfelchen kehrten mit trüber
Kunde; die Unglücksschrift meldet, daß heut sie nicht kann.
Wirklich, es ist doch etwas an Zeichen: als eben sie fortging,
Stieß an der Schwelle die Zehn Nape sich, hemmte den Schritt.
Schick ich ein andermal dich, so nimm, wenn du über die Schwelle
Gehst, dich in acht und hoch hebe besonnen den Fuß.
Fort mit dir, trübseliges Holz – ihr verdrießlichen Tafeln
Und du, Wachs, worauf steht die verweigernde Schrift!
Korsikas Biene hat dich mit giftigem Honig aus hohen
Schierlingsblüten geschlürft, denk ich, und zu uns gesandt.
Zwar du schienst, mit Mennige ganz durchfärbt, zu erröten;
Doch dein Blutdurst nur gab in der Farbe sich kund.
Mögt ihr, ein nutzlos Holz, verworfen nun liegen am Kreuzweg,
Mag im Vorbeifliehn euch treffen des Rades Gewicht.
Ihn auch, der euch vom Baum zu eurer Bestimmung geschnitten,
Muß ich beschuldigen: nicht rein ist gewesen die Hand.
Manch unglücklichem Hals bot wohl sich der Baum zum Erhängen,
Bot Scharfrichtern zum Bau scheußlicher Kreuze sich dar.
Heiseren Uhus gab zum Verweilen er grausigen Schatten,
Und in seinem Gezweig brütete Geier und Kauz.
Und euch konnt ich betört mein Liebesgeständnis vertrauen!
Konnte zur Herrin durch euch senden mein schmeichelndes Wort!
Passender diente das Wachs weitschweifiger Bürgenverschreibung,
Die mit verhärtetem Mund liest ein Gerichtsadvokat.

Besser, sie lägen verpackt mit Rechnungs- und
Tagesnotizen,
Drin ein Geizhals klagt über der Schätze Verlust.
Nicht zwei*seitig*, ihr seid in der Tat zwei*deutig* zu nennen;
Selber die doppelte Zahl kündete Gutes mir nicht.
Wie soll fluchen ich euch in der Wut? – Wurmstichiges
Alter
Mög euch zernagen und weiß starren von Schimmel das
Wachs!

13

Über den Ozean kommt, blondlockig, vom greisen
Gemahle
Sie, die den nahenden Tag bringt mit bereiftem
Gespann. –
Wohin so rasch, Aurora? O bleibe! So sühne den Schatten
Memnons der Vöglein Schar jährlich durch festlichen
Mord!
Jetzt erst liegt sich's so schön in der Herrin weicher
Umarmung,
Jetzt, wenn je, schmiegt sanft mir an die Seite sie sich.
Jetzt ist wonnig der Schlaf, jetzt sind voll Kühlung die
Lüfte,
Und aus dem Kehlchen entquillt frischer dem Vogel
sein Lied.
Was enteilst du, verhaßt den Männern, verhaßt auch den
Mädchen?
Zieh den betaueten Zaum straff mit der purpurnen
Hand!
(Ehe du aufgehst, blickt der Schiffer nach seinen
Gestirnen
Sicherer, und ratlos nicht irrt er inmitten der Flut.
Wenn du nahst, erhebt sich – wie sehr auch ermüdet –
der Wandrer,
Streckt nach den Waffen die Hand – waffengewohnt –
der Soldat.)
Du zuerst siehst ziehn mit dem Karst den beladenen
Landmann,
Rufest den langsamen Stier zu dem gebogenen Joch,

Stiehlst dem Knaben den Schlaf und lieferst ihn aus an den Lehrer,
Daß von grimmigem Hieb schwelle die zärtliche Hand.
Du auch schickst, den der Bürgschaft Bann festhält, vor die Hallen,
Daß ihm ein einziges Wort bringe gewalt'gen Verlust.
Weder dem Anwalt kommst du genehm noch genehm auch dem Redner,
Da zu neuem Prozeß beide zu eilen du zwingst.
Du, wenn billig einmal aufhörte die weibliche Arbeit,
Rufst zum Rocken zurück wieder der Spinnerin Hand.
Alles ertrüg ich gern – doch daß früh aufstehn die Mädchen,
Duldet wohl keiner, als wer selber kein Mädchen besitzt.
Oft schon hab ich gewünscht, es möchte die Nacht dir nicht weichen
Und kein Stern im Lauf fliehen vor deinem Gesicht;
Oft schon hab ich gewünscht, es zerbräche der Wind dir die Achse
Oder es stürzte dein Roß strauchelnd im dicken Gewölk.
(So ist's, als hätte ihr Herz für Cephalus niemals geschlagen.
Wie? Oder glaubt sie wohl gar, unbekannt sei ihr Vergehn?)
Neidische, wozu eilst du? Dein Sohn war schwarz – und natürlich!
Trug *die* Farbe doch schon vor ihm dein mütterlich Herz.
Wär es Tithonos nur erlaubt, von dir zu erzählen:
Nicht im Himmel *ein* Weib wäre so schändlich wie du.
Nur, um *ihm* recht weit zu entfliehn, weil hoch er bei Jahren,
Eilst du vom Greise so früh auf dein verhaßtes Gespann.
Hieltest du Cephalus nur, den lieber du magst, in den Armen,
Riefst du gewiß: „Oh, lauft langsam, ihr Rosse der Nacht!"

Soll ich Verliebter es büßen, daß schwach vom Alter dein Mann ist?
Bist du auf *mein* Geheiß etwa vermählt mit dem Greis?
Siehe, wie lange verlieh nicht Luna Schlaf dem geliebten
Jüngling, und ihre Gestalt weichet der deinen in nichts.
Selbst auch der Vater der Götter, daß nicht so oft er dich sähe,
Hat zwei Nächte sogar, sich zu ergötzen, vereint. –
Also schloß ich den Streit; sie ward, als ob sie es hörte,
Rot – doch nicht später darum kam als gewöhnlich der Tag.

14

Sagt ich dir nicht: „Hör auf, dein Haar quacksalbernd zu beizen!"
Jetzt zum Färben bereits fehlet dir selber das Haar.
Und doch, hättst du's gelassen, was war wohl voller und reicher?
Und wie wallt' es dir tief über die Hüften hinab!
Und wie war es so fein, daß man es zu schmücken sich scheute,
So wie das Schleiergewand farbiger Serer zu schaun
Oder der Faden, gedreht vom zierlichen Fuße der Spinne,
Wenn sie ihr schwebendes Haus hängt an verlaßnes Gebälk.
Und doch war es nicht schwarz; und doch auch war es nicht golden,
Keines von beiden genau, aber aus beiden gemischt,
Wie in der Quellenschlucht des hügligen Ida die hohe
Zeder die Farbe dir zeigt, wenn man die Rind ihr geraubt.
Dann, wie gelehrig es sich in hundert Umwindungen schickte
Und wie niemals es auch Grund dir gegeben zum Schmerz!
Nie hat die Nadel und nie es des Kamms Palisade zerrissen,
Nie ward der schmückenden Magd Körper gepeinigt darum.

Mir vor den Augen ward oft sie geschmückt; doch hat sie die Nadel
Nie ihr entrissen, ihr nie blutig gestochen den Arm.
Oft auch lag sie, bevor das Haar ihr geordnet, des Morgens,
Halb auf den Rücken gelehnt, lässig auf purpurnem Pfühl.
So auch war, nachlässig, sie schön wie die thrakische Bacche,
Wenn sie ermüdet auf grün schwellendem Rasen sich streckt'.
Und war zierlich es gleich, war zart wie Flaum es zu schauen,
Ach, wie mancherlei Qual trug doch geduldig das Haar!
Oh, wie gehorsam bot es sich dar dem Stahl und dem Feuer,
Bis zu gekräuseltem Rund biegsam die Locke sich schlang!
„Ruchlos ist's", rief ich, „ruchlos, solch Haar zu versengen!
Schon von selbst ist es schön! Eiserne, schone dein Haupt!
Laß die Gewalt! laß ab! Kein Grund ist da, sie zu brennen;
Selbst die Nadel wird zahm, bringst du *den* Haaren sie nah!"
So verdarb das schöne Gelock, das selbst sich Apollo,
Das Gott Bacchus als Schmuck wohl für sein Haupt sich gewünscht.
Ihm verglich ich es wohl, in welchem die nackte Dione
Prangt auf Gemälden – die Hand trieft von der Last, die sie hebt.
Klagst du jetzt, schlecht sitze dein Haar, es sei gänzlich verdorben?
Schiebst du mit trauriger Hand, Törin, den Spiegel zurück?
Noch bist nicht du gewohnt, dich zu sehn mit den eigenen Augen:
Daß du gefallest dir selbst, mußt du vergessen dich selbst.
Nicht verzauberte Kräuter vom Kebsweib haben verletzt dich,
Nicht aus hämonischem Born boshaft dich Hexen besprengt,

Noch hat dir Krankheit Schaden getan – doch ich will's nicht berufen! –,
Noch dein wucherndes Haar neidische Rede verdünnt.
Eigener Hand und eigener Schuld verdankst den Verlust du;
Für dein eigenes Haupt hast du das Gift ja gemischt.
Jetzt wird Germanien dir hersenden erbeutete Locken,
Durch des geknechteten Volks Gaben erhältst du dich noch.
Oh, wie oft, staunt einer dein Haar an, wirst du erröten
Und wirst sagen: „Man pries mich um erhandeltes Gut.
Ein sugambrisches Weib trifft jetzt statt meiner der Lobspruch,
Und doch weiß ich die Zeit, da *ich* verdiente den Ruhm."
Weh mir! Mit Not nur hält sie die Tränen, bedeckt mit der Rechten
Stirn und Augen; und Scham rötet das edle Gesicht.
Auf dem Schoß jetzt hält und besieht sie die früheren Haare.
Weh mir! anderen Schmucks scheinet mir würdig der Platz.
Sammle die Mienen, und sammle den Geist; der Schaden ist heilbar,
Bald wirst wieder du ja prangen im eigenen Haar.

15

Was, o gefräßiger Neid, zeihst du mein Leben der Trägheit?
Willst im Dichten das Tun müßigen Geistes nur sehn,
Weil ich nicht nach der Ahnherrn Brauch im rüstigen Alter
Rang auf der Kriegskunst staubwirbelnder Bahn um den Preis,
Nicht wortreiche Gesetze dem Kopf einprägte, die Stimme
Auf undankbarem Markt nie zu entweihen beschloß?
Das *du* erstrebt, das Werk ist sterblich; ich strebe nach ew'gem
Ruhm; der Erdkreis soll singen auf immer von mir.

Lebt der Mäonier doch, weil Tenedos raget und Ida,
Weil mit wirbelnder Flut Simoïs stürzt in das Meer;
Lebt der Askräer doch auch, solang in der Kelter die Traube
Schäumt und Ceres' Frucht fällt, von der Sichel gemäht.
Battos' Sohn wird stets ringsum auf Erden man preisen;
Ist durch Geist er auch nicht stark, so ist stark er durch Kunst.
Sophokles' hohem Kothurn geht nichts verloren im Zeitlauf,
Und mit Sonn und Mond lebet für immer Arat.
Wenn noch ein pfiffiger Sklav, ein grausamer Vater, ein kuppelnd
Und ein buhlerisch Weib lebt, wird Menander bestehn.
Ennius, kunstlos zwar, und Accius, kräftigen Schwunges,
Haben den Namen, den nie wieder vernichtet die Zeit.
Wird man den Varro je und das erste der Schiffe vergessen,
Und wie Aesons Sohn holte das Goldene Vlies?
Dann erst werden vergehn des erhabnen Lucretius Verse,
Wenn ein einziger Tag sämtliche Länder vertilgt.
Tityrus und die Gefild und Aeneas' Waffen – man wird sie
Lesen, solange der Welt Roma gebietet als Haupt;
Und solange noch Pfeil und Fackel die Waffen Cupidos,
Wird dein Vers auch gern, feiner Tibullus, gehört.
Gallus: vom westlichen Strand bis zum Strande des Ostens wird Gallus
Und mit Gallus zugleich seine Lycoris genannt.
Ja, wenn Kieselgestein, wenn der Zahn des duldsamen Pfluges
Endlich dem Alter erliegt, trotzet dem Tod das Gedicht.
Gegen Gedichte sind Könige nichts und Königstriumphe,
Nichts der Strand, den die Flut Tagus' befruchtet mit Gold.
Preise der Pöbel Gemeines; mir mag Apollo, der blonde,
Aus Kastalias Quell spenden mit vollem Pokal.
Möge die Myrte mein Haar, die den Frost nicht duldet, umwallen;
Möge bekümmert mich oft lesen der Liebende dann.

Unter den Lebenden nährt sich der Neid; er ruht nach dem Tode,
Wenn der erworbene Ruf jeglichen schützt nach Verdienst.
Drum, wenn einst auch mich der Bestattung Flamme benagt hat,
Werd ich doch leben; ein Teil bleibt noch, ein großer, von mir.

Zweites Buch

1

Dies auch hab ich verfaßt; ich, Naso, des feuchten Pelignums
Sohn, der mein schmähliches Tun selbst ich in Verse gebracht.
Amor gebot mir auch dies: bleibt fern, bleibt fern, strenge Richter!
Nicht ein passender Kreis seid ihr für zärtlichen Sang.
Mich mag vor dem Verlobten mit glühender Wange die Jungfrau
Lesen, der Knabe, den jetzt erstmals die Liebe berührt.
Mag ein Jüngling dann, von demselben Bogen verwundet,
Spüren des eigenen Brands sichere Zeichen in mir.
Mag er erstaunt dann fragen: „Wer brachte dem Dichter die Kunde,
Daß er in seinem Gesang meine Geschicke beschrieb?"
Kühn – ich erinnre mich – wollt ich den hundertarmigen Gyas,
Wollt ich der Himmlischen Kampf singen – ich spürte die Kraft –,
Wie sich Tellus grimmig gerächt; wie des Pelion Abhang
Ragend der Ossa trug, auf den Olympus gehäuft;
Hielt in den Händen Jupiter schon samt Wolken und Blitzstrahl,
Den für sein himmlisches Reich kühn er zu schleudern bereit.
Liebchen verschloß mir die Tür; da verlor ich Zeus und den Blitzstrahl:
Jupiter selbst war jäh mir aus dem Geiste gestürzt.
Jupiter, zürne mir nicht! Dein Geschoß, nichts konnt es mir helfen;
Mehr als dein Blitzstrahl wirkt eine verschlossene Tür.

Schmeichelerguß des elegischen Lieds – mein Geschoß –,
das ergriff ich;
Sanftes Gekos erweicht selbst auch die härteste Tür.
Zauber des Liedes entführt die Hörner des blutigen
Mondes,
Ruft des fahrenden Sol schneeige Rosse zurück;
Zauber des Liedes zersprengt des Lindwurms berstenden
Rachen,
Läßt zur Quelle zurückfließen die Wogen des Stroms;
Zauber des Liedes eröffnet die Tür, und der Riegel im
Pfosten,
Wär er aus Eisen gefügt, wird von dem Liede besiegt.
Was wohl nützte es mir, wenn den schnellen Achill ich
besänge?
Hülfe des Atreus Sohn, dieser wie jener, mir wohl?
Er, der gleichviel Jahre vertan durch Krieg und durch
Irrfahrt?
Hektor, der kläglich geschleift ward vom
Hämoniergespann?
Aber lobst du nur oft des Mägdleins liebliches Antlitz,
Eilt sie zum Sänger zuletzt selber als Preis des Gesangs.
Glaubt mir, ein herrlicher Lohn! Fahrt wohl denn, der
Helden berühmte
Namen; die Gunst, die ihr spendet, sie paßt nicht für
mich.
Neigt, ihr Mädchen, vielmehr die schönen Gesichter den
Liedern,
Welche der purpurne Gott Amor mir selber vertraut.

2

Du, dem das Amt vertraut, die Herrin zu hüten, Bagōus,
Höre mich! Kurz ist mein Wort; aber es ist von Belang.
Gestern erblickt ich ein reizendes Kind; sie ging so
spazieren
Durch die Halle, worin Danaos' Töchter zu sehn.
Gleich entzückt nun, sandt ich zu ihr und ersuchte sie
schriftlich,
Aber mit bebender Hand schrieb sie: „Es geht nicht!"
zurück.

Als nun, warum es nicht ging', ich fragte, vernahm ich als Ursach,
Daß *dein* Eifer zu arg deine Gebieterin plagt.
Bist du gescheit, o Wächter, so mach dich künftig verhaßt nicht.
Glaube mir; jedermann wünscht dem, den er fürchtet, den Tod.
Auch ihr Mann ist nicht klug. Was quält er sich, das zu bewachen,
Was, wenn du *nicht* es bewachst, dennoch verloren nicht geht?
Doch mag er auch betört dem Wahn nachgeben der Liebe,
Mag er glauben, daß keusch bleibe, was vielen gefällt:
Schenkst du ihr nur durch gefälligen Sinn verstohlene Freiheit,
Daß sie, was du *ihr* gibst, später *dir* gebe zurück.
Mach zum Vertrauten dich nur; dem Knecht wird verpflichtet die Herrin
(Scheust du, Vertrauter zu sein, stell dich, als seist du es nicht.
Liest sie ein Briefchen für sich – so denk, es schick ihn die Mutter;
Kommt ein Fremder zu ihr – geh als *Bekannter* er fort.
Will sie die leidende Freundin – die frisch und gesund ist – besuchen,
Laß sie nur gehn; du selbst hältst ja die Freundin für krank.
Wenn zu lange sie weilt – laß nicht dich verdrießen ihr Säumen;
Lege den Kopf aufs Knie, schnarche, so viel dir beliebt.
Nicht auch forsche, was wohl bei der Isis, der linnenumwallten,
Möge geschehn; nicht erschrick, wenn ins Theater sie geht.
Ja, ein Vertrauter der Schuld erwirbt sich dauernde Ehre);
Und zu schweigen ist doch wahrlich die kleinste der Mühn.
Er ist beliebt; er regiert im Haus; er wird nicht geschlagen.
Er ist mächtig; im Staub krümmt sich der übrige Schwarm.

Sie, um den wirklichen Grund zu verstecken, erfindet ein Märchen,
Und was die Herrin lobt, lobt mit der Herrin der Herr.
Zieht auch tüchtig der Mann ein Gesicht und runzelt die Stirne,
Doch was das schmeichelnde Weib wünschte, das tut er zuletzt.
Aber zuweilen auch muß mit dir sie Hader beginnen,
Tun, als weine sie, muß schimpfen dich: „Henkergezücht!"
Du erwiderst ihr dann, was leicht als falsch sie zurückweist;
Laß durch erdichtete Schuld ihn auch der wahren nicht traun.
So wird die Ehre dir stets, wird hoch anwachsen das Spargut;
Handelst du so, dann wirst sicher in kurzem du frei.
Siehst du, wie Ketten den Hals spionierender Schnüffler umschlingen?
Wie mit schmutziger Haft man den Verräter bestraft?
Sucht nicht Wasser im Wasser und hascht nach entfliehenden Früchten
Tantalus? Das ist der Lohn, den ihm sein Schwatzen gebracht.
Da zu streng der junonische Wächter die Io gehütet,
Sank vor der Zeit er ins Grab: *Sie* ist zur Göttin erhöht.
Braun und blau am Schenkel gedrückt von Fesseln erblickt ich
Ihn, der die Schande der Frau brachte zu Ohren dem Mann.
Noch zu gering ist die Strafe; der Lästerer schadete zweien:
Kummer erwuchs für den Mann, Schaden am Ruf für die Frau.
Glaube mir, keinem Gemahl ist's lieb, Anklagen zu hören,
Keinem, und wenn er sie hört, haben sie jemals genützt.
Ist er lau, verhallt dein Bericht vor gleichgült'gen Ohren;
Ist er verliebt, so macht elend dein Eifer ihn nur.
Auch wird die Schuld – wenngleich handgreiflich – so leicht nicht erwiesen,
Da durch des Richtenden Gunst leicht sich die Schuldige schützt.

Hat er auch selbst es gesehn, so glaubt er ihr doch, wenn sie leugnet,
Traut nicht dem eigenen Blick, fabelt ein Märchen sich vor.
Sieht er die Herrin in Tränen dann gar, so weinet er selbst wohl,
Und dann heißt es: „Es soll büßen der Kerl sein Geschwätz!"
Wozu versuchst du den Kampf, der so ungleich? Schläge erwarten
Dich als Besiegten; doch *sie* sitzet dem Richter im Schoß.
Nicht ein Verbrechen beginnen wir hier; wir sind nicht beisammen,
Gift zu mischen; es blitzt nicht in der Hand uns ein Schwert.
Was wir verlangen, ist, daß du in Ruh uns gestattest zu lieben.
Läßt ein milderer Wunsch irgend sich denken als der?

3

Wehe, daß du – nicht Mann noch Frau – die Gebieterin hütest,
Der Venus' Wechselgenuß niemals erfahren du kannst!
Er, der die Glieder der Zeugung zuerst entrissen dem Knaben,
Hätte die Wunden, die er schlug, zu erleiden verdient.
Freundlich zum Dienste bereit und leicht nachgiebig der Bitte
Wärst du, wenn je dir ein Weib hätte den Busen erwärmt.
Nicht zu tummeln das Roß, nicht taugst du zu mutigen Waffen,
Nie wird geschickt dein Arm schwingen den kriegrischen Speer.
Das ist der Männer Geschäft. Du verzicht auf solcherlei Hoffnung!
Einzig der Herrin Panier ist dir zu tragen vergönnt.

Mach um sie dich verdient, und nütze die Gunst, die sie
spendet;
Hättest du sie nicht, wozu wärst zu gebrauchen du
noch?
Und sie ist schön; zu Venus' Spiel ist ihr Alter geeignet;
Schmählich, wenn solche Gestalt müßig verkommt und
verliegt.
Dich zu betrügen wär leicht, wie sehr du auch lästig dich
machtest;
Denn was zweie vereint wollen, das setzen sie durch.
Doch, da es passender scheint, es mit Bitten zuerst zu
versuchen,
Bitt ich; noch hast du Zeit, Würdigen Gunst zu
verleihn.

4

Nimmer vermöcht ich's, frech verdorbene Sitten zu
schützen,
Nie für mein eignes Vergehn schwäng ich betrügliche
Wehr.
Nein, ich bekenne; wenn irgend es nützt, zu beichten
sein Unrecht,
Beicht ich und klag – ich Tor! – meiner Verbrechen
mich an.
Ja, ich hasse – und dennoch wünsch ich mir das, was ich
hasse;
Ach wie schwer, was du gern von dir entferntest, sich
trägt!
Denn nicht hab ich die Kraft, mich selbst zum Rechten zu
lenken,
Gleichwie ein Schiff von des Stroms reißenden Wirbeln
entrafft.
Keine bestimmte Gestalt auch ist's, die zum Lieben mich
anreizt;
Gründe zu Hunderten stets halten mich ewig in Glut.
Wenn den bescheidenen Blick ein Mägdlein senkt auf den
Boden,
Steh ich in Flammen; Verrat lauert auf mich in der
Scham.

Ist sie dreist und kokett – entzückt sie mich, weil sie nicht bäurisch,
Weil sie auf üppigem Pfühl munter zu sein mir verheißt.
Wenn sie mir störrig erscheint und der spröden Sabinerin ähnlich,
Denk ich: Sie *möchte* gewiß, aber verstellt sich mit Fleiß.
Bist du gebildet, mein Kind, so gefällst du durch seltene Künste,
Bist ungebildet du, steht Einfachheit grade dir schön.
Gegen mein Lied erklärt Kallimachos' Lieder für bäurisch
Eine: gefall ich so sehr ihr, so gefällt sie auch mir.
Jene dagegen verschmäht mich als Dichter und tadelt die Lieder:
Tadlerin, o wie gern ließ ich mich schulen von dir!
Sanft ist ihr Gang: es entzückt mich ihr Schritt. Starr scheint sie und eckig:
Wird sie doch sanfter gewiß, wenn sie der Mann nur berührt!
Dieser, die lieblich singt und biegsam ist in der Stimme,
Hätt ich so gern beim Gesang Küsse geraubt und geschenkt.
Diese durcheilt mit dem Finger behend sanft klagende Saiten;
Und wer liebte die Hand nicht, die so kunstvoll sich regt!
Reizend bewegt sich *die* und wendet harmonisch die Arme,
Und mit schmiegsamer Kunst dreht sie den zierlichen Leib –
Von *mir* schweig ich dabei, der entbrennt bei jeglichem Anlaß:
Stelle Hippolytus hin, sicher, er wird zum Priap.
Gleichst du, schlanke Gestalt, nicht den Heroinen der Vorzeit?
Völlig und groß liegst du über das Polster gestreckt.
Handlich ist wieder, die klein von Wuchs: Sie verführen mich beide,
Groß und klein, sie sind beide mir völlig nach Wunsch.
Ist sie geputzt nicht, so denk ich: Was könnte der Putz an ihr bessern?
Ist sie geschmückt: Was sie schön macht, ist ihr eigener Reiz.

Blendendes Weiß entzückt, es entzückt mich die dunkele Schönheit;
Selbst in der bräunlichen Haut liegt ein verlockender Reiz.
Wenn von dunkelem Haar ihr schneeiger Nacken umwallt ist:
War mit dem schwärzesten Haar Leda nicht prächtig zu schaun?
Ist sie blond: wie gefiel mit den Krokuslocken Aurora!
Meine Verliebtheit paßt allen Geschichten sich an.
Jugend erregt mich tief, mich bewegt das spätere Alter,
Jene durch schöne Gestalt, dieses durch reifen Verstand.
Kurz, um sämtliche Schönen der Stadt, die einer mir rühmte,
Um sie alle gesamt würbe mit Eifer mein Herz.

5

Nicht ist die Lieb es wert – entweiche, beköcherter Amor! –,
Daß ich so oft mir den Tod wünsche mit heißestem Flehn.
Ja, mein Wunsch ist der Tod, wenn ich deiner Vergeher gedenke,
Mädchen, geboren für mich zu unablässigem Weh!
Nicht ein verratener Brief hat dein Tun mir gänzlich enthüllet,
Nicht ein geheimes Geschenk klagt des Verbrechens dich an.
Hätt ich nur solchen Beweis, daß *nicht* zu siegen noch möglich!
O ich Armer, warum bin ich so sehr denn im Recht?
Glücklich, wer das, was er liebt, noch mutvoll wagt zu beschützen,
Wenn: „Ich hab's nicht getan!" kühn die Geliebte noch sagt.
Eisern fürwahr ist *der* Mann und frönt zu sehr der Erbittrung,
Der sich nach blutigem Sieg über die Schuldige sehnt.

Ich Unglücklicher sah, als du fest im Schlafe mich wähntest,
Nüchtern euch zu beim Wein, was ihr verbrecherisch triebt;
Sah, wie ihr hin und her mit beweglichen Brauen euch zuspracht,
Wie ihr der Worte genug legtet in Mienen und Wink.
Stumm war weder dein Blick noch der Tisch, auf welchem mit Wein ihr
Schriebt; Buchstaben auch sah deutlich den Fingern ich ab.
Euer Gespräch enthielt, was nicht so erschien nach dem Klange,
Und ein heimlicher Sinn war in die Worte gelegt.
Schon war endlich der Tisch von den meisten der Gäste verlassen,
Hie und da nur saß einzeln ein jugendlich Paar.
Da nun sah ich euch enge vereint in lüsternen Küssen,
Küssen, in denen gewiß Zunge mit Zunge verstrickt;
Wie sie die Schwester fürwahr nicht gibt dem ehrbaren Bruder:
Wie dem begehrenden Mann schmachtend sein Liebchen sie gibt,
Wie ich nicht denke, daß je Diana sie Phoebus gegeben,
Aber wie Venus dem Mars sicherlich öfters sie gab.
„Halt! Was beginnst du?“ rief ich. „Was machst du mit *meinen* Genüssen?
Meine gebietende Hand leg ich auf meinen Besitz;
Dies ist gemeinsames Gut, ist mein so gut, wie es dein ist,
Und kein Dritter fürwahr soll sich noch mengen darein!“
Also rief ich und was mir der Schmerz sonst noch eingab; des Liebchens
Antlitz, der Schuld sich bewußt, glühte von purpurner Scham;
Wie, von Tithonos' Gattin gefärbt, sich rötet der Himmel
Oder die Braut, wenn zuerst sie den Verlobten erblickt,
So wie Rosen gemischt mit schneeigen Lilien schimmern
Oder wie Luna, sooft Zauber umstrickt ihr Gespann,
Oder wie Elfenbein aus Assyrien, das vor des Alters
Gelb mit färbendem Rost schützt die mäonische Frau.

Alledem oder doch einem davon glich höchlich die Farbe,
Und kein Zufall hat je sie mir schöner gezeigt.
Und sie senkte den Blick: wie den Blick zu senken ihr schön stand!
Trauer umhüllt' ihr Gesicht: wie ihr die Trauer erst stand!
So wie sie waren – sie saßen so glatt –, zu zerzausen die Haare
Und in ihr zartes Gesicht war ich zu fahren bereit.
Als das Gesicht ich sah, da sanken die mutigen Arme,
Und von der eigenen Wehr wurde mein Mädchen beschützt.
Der ich noch eben ergrimmt, ich kam demütig und flehte:
„Gib mir künftig nur nicht schlechtere Küsse als *die*."
Und sie lachte und gab mir von Herzen die besten; sie rängen
Selbst aus des grollenden Zeus Händen das Flammengeschoß.
Jetzt nun quält es mich, daß ein andrer so Köstliches schmeckte,
Und ich wünsche, daß die waren von anderer Art.
Auch viel besser, als je ich gelehrt sie, waren die letzten;
Wie es mir scheint, so hat etwas hinzu sie gelernt.
Daß sie zu sehr mir gefielen, ist schlimm, daß du ganz durch die Lippen
Drangst mit der Zunge mir, sogest die meinige ein.
Doch das macht nicht allein mir Schmerz; nicht über das Küssen
Klag ich nur, ist auch dies Grund mir zum Klagen genug:
Küsse wie die, sie konntest allein im Bett du erlernen.
Irgendein Lehrer empfing große Bezahlung dafür.

6

Ihr Papagei, der geflügelte Mime der östlichen Inder,
Ach, er ist tot; zur Gruft folgt ihm, ihr Vögel gesamt!
Folg ihm, frommes Gefieder, die Brust mit den Fittichen schlagend;
Kratzt euch das zarte Gesicht wund mit den kralligen Klaun.

Rupft statt trauernden Haars euch aus die sträubenden Federn,
Und statt der Tuba Schall töne der schmetternde Sang.
Du, Philomela, die noch du die Schuld des ismarischen Wütrichs
Klagst; schon Jahre hindurch hast du der Klage genügt.
Wende zum schmerzlichen Trauergeleit dich des seltenen Vogels;
Triftiger Grund war zum Schmerz Itys – doch das ist verjährt!
Alle, die ihr euch wiegt in den Bahnen des flüssigen Äthers –
Turteltäubchen, beklag du auch vor allem den Freund.
Euch umschlang, solang ihr gelebt, vollkommene Eintracht;
Fest und dauernd bestand treu bis zum Ende der Bund.
Was dem Argiver Orest der phokäische Jüngling gewesen,
War, solang es erlaubt, Papchen, die Taube für dich.
Aber, was nützt dir Treue, Gestalt und seltene Farbe
Oder die Stimm, in der Kunst, Töne zu wechseln, geschickt?
Was, daß, meiner Geliebten geschenkt, du sofort ihr gefielest?
Preis der geflügelten Schar, Armer, da liegst du nun tot!
Selbst der grüne Smaragd erblich vor deinem Gefieder;
Rot mit des Krokus Glut war dir der Schnabel gefärbt.
Täuschender ahmt' auf der Welt kein Vogel die Stimmen wie du nach;
So mit schnarrendem Laut gabst du die Worte zurück.
Neid hat dahin dich gerafft. Du begannst nicht wilde Gefechte,
Warst nur ein Plauderer, dem Frieden und Ruhe behagt.
Siehe die Wachtel, die stets in Kämpfen sich tummelt, sie lebt noch,
Ja vielleicht deshalb wird sie gewöhnlich so alt.
Auch mit dem wenigsten nahmst du fürlieb. Aus Liebe zum Reden
Hatte dein Mund nicht einmal, viel zu verzehren, die Zeit.
Speise war dir ein Nüßchen und Mohn, um in Schlaf dich zu bringen;
Und ein einfacher Trunk Wassers vertrieb dir den Durst.

Doch der gefräßige Geier, die Luft durchkreisende Weihe,
  Sie auch, die Dohle, die uns Regen verkündet, sie lebt.
Lebt die Krähe doch selbst, die der kriegrischen Pallas verhaßt ist;
  Neun Jahrhunderte kaum reichen ihr hin, bis sie stirbt.
Und du, geschwätziger Freund, du Echo menschlicher Stimme,
  Du Papagei, den der Welt Ende mir schenkte, du stirbst!
Immer das Beste zuerst wird entrafft von gierigen Händen,
  Während des Schlechteren Zahl stets sich von neuem erfüllt.
Sah nicht Thersites, wie Phylakes Held in den traurigen Tod ging?
  Lebten, als Hektor längst Staub, nicht seine Brüder noch fort?
Was auch für fromme Gelübde für dich das geängstigte Mädchen
  Tat, vom stürmischen Süd wurden ins Meer sie gejagt.
Da war der siebente Tag: ihm sollte kein weiterer folgen;
  Leer war die Spindel; es stand müßig die Parze bei dir.
Dennoch verstummte noch nicht das Wort im ermattenden Gaumen,
  Und mit sterbendem Laut riefst du: „Corinna, leb wohl!"
Unter Elysiums Höhn ragt dunkelen Laubes ein Eichwald,
  Von nie welkendem Gras grünt das bewässerte Land.
Ist auf Sagen zu traun, so ist dieses der Ort für die frommen
  Vögel, der Zutritt ist sündigen Vögeln versagt.
Weit umher ziehn dort unschuldige Schwäne zur Weide,
  Neben dem Phoenix, dem stets einzigen seines Geschlechts.
Junos Vogel entfaltet von selbst sein glänzend Gefieder;
  Täublein girret und küßt schmeichelnd den lüsternen Mann.
Hier wirst du, Papagei, in der Waldung Schatten empfangen,
  Und die gefiederte Schar lauschet, die fromme, dir zu.

Deine Gebeine bedeckt ein Hügelchen – groß nach Verhältnis.
Klein ist der Stein und dazu passend die Kürze des Spruchs:
„Aus dem Begräbnis erhellt, wie sehr ich der Herrin gefallen;
Mehr als bei Vögeln Brauch, war ich im Reden gewandt."

7

Also ich soll mich stets zu neuer Beschuldigung stellen?
Muß ich so oft um den Sieg kämpfen, so wird er zur Last.
Seh ich mich um nach den obersten Reihn des Marmortheaters,
Wählst aus der Menge du dir eine, um die du mir grollst.
Sieht unschuldig ein Weib mich an mit schweigendem Blicke,
Heimliche Zeichen sogleich siehst du im schweigenden Blick.
Lob ich eine, so fährst du mir wild in das Haar mit den Nägeln;
Schelt ich eine, so meinst du, ich verstecke die Schuld.
Seh ich gesund aus, so heißt es sogleich, daß ich gegen dich kalt bin,
Kränklich: ein anderes Weib macht mich zum Sterben verliebt.
Wenn ich denn wenigstens doch des Fehltritts schuldig mich wüßte;
Denn gleichmütiger trägt Strafe sich, die man verdient.
Ohne Besinnung verklagst du mich jetzt, glaubst alles und jedes,
Und so verliert durch dich selber dein Zorn sein Gewicht.
Blick auf des Eseleins klägliches Los, des bekümmerten Langohrs!
Ewig mit Prügeln bestürmt, schreitet es langsam dahin.
Siehe, ein neues Vergehn! Die den Putz dir ordnet, Cypassis,
Hat, so klagst du, entehrt ihrer Gebieterin Bett.

Götter, bewahrt mich! Nie, wenn ich Lust zum Sündigen hätte,
Wünscht ich ein Liebchen aus *so* niedrig verachtetem Stand!
Möcht ein Freier durch Venus' Bund an die Sklavin sich fesseln?
Möcht er den Rücken, den jüngst Schläge zerfetzten, umfahn?
Nimm hinzu, daß stets sie bemüht, dir die Haare zu schmücken,
Daß durch der Hände Geschick dir sie als Dienerin lieb.
Und ich sollte die Magd, die dir so treu ist, versuchen?
Würde sie nicht mich verschmähn und mich verraten dazu?
Ja, bei Venus' Huld, beim Geschoß des geflügelten Knaben
Schwör ich, daß nie das Vergehn, des du mich zeihst, ich beging.

8

Die vollendet das Haar du ordnest in tausend Gestalten,
Doch Göttinnen allein wert bist zu ordnen das Haar,
Die als nicht plump ich erprobt im verstohlnen Genuß – o Cypassis,
Du, die der Herrin genehm, aber genehmer noch mir,
Wer hat verraten den Bund, den wir mit Umarmungen schlossen?
Wie hat Corinna gemerkt, daß du mein Lager geteilt?
Bin ich errötet vielleicht? Ist etwa ein Wort mir entglitten,
Das als ein Zeichen sofort heimlicher Lust sie erkannt?
Hab ich nicht kühnlich gesagt, daß, wer mit der Magd sich vergehen
Könne, daß dem es bestimmt fehl an gesundem Verstand?
Freilich, den Thessaler hat Briseïs entzündet als Sklavin
Und Mycenaes Herrn Phoebus' Erkorne, die Magd.
Und nicht größer bin ich als Tantalus' Sproß und Achilles,
Was den Königen ziemt, sollt ich mir rechnen zur Schmach?

Aber sobald auf dich sie die zornigen Augen geheftet,
Sah ich dein ganzes Gesicht glühen in purpurnem Schein.
Wieviel mehr, wenn du recht dich besinnst, wußt *ich* mich zu fassen!
Venus, die Himmlische, rief schwörend zur Zeugin ich an.
Doch du, Göttin, befiehl, daß den Meineid reiner Gemüter
In das karpathische Meer jage der lauliche Süd.
Und für solcherlei Dienst sollst du mir, braune Cypassis,
Heut als süßesten Preis deine Umarmungen weihn.
Undankbare, du willst nicht? Du sprichst von neuen Gefahren?
Einen der Herren zum Freund sich zu erwerben genügt!
Weigerst du Törin dich doch, so verrat ich das früher Geschehne,
Gegen die eigene Schuld tret ich als Kläger dann auf.
Wo ich, Cypassis, mit dir und wie oft ich zusammen gewesen,
Sag ich der Herrin, und wie und auf wievielerlei Art.

9

Oh, Cupido, der nie du genug für mich dich ereifert,
Der du in meinem Gemüt immer dich träge gezeigt,
Was doch verwundest du mich, der als Soldat dein Panier ich
Nimmer verließ? Dein Pfeil trifft mich im eignen Gezelt.
Muß denn den Freund durchbohren dein Schuß und die Fackel versengen?
Den zu besiegen, der kämpft, das ist ein größerer Ruhm.
Hat der hämonische Held nicht ihn, den sein Eisen verwundet,
Wieder durchbohrt und dadurch ärztliche Hilfe gebracht?
Fliehendes Wild nur verfolgt, das gefangene schonet der Weidmann,
Jaget nach dem nur, was weit ferner ihm liegt als sein Fund.

Ich, dein ergebner Gefolgsmann, muß leiden von deinen Geschossen.
Gegen den Feind, der sich wehrt, zaudert die lässige Hand.
Und was hilft's, wenn am nackten Gebein sich die hakige Waffe
Abstumpft? Nacktes Gebein ließ mir die Liebe zurück.
Männer so viel und Mädchen so viel, die von Liebe noch frei sind,
Gibt es, da magst du mit Ruhm deine Triumphe begehn.
Hätte nicht Romas Kraft mit dem Erdkreis selbst sich gemessen,
Mit Strohhütten noch jetzt wären die Straßen besetzt.
Acker erhält zum Besitz der Soldat, von Kriegen ermüdet,
Und von der Rennbahn frei, geht in die Wälder das Roß.
Ruhig gestreckt in der Werft verbirgt das gelandete Schiff sich,
Und mit sicherm Rapier tauschet der Fechter sein Schwert.
Ich auch, der ich so oft zu Feld für die Liebe gezogen,
Sollte verlassen in Ruh leben! – es wär an der Zeit.
Und doch, spräche ein Gott: „Nun leb und entsage der Liebe!",
Dankt ich; die süßeste Qual ist doch auf Erden ein Weib.
Hat mich Ekel erfaßt, ist die Glut erloschen im Herzen,
Treibt wie ein kreisender Sturm mich das gequälte Gemüt.
Wie hartmäulig ein Roß in den Abgrund rennt mit dem Reiter,
Der es vergebens zurückzerrt am beschäumten Gebiß,
Wie, wenn der Kiel fast schon das Gestade berührt und zum Hafen
Einläuft, plötzlicher Sturm wieder ihn treibt in das Meer:
So treibt oft mich zurück der wechselnde Sturm der Begierde,
Greift zum bekannten Geschoß wieder der purpurne Gott.

Schieß nur, Knab; ich stelle mich dir; nackt steh ich und wehrlos.
  Hier hast Kräfte du; hier fruchtet des Armes Geschick.
Hierher fliegen von selbst, als gehorchten dem Ruf sie, die Pfeile;
  Kaum ist des Köchers Verschluß ihnen bekannter als ich.
Oh, wie beklag ich *den* Mann, der im Bett zu ruhen die ganze
  Nacht aushält und den Schlaf rechnet als größten Gewinn.
Tor, was ist denn der Schlaf als das Bild des erstarrenden Todes?
  Zeit zur Ruhe genug gibt dir noch einst das Geschick.
Mag mich mit trügrischem Wort auch täuschen die falsche Geliebte,
  Wird mir die Hoffnung schon große Genüsse verleihn.
Mag sie schmeicheln mir bald, bald Streit und Hader beginnen,
  Oft erfüllen mein Flehn, oft mir verweigern den Wunsch.
Mars heißt launisch; er ward es durch dich, Cupido, den Stiefsohn,
  Und dein Beispiel ahmt jetzt auch beim Kämpfen er nach.
Flüchtig bist du und windiger noch als die eigenen Flügel;
  Mit zweideutiger Treu gibst und verweigerst du Gunst.
Wenn mein Bitten jedoch du erhörst und die liebliche Mutter,
  Wirst im Herzen du mir ewiglich gründen dein Reich.
Füge dem Reich hinzu die schweifenden Scharen der Mädchen,
  Von zwei Völkern alsdann wirst du gar huldvoll verehrt.

10

Du, ich erinnre mich wohl, Graecinus, du warst es, der sagte,
  Nimmer vermöcht ein Mann zweie zu lieben zugleich.

Durch dich bin ich getäuscht; durch dich fahrlässig
entwaffnet,
Bin ich in zweie zugleich schmählich nun selber
verliebt.
Beide sind schön von Gestalt; nach Bildung eifern sie
beide;
Nicht ist zu sagen so leicht, welche der andern voraus.
Jene ist schöner als die, doch die auch schöner als jene.
Diese gefällt mir mehr, doch auch die andere mehr.
Und wie die schwankende Jacht ein Spiel zwieträchtiger
Winde,
Hält in der Mitte mich so beiderlei Liebe geteilt.
Was, Erycina, verdoppelst du mir ohn Ende die Schmerzen?
War *ein* Mädchen mir nicht völlig zur Sorge genug?
Fügst du Blätter dem Baum, fügst Sterne den Scharen des
Himmels,
Fügst du der Tiefe des Meers etwa noch Wasser hinzu?
Und doch! besser ist dies, als von Liebe verlassen zu
liegen.
Meinem verhaßtesten Feind wünsch ich, daß züchtig er
lebt,
Meinem verhaßtesten Feind, daß er schlaf auf einsamem
Lager,
Daß er die Glieder bequem streck in der Mitte des
Pfühls.
Mich mag wilde Begier aufjagen aus lässigem Schlummer
Und mein Bett mich nie fühlen als einzige Last.
Möge mich, ohne daß einer es hindert, mein Mädchen
verderben,
Wenn sie *allein* es vermag; zwei, wenn die eine nicht
reicht.
Ich bin genug für zwei, mein Wuchs ist schlank, doch
nicht kraftlos;
Nerven und Sehnen sind stark, nur das Gewicht ist
gering.
Liebesgenuß ernährt mit erneuerten Kräften die Seiten,
Und noch ließ mein Dienst nimmer ein Mädchen im
Stich.
Oft, wenn die Nachtzeit ich verbracht in üppigem Treiben,
War ich am Morgen doch noch brauchbar und kräftig
von Leib.

Glücklich, wen Venus' Wechselgenuß aufreibt und vernichtet.
Gäben die Götter, daß mir wäre dies Ende bestimmt!
Trage dem Feindesgeschoß der Soldat entgegen die offne
Brust, und erkauf er mit Blut willig unsterblichen Ruhm.
Suche der Geizhals Schätze; das Meer, das er müde gepflügt hat,
Trink er im Schiffbruch noch mit dem verlogenen Mund.
Doch mir sei es vergönnt, von Venus' Spielen ermattet,
Aufzugeben den Geist mitten im Liebesgenuß;
Und ein Freund, der weinend mir folgt bei meiner Bestattung,
Sage: „Das war ein Tod, der für dein Leben gepaßt!"

11

Jenen verderblichen Weg durch die staunenden Wogen des Meeres
Lehrte die Fichte zuerst, Pelions Gipfel entstammt,
Die auf verwegener Fahrt durch zusammenschlagende Felsen
Den mit dem Goldenen Vlies prangenden Widder entführt.
Hätte, daß keiner die Fläche der Flut aufrührte mit Rudern,
„Argo" doch scheiternd des Meers bittere Wogen geschlürft!
Sieh, es entflieht dem gemeinsamen Bett und unsern Penaten
Meine Corinna und zieht aus auf den tückischen Pfad.
Ach ich Armer, wie fürcht ich für dich den Ost- und den Westwind,
Boreas' eisiges Wehn und den versengenden Süd!
Städte nicht siehst du dort; nicht wirst du Wälder bewundern,
Eine Gestalt nur zeigt rings das betrügrische Meer.
Auch nicht buntes Gestein, nicht zierliche Muscheln erblickst du
Hoch auf der Flut; dies Spiel kennt nur der durstige Strand.

Hier in den Sand nur drückt, ihr Mädchen, die marmornen Füße,
Hier nur ist sicher die See; finster der übrige Weg.
Laßt durch andere euch von dem Kampf der Stürme berichten,
Und wie Scylla die Flut, wie sie Charybdis bedrängt,
Wie, von Wogen umtobt, hoch ragen Keraunias Felsen,
Wo sich die Syrt in der Bucht – große wie kleine – versteckt.
Andre berichten euch dies: mögt ihr, was jeder berichtet,
Glauben; dem Glaubenden droht nicht von Orkanen Gefahr.
Nach dem Gestad hin blickst du zu spät, wenn das Tau man gelöst hat
Und ins unendliche Meer fliegt der gebogene Kiel,
Wenn vor dem zürnenden Wind erbebt der geängstigte Seemann
Und so nahe den Tod sieht, wie das Wasser er sieht.
Dann, wenn Triton gar aufhetzt die erschütterten Wogen,
Wie wird aus dem Gesicht gänzlich die Farbe dir fliehn!
Dann zum Zwillingsgestirn, den erbarmenden Söhnen der Leda,
Flehst du und rufst: „O beglückt, wer auf dem Lande nun weilt!"
Sicherer ist's, man wärmt sein Bett und liest in Gedichten
Oder es rauscht durch das Spiel thrakischer Saiten die Hand.
Und doch, wenn auch mein Wort die geflügelten Stürme vereiteln,
Mag Galatea dir gnädig beschützen dein Schiff!
Ja, euch geb ich die Schuld, geht solch ein Mädchen zugrunde,
Ihr Nereïden und du, Vater des göttlichen Chors.
Geh und denke an mich; komm heim mit günstigem Winde;
Dann mit stärkerem Hauch schwelle dein Segel die Luft.
Lenke zu unserem Strand dann das Meer, erhabener Nereus,
Hierher wehe der Wind, treibe die Wasser die Flut.
Flehe du selbst, daß Zephyr allein dir schwelle die Segel,
Richte das blähende Tuch selbst mit der Hand nach dem Wind.

Ich erblicke zuerst vom Strand das befreundete Fahrzeug,
Und laut ruf ich: „Es bringt unsere Götter zurück!",
Nehm auf die Schultern dich hoch und küsse dich, wie ich dich treffe,
Und für die Rückkehr wird dankbar das Opfer gebracht.
Aus dem gefügigen Sand wird rasch ein Polster gebildet,
Und statt des Tisches genügt irgendein Hügel am Strand.
Da wirst vieles du mir bei Lyaeus' Bechern erzählen,
Wie beinahe dein Schiff mitten im Meere versank,
Wie, da zu mir du geeilt, du nicht vor den Schrecken der Nachtzeit,
Nicht vor des stürmenden Süds heftigen Stößen gebebt.
Alles erscheint mir wahr, und wär's in der Tat nur erdichtet;
Warum sollt ich denn nicht schmeicheln dem eigenen Wunsch?
Bringe *den* Tag mir Lucifer dann so strahlend vom hohen
Himmel, wie je er erschien, schleunigst auf eilendem Roß.

12

Schlingt um die Schläf euch mir, siegkündende Zweige des Lorbeers:
Sieger bin ich: an die Brust halt ich Corinna gedrückt,
Sie, die der Mann, die verschlossene Tür und der Pförtner – so viele
Feinde – geschützt, daß mit List nimmer sie würde geraubt.
Solch ein Sieg vor allem ist wert des höchsten Triumphes,
Wo, wie groß sie auch ist, Blut an der Beute nicht klebt.
Nicht ein niedriger Wall, nicht mit winzigen Gräben ein Städtchen,
Hier ist erobert ein Weib – ich war der Führer im Kampf.
Als einst Pergama fiel als Gewinn zehnjährigen Krieges,
Welch ein Teil an dem Ruhm kam den Atriden da zu?
Doch *mein* Lob ist für sich und hat nichts zu tun mit Soldaten,
Und mit meinem Verdienst schmücket kein anderer sich.

Feldherr selbst und Soldat, hab ich dies Ziel mir erstritten,
Selbst wár Fußknecht ich, Reiter und Fähnrich ich selbst.
Auch kein Zufall ward vom Geschick mir gemischt in den Kriegsruhm.
Komm denn, Triumph! du Triumph, den ich mir selber erfocht.
Neu ist der Kriegsgrund nicht. Wenn nicht Tyndarus' Tochter geraubt ward,
Wäre mit Asien noch friedlich Europa vereint.
Auch die Lapithen des Walds hat zum Kampf mit den Doppelgestalten
Einst beim schäumenden Wein schmählich entzündet ein Weib.
Wieder ein Weib hat die Troer vermocht, daß von neuem zum Schwert sie
Griffen; so wurde dein Reich, edler Latinus, verheert.
War's nicht ein Weib, das nach Rom, als die Stadt erst eben erbaut war,
Führte die Schwäher hinein? gab die verderbliche Wehr?
Hab ich doch Stiere gesehn im Kampf um die schneeige Färse;
Als Zuschauerin stand selbst sie und reizte die Wut.
Gleich so vielen hat mich – doch mich unblutig – Cupido
Zu seinen Fahnen gepreßt, mit sich entführt in den Krieg.

13

Mit verwegenem Sinn versuchte Corinna des Leibes
Last zu zerstören; und krank liegt sie in Todesgefahr.
Zwar, da geheim vor mir das gefährliche Werk sie betrieben,
Sollt ich ihr zürnen; doch weicht vor dem Entsetzen der Zorn.
Hatte von mir sie gewiß doch empfangen; so wenigstens glaub ich;
Denn für Wirklichkeit gilt oft mir, was *möglich* nur ist.

Die Paraetonium du und die fruchtbaren Aun von
Canopus,
Die du das Palmengefild Pharos' und Memphis'
bewohnst
Und wo der reißende Nil in breiterem Bette, durch sieben
Mündungen flutend, sich mischt mit dem Gewässer des
Meers,
Isis, beim Sistrum fleh ich, beim heiligen Haupt des
Anubis –
Mag dem Osiris so ewig gefallen dein Dienst;
Mag um dein Weihegeschenk sich langsam winden die
Schlange,
Stiergott Apis mit dir wandeln im prangenden Zug –,
Hierher wende den Blick, in der einen erbarme dich
zweier;
Du wirst der Herrin mein schenken das Leben, *sie* mir.
Oft hat im Dienst für dich sie gesessen an festlichen
Tagen,
Da, wo dein Lorbeergezweig netzet der gallische
Schwarm.
Und du, die du ja sonst dich der kreißenden Frauen
erbarmest,
Wenn zu lange den Leib spannt die verborgene Last –
Komm in Gnaden herbei und erhöre mein Flehn, Ilithyia!
Ja sie verdienet es wohl, daß du dein Amt an ihr übst.
Weihrauch spend ich dann selber, geschmückt, auf
umdampftem Altare,
Auch das gelobte Geschenk leg ich zu Füßen dir selbst.
Und ich schreibe darauf: „Für Corinnas Rettung, von
Naso."
Mögst du der Inschrift Raum und dem Geschenke
verleihn.
Doch du – wenn es sich ziemt, bei so großer Befürchtung
zu warnen –,
Laß es dir ewig genug sein an der ersten Gefahr!

14

Was doch hilft es, daß frei vom Kriegsdienst feiern die Mädchen
Und mit dem Schilde nicht mehr folgen der tobenden Schar,
Wenn auch ohne den Krieg durch die eigenen Waffen sie leiden
Und die verblendete Hand rüsten zu ihrem Verderb?
Die zuerst es begann, sich die keimende Frucht zu entreißen,
Hätt bei der blutigen Tat wahrlich zu sterben verdient.
Also allein daß den Leib man nicht zeih entstellender Runzeln,
Rüstest den Kampfplatz du zu dem entsetzlichen Werk?
Hätte derselbe Brauch der Vorzeit Müttern gefallen,
Wäre das Menschengeschlecht lange vertilgt durch die Schuld,
Und man bedürfte von neuem des Manns, der – unseres Stammes
Ursprung – würfe Gestein in die entvölkerte Welt.
Wo war der Mann, der des Priamus Macht brach, hätte des Meeres
Göttin zu tragen die Last, bis sie erfüllet, verschmäht?
Hättest die Zwillinge du im schwellenden Leibe getötet,
Ilia, gab es nie Gründer der herrschenden Stadt.
Hätt an Aeneas sich die schwangere Venus versündigt,
Blieb' des Cäsarengeschlechts ewig die Erde beraubt.
Du auch, die du so schön zur Welt kamst, wärest vernichtet,
Hätte die Mutter mit dir, so wie *du* tatest, getan.
Ich auch selbst, dem besser es war, durch Liebe zu sterben,
Hätte das Licht nicht gesehn, gab mir die Mutter den Tod.
Raubst du die Traube noch grün von üppig beladener Rebe?
Reißt du mit grausamer Hand sauer die Früchte vom Baum?
Fällt doch von selbst, was reift. Laß, was da entstanden ist, wachsen!
Für den geringen Verzug ist ja das *Leben* der Preis.

Was durchwühlt ihr den eigenen Leib mit spitzigen Waffen?
Gebt entsetzliches Gift Kindern noch vor der Geburt?
Wie ihr die Kolcherin schmäht, daß der Knäblein Blut sie vergossen,
Und um Itys weint, weil ihn die Mutter erwürgt!
Grausam waren sie beide; doch rächten aus schmerzlichem Grund auch
Beide sich an dem Gemahl durch das gemeinsame Blut.
Wo ist der Tereus, sagt, und wo der Iason, der *euch* treibt,
Daß mit bekümmerter Hand ihr euch den Körper durchbohrt?
Das hat die Tigerin nimmer getan in Armeniens Bergschlucht,
Selbst auch die Löwin hat nimmer die Jungen erwürgt!
Aber die zärtlichen Mädchen, sie tun's – doch trifft sie die Strafe:
Oft, wer vernichtet die Frucht, tötet sich selber dadurch;
Tötet sich selbst und liegt mit gelöstem Haar auf dem Holzstoß,
Und wer immer sie sieht, ruft: „Ihr geschah nach Verdienst!"
Doch, mag dieses mein Wort in den Lüften des Äthers verhallen,
Sei es, wenn ahnend ich sprach, ohne Gewicht und Erfolg!
Gnädige Götter, verleiht, daß sie straflos einmal gesündigt;
Sei es genug, daß sie büße beim zweiten Vergehn!

15

Ring, der den Finger du bald umgibst des reizenden Mädchens,
Dessen alleiniger Wert Liebe des Gebenden ist,
Geh als ein freundlich Geschenk, und möge mit frohem Gemüte
Sie dich empfangen und gleich über den Finger dich ziehn.

Mögst du ihr passen so gut, wie wir zueinander auch passen,
Und um den Finger dein Kreis schließen genau und bequem.
Glücklicher Ring, dich wird nun bald handhaben die Herrin;
Ach ich Armer, bereits neid ich dem eignen Geschenk.
Oh, daß plötzlich ich mich verwandeln könnt in die Gabe
Mit der Äaerin Kunst wie der karpathische Greis.
Käm es ihr dann in den Sinn, zu berühren die schwellenden Brüste,
Hätte sie unters Gewand grade die Linke gesteckt,
Fiel' ich vom Finger herab, wie eng und fest ich auch säße,
Schlüpft ihr mit seltener Kunst los in den Busen hinab.
Dann auch, damit zum Versiegeln der heimlichen Briefchen ich taugte
Und nicht am trockenen Stein hinge das klebrige Wachs,
Rührt ich vorher den befeuchteten Mund des lieblichen Mädchens;
Aber die Briefe, die mich kränkten, versiegelt ich nie.
Gäbst zur Verwahrung du mich in ein Kästchen, so würd ich nicht abgehn
Und mit engerem Kreis fest dir den Finger umziehn.
Nicht zur Unzier würd ich dir auch, mein Leben, gereichen
Und mein Gewicht auch nicht drücken die zärtliche Hand.
Trage mich, wenn dich umrauscht des Bades lauwarmer Regen:
Gern ertrag ich es, dringt unter den Stein auch die Flut.
Aber ich fürcht, erblick ich dich nackt, so schwell ich vor Wollust,
Und wiewohl nur ein Ring, werd ich mich zeigen als Mann.
Welch ein vergeblicher Wunsch! Geh hin denn, kleines Geschenk du,
Sag ihr, ich sende zugleich ewige Treue mit dir.

16

In der Peligner Gebiet sulmonischem Drittel verweil ich;
Klein ist das Land, doch gesund; rings von Gewässern umsäumt.
Ob mit näherem Strahl auch die Sonne zerspaltet den Boden
Und der ikarische Hund funkelt mit tückischem Stern,
Sind die pelignischen Aun von blinkenden Wogen durchrieselt,
Und auf dem lockeren Grund grünet das üppige Gras.
Reich ist die Flur an Ceres' Frucht, viel reicher an Trauben,
Pallas' Beere gedeiht schön auf dem leichteren Land.
Bäche durchgleiten das Gras, das sich beugt und wieder emporhebt,
Um dem befeuchteten Grund schattigen Rasen zu leihn.
Aber mein Feuer ist fort! – das war ein Fehler im Ausdruck:
Die mir die Gluten erregt, fehlt mir; die Gluten sind da.
Würd ich zum Himmel erhöht inmitten von Kastor und Pollux,
Möcht ich nicht ohne dich teilhaben am Himmelsgezelt.
Mögen die rastlos liegen, bedrückt von lastender Erde,
Welche zuerst geteilt in lange Straßen die Welt.
Oder sie mußten dem Mann zur Begleitung geben ein Mädchen,
Wenn lange Straßen durchaus sollten durchschneiden die Welt.
Dann, wenn auch schaudernd vor Frost ich die stürmischen Alpen erklömme,
Zöge die Herrin nur mit, wäre der Weg mir bequem.
Zöge die Herrin mit, so durchdräng ich die libyschen Syrten,
Freudig dem tobenden Süd gäbe die Segel ich preis.
Euch, Untiere, die ihr den Schoß umbellet der Jungfrau,
Fürchtet ich nicht noch die Bucht, dort, wo Malea sich krümmt,
Noch die den Schlund sich füllt mit gescheiterten Schiffen, Charybdis,
Die ausgießet die Flut und sie von neuem verschlingt.

Wenn dann die Sturmgewalt Neptuns uns dennoch besieget
Und uns die Woge die gern helfenden Götter entführt,
Schling um den Nacken du mir nur getrost die schneeigen Arme;
Leicht mit gelenkigem Leib trag ich die liebliche Last.
Oft, um bei Hero zu sein, durchschwamm der Jüngling die Wogen,
Hätt es zuletzt auch getan; doch es war dunkel der Weg.
Ohne dich aber, ob rings um mich mit Reben die Äcker
Reich sich schmücken, die Flur schwellende Ströme durchziehn
Und in Gräben die rinnende Flut ableitet der Landmann,
Kühlender Wind das Haar säuselnder Bäume bewegt,
Ist es mir nicht, als atm ich in heilsamer Luft der Peligner,
Nicht wie im Heimatland auf dem ererbten Besitz:
Nein, wie bei Skythen, kilikischen Horden und grünlichen Briten
Und wo Prometheus' Blut rötet den starrenden Fels.
Liebt doch die Ulme die Reb, und die Rebe verläßt nicht den Ulmbaum:
Weshalb werde so oft *ich* von der Herrin getrennt?
Und doch schworst du so fest, mir Begleiterin ewig zu bleiben,
Bei deinem Augenpaar – meinem Gestirn – und bei mir!
Leichter als fallendes Laub ist ein Wort von Mädchen gegeben,
Wird von Wogen und Wind dahin und dorthin verstreut.
Doch, wenn noch etwas Sorge du trägst für mich, den Verlaßnen,
Auf und mache zur Tat endlich, was längst du versprachst.
Schirre die flüchtigen Pferdchen sogleich an den niedlichen Wagen,
Schwing in sausendem Trab selbst um die Mähnen den Zaum.
Senkt auf dem Weg, wo sie naht, euch nieder, ihr schwellenden Hügel,
Seid ihr, Pfad' in des Tals Windungen, glatt und bequem!

17

Achtet es einer für Schmach, als Knecht zu dienen dem Mädchen,
Würde sein Urteil mich schuldig erkennen der Schmach.
Treffe mich immer denn Schmach, wenn nur sie, die Kytheras umwogten
Strand und Paphos beherrscht, mäßiger künftig mich quält.
Wäre die Herrin dann, der zur Beute ich fiel, nur noch gütig,
Da ich nun einmal bestimmt, Beute der Schönen zu sein.
Schönheit erhöhet den Mut; Corinna ist grausam aus Schönheit;
Weh mir Armem, warum kennt sie sich selber so gut?
Wisse, vom Bild, das der Spiegel ihr zeigt, entnimmt sie den Hochmut,
Und nie sieht sie hinein, bis sie zuvor sich geputzt.
Aber, verleiht dein Gesicht dir auch allmächtige Herrschsucht –
O wie geschaffen es ist, mir zu berücken den Blick! –,
Mußt deswegen du nicht, verglichen mit dir, mich verachten,
Da zu Geringerem auch sich das Erhabene schickt.
Auch die Nymphe Kalypso, so heißt's, hat zum sterblichen Manne
Liebe gefühlt, ja sie hielt ihn, der sich weigerte, fest.
Ja man erzählt, daß die Göttin des Meers sich dem phthiischen König
Und Egeria sich Numa, dem Weisen, ergab,
Venus gar dem Vulcan, obwohl, wenn dieser vom Amboß
Kommt, er schief mit dem Fuß schreitet und widerlich hinkt.
Ungleich auch ist gefügt dies Lied, und passend doch reiht sich
An den heroischen Vers immer das kürzere Maß.
Drum nimm du auch mich an, mein Licht. Sprich aus die Bedingung;
Gib vom erhabenen Pfühl, wie dir gebührt, dein Gesetz.

Wahrlich, nicht bring ich dir Schimpf noch Last, die du lieber entfernt sähst:
Unsere Liebe bedarf auch der Verheimlichung nicht.
Zwar nicht großen Besitz, doch biet ich erfreuende Lieder;
Und gar manche, wie gern würde durch mich sie berühmt!
Kenn ich doch eine, die selbst verbreitet, sie sei die Corinna:
Und was gäbe sie nicht, könnte sie wirklich es sein?
Doch Eurotas' kühlende Flut und der pappelumkränzte
Padus, sie fließen vereint nie in demselbigen Bett.
So wirst du, nur du, in meinen Gesängen gefeiert;
Du nur leihest den Stoff meinem erfindenden Geist.

18

Während du, Macer, dein Lied ausführst bis zum Zorn des Achilles,
Waffen zuerst dem Bund leihst, der zum Krieg sich verschwor,
Streck ich, Macer, mich träg im müßigen Schatten der Venus;
Amor, der zärtliche, bricht mir zum Erhabnen die Kraft.
Oft schon hab ich zum Mädchen gesagt: „Entferne dich endlich!"
Und gleich hat sie sich mir schmeichelnd gesetzt auf den Schoß.
Oft auch sagt ich: „Ich schäme mich recht!" – dann hielt sie die Tränen
Kaum und rief: „Weh mir! Schämst du dich, daß du mich liebst?"
Und sie umschlang mir den Hals so hold mit den Armen und schenkte –
Und das ist mein Verderb! – Küsse zu Tausenden mir.
Siegreich zieht sie den Geist mir ab von Waffen und Kämpfen,
Daß ich von häuslicher Tat sing und vom eigenen Krieg.
Aber das Zepter ergriff ich, und eine Tragödie reifte,
Sorglich gepflegt; für das Werk schien ich erträglich geschickt.

Amor lachte des schleppenden Kleids, der gemalten
Kothurne,
Und wie vom häuslichen Herd plötzlich zum Zepter ich
griff.
Und auch dem entzog mich der strengen Gebieterin
Allmacht,
Amor feiert den Sieg über den Dichterkothurn.
Was mir nun bleibt, das treib ich: „Die Kunst der
zärtlichen Liebe" –
Wehe, wie werd ich mit dem, was ich sie lehrte,
gequält!
Oder ich schreibe, was einst Penelope ihrem Ulixes
Meldete, oder wie du, Phyllis, verlassen, geweint,
Was man an Paris geschrieben, an Makareus und an den
bösen
Iason, an Hippolyts Vater und dich, Hippolyt,
Und was, das Schwert in der Hand, die unglückselige
Dido,
Was des äolischen Spiels Meisterin, Sappho, gesagt.
Wie mein Sabinus so bald von des Weltalls Enden zurück
ist,
Wie er die Antwort schon bringt vom entferntesten
Ort!
Ihres Ulixes Siegel erkennt die keusche Gemahlin,
Phaedra liest mit Begier, was ihr Hippolytus schreibt.
Auch Aeneas, der Held, antwortet der armen Elissa;
Hier ist für Phyllis ein Brief – wenn er am Leben sie
trifft.
An Hypsipyle kommt von Iason ein trauriges Schreiben.
Sappho, wiedergeliebt, weihte dem Phoebus ihr Spiel.
Macer, auch du, soweit es erlaubt dem Sänger der Waffen,
Läßt inmitten des Kriegs Amor, den goldnen, nicht aus.
Paris ist hier und die trügrische Frau – das berühmte
Verbrechen –,
Laodamia, die froh folgte dem toten Gemahl.
Kenn ich dich recht, so besingst du den Krieg nicht lieber
als diese,
Und vom Lager des Mars schweifst in das meine du
gern.

19

Liegt dir, Tor, nicht daran, dein Mädchen für dich zu bewahren,
Nun so bewahr es für mich, daß die Begierde mir wächst.
Was uns erlaubt ist, stößt uns zurück; das Verbotene reizt uns.
Der ist von Eisen, der liebt, wo ihm der andre nicht wehrt.
Hoffnung muß und Furcht uns gleich in der Liebe bewegen
Und die Erfüllung erst nahn nach versagtem Gehör.
Was ist das Glück mir wert, das nie mich würdigt der Täuschung!
Was mich zu keinerlei Zeit peinigt, das lieb ich auch nicht.
Wohl erspähte die Schwäche bei mir die verschlagne Corinna,
Kannte das Mittel, wodurch schlau sie mich köderte, wohl.
Oh, wie erlog sie so oft Kopfschmerz, wenn sie völlig gesund war,
Schickte mich, wenn auch mein Fuß zögernd sich sträubte, nach Haus.
Oft erheuchelte Schuld sie sogar, und soweit bei der Unschuld
Irgend es möglich, schien wirklich sie schuldig zu sein.
Hatte sie so mich gereizt und erweckt die schlummernden Flammen,
Fügte gefällig sie sich wieder und freundlich dem Wunsch.
Wie sie mit schmeichelnder Art und zärtlichen Worten mir nahte!
Himmlische Götter! wie oft hat sie und *wie* mich geküßt!
Auch du, die du mir erst vor kurzem die Augen berückt hast,
Fürchte nur öfters Verrat, schlag mein Begehren mir ab;
Laß auf die Schwelle gestreckt mich oft vor den Pfosten der Türe
Liegen und lange den Frost dulden und Reif in der Nacht.

So wird dauern die Lieb und wird mit den Jahren sich mehren;
Das ergötzt mich; das gibt kräftige Nahrung dem Geist.
Liebe, die gar zu bequem und reichlich, erreget uns Ekel,
Gleich wie zu süßliche Kost wird bald dem Magen zur Last.
Hätte man Danaë nicht im ehernen Turme verschlossen,
Hätt auch Danaë Zeus nimmer zur Mutter gemacht.
Io, mit Hörnern entstellt und bewacht von der neidischen Juno,
Wurde gerade darum lieber dem Zeus als vorher.
Wer, was erlaubt und bequem ist, erstrebt, der rupfe vom Baum sich
Blätter zum Mahl, und den Trunk schöpf er aus offenem Fluß.
Will lang herrschen ein Weib, so muß sie den Liebenden täuschen.
Wehe! daß mir nur der Rat selber nicht werde zur Qual!
Doch mag kommen, was will; Nachgiebigkeit schadet mir immer:
Was mich verfolgt, flieh ich, und ich verfolge, was flieht.
Doch du, der du zu sicher dich glaubst des reizenden Mädchens,
Fange nur an, und die Tür schließ bei beginnender Nacht;
Fange zu forschen nur an, wer so oft ganz leis an der Schwelle
Klopft, was das Hundegebell meint in der schweigenden Nacht,
Was für Briefe die Magd so geschäftig trägt und zurückbringt
Und was die Frau so oft schläft in gesondertem Bett.
Solche Besorgnis laß am Mark bisweilen dir nagen,
Und gib Raum und Stoff, Bester, für unsern Betrug.
Wahrlich, Sand heißt das am einsamen Strande sich stehlen,
Wenn man des törichten Manns Gattin zum Liebchen sich nimmt.

Und schon sag ich's vorher, wenn du nicht dein Weib zu bewachen
Anfängst, fängt auch sie an, nicht die meine zu sein.
Viel ertrug ich und lange; doch hofft ich noch immer, du würdest
Gut sie bewachen, daß ich schön dich betröge sodann.
Zäh bist du und erträgst, was ein Mann nie sollte ertragen.
Doch mit der Liebe, die man frei mir gestattet, ist's aus.
Ich Unglücklicher, nie wird mir verweigert der Zutritt?
Ohne Gefahr soll ich immer verbringen die Nacht?
Nichts auch fürchten und immer den Schlaf hinziehn ohne Seufzen?
Du tust *nichts*, daß ich dir wünschte von Herzen den Tod?
Sag, was soll ich mit ihm, dem gefälligen Kuppler von Ehmann,
Da sein Fehler mir doch jedes Vergnügen verdirbt?
Andere suche dir aus, die an solcher Geduld sich erfreuen!
Wenn du mich zum Rival willst, so verbiete mir es.

Drittes Buch

1

Alt – jahrhundertelang von der fällenden Axt nicht
getroffen –
Ragt ein Wald. Ein Gott, scheint es, bewohnet den Ort.
Mitten ein heiliger Quell, umwölbt von hangendem
Tuffstein,
Und süß tönt ringsum klagender Vögel Gesang.
Hier lustwandelt ich einst in des Hains umschattendem
Dickicht,
Sinnend, zu welcherlei Stoff wende sich passend mein
Lied.
Da kamst du, Elegie, im duftenden Lockengeflechte,
Irr ich nicht, schien *ein* Fuß, Göttin, dir länger zu sein.
Hold die Gestalt, durchsichtig das Kleid und schmachtend
die Mienen!
Selbst durch den Fehler am Fuß wurde der Reiz nur
erhöht.
Und die Tragödie kam, mit mächtigen Schritten, gewaltsam,
Düster die Stirne, das Haar tief, und mit schleppendem
Kleid.
Weitausladend bewegt ein Königszepter die Linke,
Hoch umschlingt des Kothurns lydische Fessel den Fuß.
Und sie begann: „Wann wirst ein Ende du machen der
Liebe?
Dichter, du hängst zu zäh immer am eigenen Stoff.
Schon wird dein schmähliches Tun erzählt bei
Zechergelagen,
Wird am Kreuzweg schon rings durch die Straßen
erzählt.
Oft schon zeigt man, geht er vorbei, auf den Dichter mit
Fingern,
Ruft: der, der dort ist's, welchen Cupido versengt.

Merkst du nicht, daß ganz Rom dich schon als Fabel herumträgt,
Da ganz schamlos du selber berichtest dein Tun?
Zeit wär's, daß dich der Schlag des ernsteren Thyrsos bewegte!
Schreite – du ruhtest genug! – endlich zu größerem Werk.
Niedergedrückt wird dein Geist vom Stoff, sing männliche Taten,
Und du wirst sagen: ‚*Die* Bahn ist wie geschaffen für mich!'
Schuf dir tändelnd die Muse Gesang für zärtliche Mädchen,
Hast du in Weisen, die ihr ziemten, die Jugend verbracht,
Muß *ich*, Roms Tragödie, jetzt durch dich mich zum Ruhme
Schwingen empor, *mein* Gebot künftig erfüllen dein Geist."
Also *sie*, und auf bunten Kothurn sich stützend, bewegt' sie
Dreimal, viermal das Haupt, düster von Locken umwallt.
Aber die andere lachte dazu mit schelmischen Augen;
Irr ich nicht, war ihr die Hand rechts mit der Myrte geschmückt.
„Stolze Tragödie", sprach sie, „was dringst mit gewichtigen Worten
Du auf mich ein? Entsagst nie du gewichtigem Ernst?
Und doch ließest du jetzt dich ein auf die wechselnden Maße,
Um zu kämpfen mit mir, nahmst du die Verse von mir.
Niemals würd ich mein Lied mit erhabnen Gedichten vergleichen:
Niedrigen Türen zu hoch raget der Königspalast.
Leicht bin ich selbst und leicht ist er, dem ich diene, Cupido;
Und kein Wunder, daß ich stärker nicht bin als mein Stoff.
Bäurisch ist ohne mich nur die Mutter des maßlosen Amor,
Und als Kupplerin drum schließ ich der Göttin mich an.

Sie, die du nimmer vermagst mit hartem Kothurn zu erschließen,
Meinem schmeichelnden Wort öffnet die Türe sich leicht.
Größere Macht auch verdien ich als du, da ich vieles ertrage,
Was dein stolzerer Blick nimmer erträglich sich denkt.
Durch mich hat Corinna gelernt, den Wächter zu täuschen,
Und wie des festesten Tors Treue zum Wanken man bringt,
Und zu entgleiten dem Bett, umhüllt mit losem Gewande,
Ohne den mindesten Laut nachts zu bewegen den Fuß.
Oh, wie oft hab ich an der grausamen Türe gehangen,
Ließ mich geduldig dort lesen vom gaffenden Schwarm.
Ja, ich erinnere mich, wie einst, bis der grimmige Wächter
Fort war, ich in der Magd Busen verborgen mich hielt;
Und nun gar, da du mich zum Geburtstag schickst, wie Corinna
Mich zerbrach und, o Schimpf! grausam ins Wasser mich warf!
Ich auch nährte zuerst dir den fruchtbaren Samen des Geistes:
Daß jetzt jene um dich wirbt, das verdankst du nur mir."
Also schloß sie; ich sprach: „Ich beschwör euch Göttinnen beide,
Mag mein schüchternes Wort finden doch ruhig Gehör.
Du schmückst mich mit des Zepters Gewalt und dem hohen Kothurne;
Schon, wie du nur mich berührst, tönet erhaben mein Mund.
Doch *du*, dauernden Ruhm verleihest du unserer Liebe:
Gnädig zum längeren Vers füge den kürzeren drum.
Du, Tragödie, laß dem Sänger nur wenige Zeit noch:
Dann bist du ewig mein Werk; kurz ist, was jene verlangt."
Und sie erhörte den Wunsch; nun eile dich, Büchlein der Liebe,
Weil es noch Zeit; auf dem Fuß folgt dir ein größeres Werk.

2

Nicht als ein Kenner bin ich hier von edelsten Rossen
 (Zwar für das Roß, dem du wünschest den Sieg, bin auch ich),
Nein, ich kam nur, mit dir zu plaudern, zu dir mich zu setzen,
 Daß du erfährst, wie du Liebe bei andern entflammst.
Du schaust hin nach der Bahn, ich nach *dir*; laß beid uns betrachten,
 Was uns gefällt, laß uns weiden die Blicke daran.
Glücklich der Lenker der Rosse, für den du, Holde, Partei nimmst,
 Also er ist der Mann, den du erfreuest mit Gunst!
Würde das mir zuteil, so flög aus den heiligen Schranken
 Selbst ich auf hohem Gespann tapferen Mutes dahin.
Jetzt den Zügel verhängt und jetzt anpeitschend die Rosse,
 Streift ich mit innerem Rad scharf an dem Ziele vorbei.
Doch, wenn ich *dich* erblickte, so hielt ich mitten im Lauf an.
 Und aus der staunenden Hand glitte der flatternde Zaum.
Oh, wie Pelops fast vom pisäischen Speere gefällt ward,
 Als er nach deinem Gesicht, Hippodamia, geschaut!
Und doch hat er zuletzt noch gesiegt durch die Gunst der Geliebten;
 Siegte doch jeder von uns durch der Gebieterin Gunst!
Wie? Du fliehest? Umsonst! die Linie da hält uns zusammen;
 Das ist der Vorteil, den bietet des Circus Gesetz.
Doch du, wer du auch bist, da zur Rechten, verschone das Mädchen!
 Komm mit der Seit ihr nicht nahe; du tust ihr ja weh!
Aber auch du, hinter uns, zieh hübsch zusammen die Füße!
 Pfui! mit dem knochigen Knie drücke den Rücken ihr nicht!
Aber es sinkt zu tief dein Gewand; es liegt auf dem Boden:
 Nimm es zusammen! – doch nein! selber schon heb ich es auf.

Neidisches Kleid, wie verdecktest du doch so zierliche Schenkel!
Und daß besser *du* siehst! ... Wahrlich ein neidisches Kleid!
Hatte die flüchtige Atalante doch Schenkel wie diese,
Die Milanion auch gerne gestützt mit der Hand.
Schenkel wie die sieht man auf dem Bild der geschürzten Diana,
Wenn sie das kräftige Wild – kräftiger selber – verfolgt.
Eh ich sie sah, entflammten sie mich; was, wenn ich sie sehe,
Da in die Gluten du Glut, Wasser gegossen ins Meer?
Schließ ich doch sicher aus *dem*, wie das andre mir müsse gefallen,
Was so heimlich sich birgt unter dem zarten Gewand!
Willst du inzwischen jedoch, daß freundlich kühlende Lüfte
Dich umwehn? Schon ist, siehe, mein Fächer zur Hand!
Oder entstammt meinem Herzen die Glut, nicht der äußeren Hitze?
Dörrt die gefangene Brust weibliche Liebesgewalt?
Auf dein weißes Gewand fliegt Staub dir, während ich spreche.
Willst du, garstiger Staub, fort von dem schneeigen Leib!
Aber da kommt ja der Zug. Andächtigen Mundes und Herzens
Klatschet ihm Beifall! Jetzt kommt er, der goldene Zug.
Vornan, seht, wie Victoria zieht mit entfalteten Schwingen.
Komm, o Göttin, und leih mir in der Liebe den Sieg!
Beifall klatscht dem Neptun, die zu sehr ihr trauet den Wogen!
Ich will nichts von dem Meer! Mir ist die Erde genug.
Klatsche dem Mars Beifall, Soldat! Ich hasse die Waffen.
Friede behagt mir; mir ward Liebe durch Frieden zuteil.
Sei Weissagern Apoll, sei Phoebe den Jagenden günstig,
Wende des Künstlers Hand dir, o Minerva, sich zu!
Stehe das Landvolk auf vor Ceres und Bacchus, dem zarten!
Kastor und Pollux, seid Reitern und Faustkämpfern hold!

Ich will, schmeichelnde Venus, nur dich und die bogengewalt'gen
Knaben beklatschen; o sei meinem Beginnen du hold!
Lenke der neuen Gebieterin Herz, sie lasse sich lieben.
Siehe, sie winkt; es gibt günstige Zeichen ihr Wink.
Was mir die Göttin versprach, versprich – ich flehe – du selber;
Mög es mir Venus verzeihn, größer als Venus bist du.
Hier bei allen den Zeugen, ich schwör's bei der Himmlischen Festzug,
Daß ich auf ewig nur dich will zur Gebieterin weihn...
Aber dir hängen die Füße; du kannst, wenn das dich erleichtert,
Zwischen den Gitterverschlag stecken zur Stütze den Fuß.
Schon ist der Circus geräumt; schon hat aus den Schranken der Spiele
Größtes der Prätor – die vierspännigen Rosse – gesandt.
Wem du die Gunst schenkst, seh ich, und wen du begünstigst, der siegt auch.
Selbst auch der Rosse Gespann scheint zu verstehn, was du willst.
Weh mir Armem! Er schwenkt um das Ziel in geräumigem Kreise,
Und mit beschleunigtem Rad drängt sich der nächste vorbei.
Was, Unglücklicher, tust du? Verdirbst du des Mädchens Gelübde?
Zieh mit kräftiger Hand, hörst du, die Zügel nach links!
Feig ist *der* Mensch und verschwendet die Gunst; doch ruft ihn zurück noch,
Römer, und gebt das Signal rings mit geschwungnem Gewand!
Sieh, man ruft ihn zurück! Doch daß die geschwungene Toga
Dir nicht verwirre das Haar, leg an den Busen dich mir.
Und schon öffnen aufs neu mit entriegeltem Tor sich die Schranken;
In buntfarbigem Zug sprengen die Rosse hervor.

Wenigstens jetzt auf offener Bahn enteile zum Siege!
Mach, daß mein Flehn sich erfüllt und der Gebieterin Flehn!
Ja, der Gebieterin Flehn ist erfüllt; noch bleibet das meine:
Er hat die Palm in der Hand; mein ist die Palme noch nicht.
Und sie lacht' und versprach mir etwas mit bedeutsamen Blicken;
Das ist genug; den Rest zahlst du woanders mir nach.

3

Geh nur, und glaub an Götter! Sie schwor und brach mir die Treue,
Und ihr Gesicht bleibt ganz, wie es gewesen zuvor.
Gradesolang wie ihr Haar sie umwallt', eh falsch sie geschworen,
Gradesolang ist es noch, seit sie die Götter verletzt.
Weiß war die Haut, das Weiß von rosiger Röte durchschimmert:
Und noch leuchtet wie Schnee rosig umstrahlt das Gesicht.
Klein war ihr Fuß: klein blieb die Gestalt des niedlichen Fußes;
Schlank und anmutvoll *war* sie und *ist* sie noch jetzt.
Wie war ihr Auge belebt: wie ein Stern noch funkeln die Augen,
Ach, und wie oft Meineid grade bei ihnen sie schwor!
Ja, mich dünkt, es gestatten für ewig die Götter den Mädchen,
Falsch zu schwören; es ist selber die Schönheit ein Gott.
Jüngst, ich erinnre mich wohl, schwor hoch sie bei ihren und meinen
Augen, und siehe, hernach taten die meinen mir weh.
Sagt, ihr Götter, wenn *sie* euch straflos durfte betrügen,
Weshalb mußte denn *ich* leiden für fremdes Vergehn?
Was für Schmach hat euch einst des Kepheus Tochter bereitet,
Die, weil die *Mutter* zu schön war, ihr dem Tode geweiht!

Ist's nicht genug, daß ich ohne Gewicht zu Zeugen euch anrief
Und daß sie straflos mich höhnt und die *Götter* in mir?
Soll, daß durch *meine* Bestrafung sie sühne den eigenen Meineid,
Ich, der Betrogene, noch fallen für *sie,* die betrog?
Inhaltslos – nur ein Name ist Gott, ein eiteles Schreckbild,
Das mit törichter Furcht gläubige Völker bewegt;
Oder ist wirklich ein Gott, so ist er verliebt in die Mädchen,
Läßt sie in allem nach Wunsch schalten und walten allein.
Uns nur droht, mit dem Schicksalsschwert umgürtet, der Kriegsgott,
Nach uns schleudert den Speer Pallas, die nimmer erlag;
Auf uns zielt, gekrümmt, der schmiegsame Bogen Apollos,
Auf uns schwingt den Blitz Jovis erhabene Hand.
Aber die Schönen wird nimmer ein Gott, auch beleidigt, verletzen;
Sie, die vor ihm sich nie fürchteten, fürchtet er selbst.
Und nun sollte man fromm noch Weihrauch streun auf Altären?
Wahrlich ein höherer Mut ziemet dem männlichen Geist.
Jupiter schleudert den Blitz auf die eigenen Burgen und Haine,
Vor meineidigen Fraun hält er zurück das Geschoß.
Ja, so viele verdienten's: und sieh, es verbrannte die arme
Semele. Weil sie dem Gott huldigte, ward sie bestraft.
Hätte dem Liebenden sie, als er nahte, sich heimlich entzogen,
Hätte den Vater auch nicht Bacchus zur Mutter gehabt.
Doch, was klag ich? Was häuf ich Schimpf auf den ganzen Olympus?
Haben die Götter doch auch Augen und Herzen wie wir.
Wär ich selber ein Gott, ich sähe die eigene Gottheit
Mit meineidigem Mund ruhig verhöhnt von den Fraun.
Eidlich erhärtet ich selbst, wahr seien die Eide der Mädchen,
Und nie hieß' es von mir, daß ich ein grämlicher Gott.

Doch du mäßige dich im Gebrauch des Göttergeschenkes,
Oder zum mindesten laß, Mädchen, mein Auge
verschont.

4

Grausamer Mann, nichts nützt es, daß du mit Wachen das
holde
Mädchen umstellst; die Fraun schützt nur ihr eigener
Sinn.
Die ist keusch, die auch, wenn die Furcht man beseitigt,
noch keusch ist.
Wer nicht, weil er nicht kann, sündigt, der sündigt
gewiß.
Wenn du den Leib auch bewahrst, so bricht ihr Geist
doch die Ehe,
Und *der*, wenn er nicht will, wird nicht durch Wächter
beschützt.
Selbst nicht den Körper bewahrst du, und wenn du auch
alles verschlössest.
Schließest du allen die Tür, bleibt der Verführer doch
drin.
Weniger sündigt, wer sündigen darf; es macht die Erlaubnis
Selbst, daß der üppigen Lust Samen sich lässiger regt.
Hör auf mich! Laß ab, durch Verbot zur Sünde zu reizen;
Durch nachgiebigen Sinn setzest du besser es durch.
Jüngst erst sah ich ein Roß, das gegen die Zügel sich
sträubte,
Mit hartnäckigem Maul rennen dahin wie der Blitz.
Aber es stand, sobald es bemerkt, daß die Zügel man
nachließ,
Schlaff auf der Mähne, die hoch flatterte, ruhte der
Zaum.
Nach dem Verbotenen streben wir stets und begehren
Versagtes,
Wie nach verweigertem Trunk lechzend der Kranke
sich sehnt.
Hundert der Augen bedeckten die Stirn und hundert den
Nacken
Argus'; und doch wie oft täuschte sie Amor allein.

Danaë, die in ein festes Gemach von Stein und von Eisen
Man als Jungfrau schloß, ging doch als Mutter heraus.
Aber Penelope blieb, die doch nie von Wächtern umstellt war,
Unter der Jünglinge Schar, die sie umfreiten, stets rein.
Was man bewahrt, das erstreben wir mehr; es lockt die Besorgnis
Selber den Dieb; nicht leicht liebt man, was keiner uns wehrt.
Nicht die Gestalt reizt andre so sehr als die Liebe des Gatten.
Etwas Besondres, was dich feßle, vermuten sie hier.
Gut wird sie nicht durch die Hut des Manns, nur die Sünde wird süßer,
Und von größerem Wert scheinet die Furcht als der Leib.
Wie du dich ärgerst, es freut die verweigerte Lust doch am meisten,
Und es entzückt ein Weib, wenn sie: „Ich fürchte mich" sagt.
Sträflich auch ist's, ein Mädchen von freier Geburt zu bewachen;
Mag man durch solcherlei Furcht zwingen, die fremden Geschlechts.
Also, damit ein Wächter sich rühmt: „*Ich* bracht es zuwege",
Willst du, daß keusch dein Weib bleibe – zum Ruhme des Knechts?
Allzu bäurisch ist der, der verletzt sich fühlt durch der Gattin
Ehbruch; wahrlich, er kennt wenig die Sitten der Stadt,
Wo der mavortische Stamm nicht ohne Verbrechen gezeugt ist,
Remus, der Ilia Sohn, Romulus, Ilias Sohn.
Wenn nur ein züchtiges Weib dir gefiel, was nahmst du ein schönes?
Denn auf keinerlei Art läßt sich vereinigen das.
Bist du gescheit, gib nach der Gebieterin, laß von den strengen
Mienen, und halte so starr nicht an den Rechten des Manns.

Bringt dir Freunde die Frau – und sie bringt dir manche –, so zeige
Nett dich. Geringes Bemühn schafft dir bedeutende Gunst.
Zutritt hast du dann stets zu der Jünglinge frohen Gelagen
Und wirst vieles zu Haus sehen, was *du* nicht geschenkt.

5

„Nachtzeit war's, und es schloß mir der Schlaf die ermatteten Augen,
Da erfüllten den Geist solche Gesichte mit Furcht:
Unter besonnter Höh stand, dicht mit schattigen Eichen
Ragend, ein Wald; sein Gezweig hegte der Vögelein Schar.
Unter ihm dehnt' sich ein Plan, umgrünt vom üppigsten Rasen,
Welchen das perlende Naß murmelnder Quellen benetzt.
Unter des Walds Laubdach sucht ich zu entfliehen den Gluten;
Doch mich verfolgte die Glut selbst zu den Schatten des Walds.
Siehe, da stand, im Grase, das bunt mit Blumen gemischt war,
Weidend, von blendendstem Weiß mir vor den Augen ein Rind.
Blendender war es als Schnee, der erst vor kurzem gefallen
Und sich zu Wasser noch nicht löst' durch die Länge der Zeit;
Blendender noch als die Milch, die, weiß von zischendem Schaume,
Eben die Euter des Schafs, kaum noch getrocknet, verließ.
Und ein Stier war Begleiter der Kuh, ein glücklich Vermählter,
Der mit der Gattin sich froh streckt' auf dem rasigen Grund.

Während er liegt und gemach am schon verschlungenen Gras käut
Und das genossene Mahl wieder aufs neue genießt,
Schien es, als ob ihm der Schlaf allmählich die Kraft, sich zu halten,
Nahm, und er streckt' in das Gras matt das gehörnete Haupt.
Dann, auf flüchtigen Schwingen herab aus den Lüften sich senkend,
Kam eine Krähe und saß schwatzend auf grünendem Grund.
Dreimal bohrte der schneeigen Kuh mutwillig den Schnabel
Sie in die Brust und flog fort mit hell glänzendem Haar.
Jene verließ dann den Ort und den Stier nach längerem Zögern;
Aber es haftet' der Kuh schwärzlich ein Fleck an der Brust.
Da sie von fern nun sah im Grase weidende Stiere
(Denn es weideten fern Stiere im üppigen Gras),
Lief sie eilend dahin und mischte sich unter die Herden,
Auf fruchtbarerem Grund suchte sie Kräuter für sich.
Doch du sage mir nun, der du nächtliche Träume zu deuten
Weißt, wenn Wahres darin liegt, was verheißt das Gesicht?"
Also ich; und es sprach der Deuter der nächtlichen Träume,
Als er jegliches Wort einzeln erwogen im Geist:
„Erstlich die Glut, der du zu entfliehn in den schwankenden Schatten
Suchtest, doch schlecht nur entflohst: *Liebe* bedeutet sie dir.
Dann ist die Kuh dein Mädchen; es paßt auf das Mädchen die Farbe:
Du, ihr Mann, bist der Stier, als der Gefährte der Kuh.
Daß ihr die Krähe die Brust durchbohrt' mit spitzigem Schnabel,
Deut ich: der Herrin Sinn lenket ein kupplerisch Weib.
Wie nach längerem Zögern die Kuh vom Stiere sich trennte,
Wirst verlassen auch du frieren auf einsamem Pfühl.

Aber die Wunde und vorn auf der Brust die schwärzlichen Flecken
Künden, des Treubruchs Schmach habe die Brust ihr befleckt."
Also sprach der Erklärer. Mir floh das Blut aus erstarrtem
Antlitz, und dunkle Nacht stieg vor dem Blick mir empor.

6

Strom, des schlammige Ufer mit Schilf umwachsen, ich eile
Zu der Gebieterin mein. Hemm auf ein Weilchen die Flut.
Brücken sind nirgend zu sehen, noch schwankt an hinübergespanntem
Tau ein bauchiger Kahn ohne des Ruderers Schlag.
Klein nur warst du, ich weiß es noch wohl; nicht scheut ich mich damals,
Dich zu durchwaten, mir ging kaum an die Knöchel die Flut.
Jetzt aus geschmolzenem Schnee, vom nahen Gebirge dich stürzend,
Wälzest im schmutzigen Schlund schlammige Wasser du fort.
Was nun hilft mir die Eile? Was hilft's, daß ich spärliche Ruhe
Nur mir gegönnt, daß die Nacht ich mit dem Tage verband,
Wenn ich nun stehn hier muß, wenn durch keinerlei Kunst es gelinget,
Auf jenseitigen Strand sicher zu setzen den Fuß?
Hätt ich die Schwingen doch jetzt des danaeïschen Helden,
Als er das Haupt entführt, gräßlich von Schlangen umzischt!
Hätt ich den Wagen doch jetzt, von welchem die Saaten der Ceres
Sanken zuerst in der Flur nimmer beackerten Schoß!
Doch von erlogenem Wundergebild vorzeitlicher Seher
Red ich, das nimmer die Welt sah und auch künftig nicht sieht.

Du vielmehr, o Strom, den geräumigen Ufern entflutet,
Gleit in dein Bett zurück! Ewig auch währe dein Lauf!
Unerträglichen Schimpf würd, reißender Fluß, es dir bringen,
Hieß es hernach, daß du mich hieltest, den Liebenden, auf.
Jeglicher Fluß ja müßt in der Liebe den Jünglingen beistehn;
Denn, was Verliebtsein heißt, haben die Flüsse gespürt.
Inachus folgt' erbleichend vordem der bithynischen Nymphe
Meliē, sagt man, und tief glüht' er in eisiger Furt.
Trojas Burg war noch zwei Lustren hindurch nicht belagert,
Als Neaera dir, Xanthos, die Augen berückt.
Hat den Alphēus, vom Reiz verlockt der arkadischen Jungfrau,
Nicht zum entlegenen Land stetige Liebe gedrängt?
Du, Penēus, auch hast die Verlobte des Xuthos, Krēusa,
Einst im phthiotischen Land, also erzählt man, versteckt.
Soll vom Asopos ich reden? Ihn hielt die martische Thebe
Fest umgarnt, die fünf Töchter ihm später gebar.
Fragt, Achelōus, ich dich, wo einst du die Hörner gelassen,
Würdest du jammern: sie brach Herkules' zürnende Hand!
Kalydon nicht, nicht ganz Ätolien lag ihm am Herzen,
Deïanira, sie lag so ihm am Herzen allein.
Selbst auch der Nil, der reich durch sieben Mündungen hinfließt,
Der der gewaltigen Flut Heimat so sicher versteckt,
Hat nicht die Glut, zu der Asopos' Tochter, Euanthe,
Ihn entflammt, in des Stroms Wirbeln zu löschen vermocht.
Daß er auf trockenem Grund Salmoneus' Tochter umarme,
Hieß Enipeus den Fluß weichen; er wich dem Geheiß.
Dich auch laß ich nicht aus, der du an des argolischen Tibur
Obstbaumhainen vorbeistürzest durch hohes Geklipp;

Ilia liebtest du einst, obwohl, verwildert von Ansehn,
Sie mit den Nägeln das Haar sich und die Wangen zerfetzt.
Jene, des Oheims Schuld und Mars' Vergehen bejammernd,
Irrte mit nacktem Fuß durch das verlaßne Gefild.
Anio sah sie, der stürmische Gott, von der reißenden Wog aus,
Und dumpftönend erscholl tief aus den Fluten sein Wort:
„Du, des Laomedon Sproß, des idäischen Fürsten", so rief er,
„Ilia, was voll Angst irrst du umher an dem Strand?
Wo hast den Schmuck du gelassen? Was treibst du einsam umher dich?
Warum fesselt dir nicht schimmernd die Binde das Haar?
Warum weinst und verdirbst du die tränenbefeuchteten Augen,
Schlägst dir die offene Brust heftig mit rasender Hand?
Wahrlich, Felsen hat der und Stahl und Eisen im Herzen,
Den ein holdes Gesicht, schwimmend in Zähren, nicht rührt.
Ilia, laß von der Furcht! Dir öffnet mein königlich Schloß sich;
Dich ehrt jeglicher Fluß; Ilia, laß von der Furcht!
Hundert der Nymphen und mehr, sie horchen auf deine Befehle;
Hundert der Nymphen und mehr weilen in meinem Gebiet.
Nur verachte mich nicht, ich bitte dich, troïscher Sprößling:
Reichere Gabe wird dir, als ich versprochen, zuteil."
Sprach's; und sie senkte den Blick der bescheidenen Augen zu Boden;
Schauer von Tränen aufs neu netzten die liebliche Brust.
Dreimal wollte sie fliehn; stand dreimal still an der Tiefe,
Da ihr der Schrecken die Kraft, rasch zu enteilen, geraubt.
Endlich zerraufte sie sich das Haar mit feindlichen Fingern,
Und mit bebendem Mund jammerte schmählich sie so:

„Wäre gesammelt doch schon mein Gebein zum Grabe der Väter,
Da man als Jungfrau mich konnte noch tragen zur Gruft.
Ich, Vestalin noch jüngst, ich mußte den bräutlichen Fackeln
Nahen – o Schmach! –, da nun Ilions Herd mich verstößt!
Zaudr ich noch? Soll mich mit Fingern das Volk als Entehrte bezeichnen?
Fort mit dem Antlitz, das doch schimpfliche Scham nur entstellt!“
Also ruft sie, bedeckt mit dem Kleid die geschwollenen Augen,
Und in die reißende Flut stürzt die Verlorne hinab.
Aber ihr streckte der schmiegsame Fluß, so sagt man, die Arme
Unter den Busen und teilt mit ihr das ehliche Bett.
Man sollte glauben, auch du erglühtest für irgendein Mädchen.
Euer Vergehen versteckt freilich in Wald sich und Hain.
Während ich spreche, da sieh, hebt weiter und breiter die Flut sich,
Und das geräumige Bett faßt nicht den wogenden Schwall.
Rasender, sprich, was willst du von mir? Was hemmst du der Liebe
Wechselgenuß? Was fällst du mir so plump in den Weg?
Wärst du mit Fug und Recht noch ein Fluß, ein adlig Gewässer,
Würde dein Name mit Ruhm rings noch auf Erden genannt!
Aber dein Nam ist nichts; du läufst zusammen aus kleinen
Rinnseln; nicht Quellen einmal hast du, kein sicheres Haus.
Statt der Quellen ernährt dich geschmolzener Schnee nur und Regen;
Winter, der träge Gesell, speichert die Schätze dir auf.

Schmutzig entweder erbraust zur Neujahrszeit dein
Gefälle,
Oder bestäubt kriechst du langsam durch glühenden
Sand.
Könnte der Wanderer dann aus dir, der verschmachtende,
schöpfen?
Sprach *ein* dankbarer Mund: „Fließe beständig, o Fluß!"?
Schaden nur bringst du dem Vieh, mehr Schaden noch
bringst du den Äckern;
Doch *der* Schaden betrübt andre, der meinige mich.
Und *ihm* hab ich – ich Tor! – erzählt von der Liebe der
Flüsse,
So unwürdigem Ohr – schändlich! – die Namen
genannt!
Hier vor dem ersten und besten, wie konnt ich dich,
Achelōus,
Flußgott Inachus, dich, dich nur erwähnen, o Nil?
Doch dir wünsch ich, wie du's verdienst, unlauterer
Gießbach,
Daß dich die Sonne versengt, ja, auch der Winter dich
dörrt!

7

Aber ist es nicht schön, nicht schmuck und zierlich, das
Mädchen?
Nicht auch schon lange das Ziel sehnlicher Wünsche
bei mir?
Dennoch hielt ich sie, schändlich schwach, erfolglos im
Arme,
Und auf dem trägen Pfühl lag ich zur Schande und Last,
Konnte, wie sehr ich es wünscht und es gleichfalls
wünschte das Mädchen,
Nicht mich der Hilfe erfreun meines entkräfteten Glieds.
Zwar um den Hals mir schlang sie die elfenbeinernen
Arme,
Arme, weißer als Schnee auf der sithonischen Flur,
Drückte den Mund mir ein, der rang mit der lüsternen
Zunge,
Schob das begierige Bein selber mir unter das Bein,

Sagte mir Schmeichelein und nannte mich ihren Gebieter
Und was außerdem noch üblich für Worte da sind.
Meine Glieder jedoch, wie berührt vom eisigen Schierling,
Ließen ermattet im Stich, was sie erst vor noch gehabt.
Fühllos lag ich, ein Klotz, ein Bild, unbrauchbare Masse,
Zweifelhaft ist's, ob Mensch oder ein Schatten ich war.
Was steht mir für ein Alter bevor, wenn ja eins bevorsteht,
Wenn die Jugend schon selbst nicht ihre Pflichten erfüllt!
Schande doch über die Jahre, daß mich die Freundin empfunden,
Mich, den Jüngling, den Mann, weder als Jüngling noch Mann!
So, der heiligen Flamme zu nahn, steht die ewige Jungfrau
Und auch die Schwester *so* auf, von dem Bruder gescheut.
Zweimal doch ward Chlide, die blonde, und Pitho, die hübsche,
Dreimal jüngst, dreimal Libas bedient auch von mir.
Daß neunmaliger Dienst in knapper Nacht von Corinna
Zugemutet mir ward, weiß ich noch – und ich bestand.
Ist mein Körper denn siech, von thessalischem Gifte verpestet?
Haben mir Armem das Kräuter und Sprüche getan?
Hat in punisches Wachs mir gebannt den Namen die Hexe
Und in die Leber hinein spitzige Nadeln gebohrt?
Saat, vom Spruche versehrt, erstirbt zu nichtigen Halmen,
Wie, vom Spruche versehrt, Adern versiegen des Quells.
Trauben entsinken dem Stock und Eicheln der Eiche durch Zauber,
Und das Obst fällt ab ohne Berührung vom Baum.
Können die Nerven nicht auch stumpf werden durch magische Künste?
Davon ohne Gefühl ist mir die Lende vielleicht.
Hinzu kam noch die Scham, sie machte die Sache nicht besser:
Mein Gebrechen nur ward mehr noch gesteigert durch sie.

Und so wie ich nur hab gesehn und berühret das Mädchen,
So auch grade berührt wird sie vom eigenen Hemd!
Nestor könnte, berührt von ihr, zum Jünglinge werden
Und Tithonos an Kraft trotzen der Jahre Gewicht.
Diese ward mir zuteil – doch fand sie in mir keinen Mann vor.
Was soll jetzt mein Wunsch noch von dem Himmel erflehn?
Ja, ich glaube, es hat die großen Götter gereut auch
Das gebotne Geschenk, das ich so schimpflich gebraucht.
Aufgenommen zu werden ins Bett ja wünscht ich: ich ward es;
Küsse zu geben: ich tat's; nahe zu sein ihr: ich war's.
Was hilft Fülle des Glücks, ein Reich mir ohne Benutzung,
Was dem Reichen ein Schatz, der ihn aus Geiz nicht gebraucht?
Also schmachtet inmitten der Flut des Geheimen Verräter
Und hat Früchte, die nie er zu berühren vermag.
Aber wer steht wohl morgens so auf von dem zärtlichen Mädchen,
Daß sie nahen sogleich heiliger Stätte sich kann?
Aber nicht zärtliche Küsse vielleicht, nicht hat sie die besten
Auf mich verwendet, gereizt mich nicht mit aller Gewalt?
Harten Demant und hartes Gestein und störrige Eichen
Hätte mit ihrem Gekos sie zu bewegen vermocht!
Wert zu bewegen doch wenigstens war sie Lebend'ge und Männer;
Weder lebendig war ich noch gar ein Mann wie vordem.
Phemios sänge umsonst vor tauben Ohren; dem armen
Thamyras nützte es nichts, schöne Gemälde zu sehn.
Aber was hab ich im Geist mir nicht erdacht für Genüsse,
Was für Arten der Lust nicht mir ersonnen, versucht!
Doch es hing, als wäre es abgestorben und welker
Als eine gestrige Ros, immer das Glied mir herab,
Das jetzt, siehe, so strotzt zur Unzeit, frisch und gesund ist,
Arbeit jetzt verlangt und den gehörigen Dienst.

Liege denn, schlimmster Teil du von mir, ja liege
beschämt da,
Gleichwie getäuscht mich hat deine Verheißung vorher.
Du betrügst den Besitzer; durch dich entwaffnet
betroffen,
Hab ich bei schwerem Verlust tiefe Beschämung erlebt.
Hand hat selbst mein Mädchen an ihn zu legen
verschmäht nicht,
Hat mit sanfter Gewalt nicht ihn zu reizen verschmäht.
Aber nachdem sie erkennt, daß keinerlei Kunst ihn zum
Steigen
Bringt und uneingedenk seiner darnieder er liegt,
Spricht sie: „Was foppst du mich denn? Wer hat dich,
Verwirrter, geheißen,
Meinem Lager zu nahn, wenn dich die Liebe nicht
lockt?
Eine Zauberin muß entweder, durchbohrend die Wolle,
Bannen dich, oder du kommst matt schon von anderm
Genuß."
Rasch entsprang sie dem Bett, umhüllt vom entgürteten
Hemde:
O wie reizend, den Fuß nackt sie so schwingen zu
sehn!
Daß nicht merkten die Mägde, daß unberührt sie
geblieben,
Nahm sie Wasser und barg unter dem Wasser die
Schmach.

8

Und nun soll noch ein Mensch die edlen Künste verehren
Oder noch glauben, es sei wirksam ein zärtlich
Gedicht?
Vormals hielt man den Geist in höherem Wert als das
Gold selbst,
Jetzt gilt *der* allein, der nichts besitzt, als Barbar.
Wenn der Gebieterin auch mein Gedicht vortrefflich
gefallen,
Läßt das Gedicht sie zwar, aber mich selbst nicht
hinein.

Wenn sie mich wacker gelobt, so schließt dem Gelobten
die Tür sie,
Ich geistreicher Poet irre verspottet umher.
Siehe, den Reichen, der jüngst durch Wunden Vermögen
erworben,
Zieht sie mir vor, den Herrn Ritter, gemästet mit Blut.
Und *den* kannst du, mein Herz, mit den reizenden Armen
umschlingen?
Kannst von *dem* umarmt ruhen im Bette, mein Herz?
Weißt du denn nicht, es pflegt' ein Helm sein Haupt zu
bedecken;
Und an der Hüfte, die dir dienet, da klirrte das Schwert.
Über der Linken, die spät sich jetzt und nicht passend mit
Gold schmückt,
Trug er den Schild: und Blut hatte die Rechte bespritzt.
Die einst Menschen erschlug, die Hand kannst du jetzt
berühren?
Weh! Ist die Sanftmut ganz dir aus dem Busen entflohn?
Siehe die Narben nur an, die Spuren der früheren
Schlachten!
Was er nur irgend besitzt, hat mit dem Leib er verdient.
Möglich, daß er dir sagt, wieviel er Menschen erwürgt hat.
Kannst, Habsüchtige, du nahen der Hand, die das tat?
Und *ich*, den Musen geweiht und Phoebus' lauterer
Priester,
Muß an der störrigen Tür singen vergebens mein Lied?
Lernt, wenn ihr klug seid, nicht, was zwecklos selbst ich
erlernte!
Tobenden Schlachtreihn folgt, folget des Lagers Gewühl!
Ordnet den vordersten Zug, statt Worte in Verse zu
ordnen!
Darin könntest auch du etwas noch lernen, Homer!
Jupiter, da er erfuhr, daß nichts so mächtig als Gold sei,
Gab sich der Jungfrau selbst für die Verführung als
Preis.
Da noch kein Geld da war, war hart der Vater, sie selber
Keusch, war die Tür von Erz, starrte von Eisen der
Turm.
Aber als in das Geschenk sich schlau der Verführer
verwandelt,
Bot sie den Schoß ihm und gab, was er zu geben gebot.

Ja, als der greise Saturn in den himmlischen Reichen regierte,
Deckte die Erde noch tief alle die Schätze mit Nacht:
Erz und Silber und Gold und des Eisens Gewicht, sie entrückt' es
Tief zu den Manen; es gab nirgends auf Erden Metall.
Doch viel Besseres gab sie: die Feldfrucht ohne das Pflugschar,
Obst und Honig, im Stamm rissiger Eichen bewahrt.
Niemand furchte mit kräftigem Pflug die Rinde des Bodens,
Kein Feldmesser noch zog Grenzen die Fluren entlang,
Niemand tauchte das Ruder ins Meer und rührte die Wog auf;
Äußerstes Ende des Wegs war für die Menschen der Strand.
Menschennatur, wie warst du erfinderisch gegen dich selber!
Allzu begabt nur warst du zu dem eignen Verderb.
Welcher Gewinn, daß mit Mauer und Turm man umringte die Städte,
Daß man zum Streite die Hand noch mit der Waffe versah?
Was hat das Meer dir getan? Dir durfte die Erde genügen.
Willst du den Himmel nicht auch stürmen, das dritte Gebiet?
Ja auch den Himmel, so weit du kannst, erklimmst du: Quirinus,
Liber, Alcides und jetzt Caesar sind Götter bereits.
Statt des Getreides entreißt man gediegenes Gold nun der Erde,
Und es besitzt der Soldat Schätze, gewonnen durch Blut.
Armen verschließt der Senat sich, Besitz gibt Ämter und Ehren:
Ehrsame Richter bestallt, würdige Ritter – Besitz.
Nehmet denn alles nur hin; mag euch der Markt und das Marsfeld
Dienen; ihr andern bestimmt Frieden und blutigen Krieg.
Nur versteigert mir nicht, Habgierige, meine Geliebte,
Denn es genügt mir, wenn ihr etwas dem Armen nur laßt.

Doch jetzt, kommt sie auch gleich Sabinums grämlichen Frauen,
Wird sie von jedem, der viel bietet, als Sklavin beherrscht.
Mir ist der Wächter im Weg; gilt's *mir*, so fürchtet den Mann sie;
Könnt ich nur zahlen, sogleich räumten mir beide das Haus.
Oh, ist irgend ein Gott der Rächer verachteter Liebe,
Wandl er in Staub den Besitz, den sie so schmählich erwarb!

9

Wenn um Memnon die Mutter, die Mutter geweint um Achilles,
Wenn ein Trauergeschick mächtige Göttinnen rührt,
Löse dann weinend dein Haar, Elegie, nicht achtend des Schmuckes.
Ach, heut wird zu sehr, leider, dein Name bewährt.
Er, dein Ruhm, der gesungen dein Lied, der Seher Tibullus,
Brennt, ein entseeleter Leib, jetzt auf dem Leichengerüst.
Siehe, wie Venus' Sohn mit zerbrochenem Bogen und leerem
Köcher ihm folgt; kein Licht flammt von der Fackel ihm mehr.
Sieh, wie mit hangendem Fittich, ein Bild des Jammers, er schreitet
Und sich die offene Brust schlägt mit gewaltsamer Hand.
Feucht ist von rinnenden Tränen das Haar, das den Hals ihm umflattert,
Zuckendes Schluchzen ertönt laut aus dem bebenden Mund.
So erschien er vordem bei der Leiche des Bruders Aeneas,
Als aus deinem Gemach, schöner Iulus, er schritt.
Venus auch ist von Tibullus' Tod nicht minder erschüttert,
Als da des Jünglings Leib wütend der Eber zerfleischt.

Heilige Seher doch heißt man uns, Pflegsöhne der Götter!
Einige legen sogar göttliches Wesen uns bei!
Ja, zudringlich entweihet der Tod, was da heilig auf Erden,
Und auf jegliches Ding legt er die finstere Hand.
Half dem Ismarier wohl, dem Orpheus, Vater und Mutter?
Half es ihm, daß sein Gesang staunende Tiere gebannt?
Linos auch mußte der Vater beklagen, und „Ailinon!" hallte
Laut durch die Berge sein Lied, wie auch die Leier sich wehrt.
Nimm den Mäonier dann, aus dem wie aus ewigem Borne
Sich mit pïerischem Naß netzen die Sänger den Mund;
Ihn auch sandte das letzte Geschick zum dunkeln Avernus;
Nur die Gesäng entfliehn ewig der gierigen Glut.
Dauernd bestehet das Werk der Sänger: die Mühen um Troja
Und das Gewebe, das stets nächtlich die Schlaue zertrennt.
So wird Nemesis man und Delia lange noch nennen,
Sie, die jüngst ihn entflammt, sie, die zuerst er geliebt.
Was nun hilft euch der heilige Brauch, das ägyptische Sistrum,
Was, daß ihr einsam geruht auf dem verlassenen Pfühl?
Da das böse Geschick uns die Besten entrafft, so – verzeiht mir –
Werd ich zu zweifeln gedrängt, ob es auch Götter noch gibt.
Lebe du fromm, doch stirbst du. Verehrst du die Götter: vom Tempel
Reißt dich der Tod mit Gewalt fort zu der Wölbung der Gruft.
Baust du auf schönen Gesang: da liegt – o siehe – Tibullus:
Was von ihm übrig, füllt kaum noch den winzigen Krug.
Heiliger Seher, auch dich entraffte der flammende Holzstoß?
Und nicht scheut' sich die Glut, dir zu verzehren die Brust?

Hätte doch ebensogut sie die goldenen Tempel der hohen
  Götter verbrannt, da sie *so* frevelnder Tat sich erfrecht.
Die auf Eryx' Waldhöhn thront, sie wandte den Blick ab:
  Einige sagen, daß sie selber die Tränen nicht hielt.
Doch war besser es so, als daß das phäakische Land ihn
  In unwürdigen Grund legte, wo niemand ihn kennt.
Hier war die Mutter denn doch, die zuletzt des Sterbenden feuchte
  Augen verschloß und dem Staub brachte das letzte Geschenk.
Hier war die Schwester; den Schmerz mit der jammernden Mutter zu teilen,
  Kam sie, die Locken zerzaust und mit verworrenem Haar.
Nemesis auch war da und die frühre Geliebte: sie küßten
  Mit dir vereint ihn; er war so nicht verlassen im Tod.
Delia sprach im Scheiden: „Mein war die beglücktere Liebe,
  Denn solange du mich liebtest, hast du auch gelebt."
Nemesis antwortet' ihr: „Was kann *mein* Verlust dich bekümmern?
  Mich ja faßt' er im Tod noch mit ermattender Hand!"
Aber wenn mehr von uns als Namen und Schatten zurückbleibt,
  Wird in Elysiums Tal sicherlich weilen Tibull.
Dort, dein jugendlich Haupt mit Efeu umschlungen, empfange
  Du ihn, gelehrter Catull, Calvus, dein Teurer, mit dir;
Du auch, wenn des Verrats am Freund man fälschlich dich zeihet,
  Gallus, mit Leben und Blut allzu verschwenderisch du.
Diesen gesellt sich dein Schatten. Wenn wirklich ein Schatten des Leibes
  Bleibt, hast der Seligen Zahl, sanfter Tibull, du vermehrt.
Mag dein friedlich Gebein still ruhen in sicherer Urne,
  Werde die Erde der Gruft nimmer der Asche zur Last.

10

Wiederum naht sich die Zeit für Ceres' jährliche Feier,
Und auf verlassenem Pfühl ruhet das Mädchen allein.
Ceres, du blonde, das seidene Haar mit Ähren umwunden,
Weshalb muß mich dein Fest stören in meinem Genuß?
Als Wohltäterin preisen dich rings, o Göttin, die Völker:
Keine so wenig wie du neidet der Sterblichen Glück.
Struppig und wild war der Bauer vordem; er dörrte sein Korn nicht,
Und kein Mensch auf der Welt wußte von Tennen ein Wort;
Nur der Eichbaum – das erste Orakel – schenkte die Eichel;
Diese nun war mit der Flur zarteren Kräutern die Kost.
Ceres zuerst hat gelehrt, wie die Saat anschwillt in den Äckern,
Hat mit der Sichel das Korn, wenn es sich färbte, gemäht;
Zwang die Stiere zuerst, den Hals in die Joche zu fügen,
Drang mit des hakigen Pflugs Zahn in den ewigen Grund.
Wer kann glauben, daß *sie* sich ergötzt an der Liebenden Tränen,
Daß man durch Qualen sie recht ehrt und durch einsamen Schlaf?
Ist sie doch auch, wiewohl fruchtbringende Felder sie liebet,
Bäurisch nicht: ihr Herz ist mit der Liebe vertraut.
Kreter, ihr könnt es bezeugen! Nicht alles erlügen die Kreter;
Kreta, dein Land ist stolz, daß es ernährte den Zeus.
Dort trank er, der die Höhen der Welt, der sternenbesäten,
Lenkt, als winziges Kind Milch mit dem lieblichen Mund.
Solch ein Zeuge hat Wert. Der Zögling preiset den Zeugen;
Auch zu bekannt ist die Schuld: Ceres wird selbst sie gestehn.

Als Iasion einst am kretäischen Ida mit sichrer
Hand durchbohrte das Wild, hat ihn die Göttin gesehn;
Hat ihn gesehn, und ihr innerstes Mark fing Feuer und Flammen.
Hierhin und dorthin zog wechselnd die Lieb und die Scham.
Aber die Liebe besiegte die Scham. Es dorrten die Furchen,
Und mit dem kleinsten Ertrag kehrten die Saaten zurück.
Hatte mit wackerem Wurf der Karst zerschlagen das Brachfeld,
Hatte der hakige Pflug tüchtig gebrochen den Grund,
War dann die Saat gleichmäßig gestreut in die breiten Gefilde:
Wurde des Landmanns Flehn dennoch am Ende getäuscht.
Denn es weilte die Göttin der Flur in den ragenden Wäldern,
Ährengewinde nicht mehr schmückten ihr wallendes Haar.
Kreta allein war reich durch die Frucht des gesegneten Jahres,
Wo nur die Göttin ging, fand auch der Schnitter zu tun.
Ida schimmerte selbst in den Waldungen weiß von Getreide,
Und es mähten im Forst grimmige Eber das Korn.
Minos, der Staatenbegründer, er wünschte sich ähnliche Jahre,
Wünschte der Ceres darum dauernde Liebe zugleich.
Wie hätt auch dich, blonde Göttin, einsames Lager betrübet!
Zu so einsamem Bett zwinget dein Opfer mich jetzt.
Muß ich traurig denn sein, da die Tochter du wiedergefunden,
Und als Königin, der einzig nur Juno nicht weicht?
Liebe, Gesang und Wein ist die Losung festlicher Tage.
Das sind Geschenke, wie man herrschenden Göttern sie weiht.

11

Vieles ertrug ich und lang, doch reißt zuletzt die Geduld mir.
Schimpfliche Lieb, entweich aus der ermüdeten Brust!
Endlich hab ich mich selber befreit und die Ketten zerrissen,
Schäme der Knechtschaft mich, der ich mich sonst nicht geschämt,
Setz als Sieger den Fuß auf die niedergeworfene Liebe,
Hebe das eigene Haupt stolzer und höher empor.
Setz es durch und sei hart! Der Schmerz wird am Ende dir nützen.
Bitterer Saft hat oft Leidenden Hilfe gebracht.
Wie hab ich's jemals vermocht, daß, so oft von der Türe gewiesen,
Ich, ein Freier, den Leib streckt auf der Schwelle von Stein,
Daß für den ersten und besten, den du in Umarmungen wärmtest,
Schildwacht ich stand wie ein Sklav vor dem verschlossenen Haus?
Sah ich doch selbst den Galan, wie er müd und matt aus der Tür ging,
Wie er erschöpft und schlaff Schenkel und Hüfte dann trug.
Doch, was schlimmer noch ist, ich wurde von ihm auch gesehen.
Schmach zu erdulden wie die, wünsch ich dem bittersten Feind.
Sprich, wann hab *ich* dir *nicht* an der Seite geduldig gehangen?
War ich dein Wächter, dein Mann, war dein Begleiter ich nicht?
Ja, du gefielst dem Volk umher durch meine Begleitung,
Und gar mancher hat dich, weil *ich* dich liebte, geliebt.
Soll ich noch sagen, wie schändlich du logst mit betrüglicher Zunge,
Mir zum Verderb Meineid gegen die Götter begingst,
Schweigende Winke so oft mit den Jünglingen tauschtest bei Tische,
Wie du in Zeichen und Blick heimliche Worte verbargst?

Krank einst war sie gemeldet; ich lief in Hast, wie besessen,
Kam, und für meinen Rival sicherlich war sie nicht krank.
Dieses und mehr noch hielt ich aus, was jetzt ich verschweige.
Suche nach anderen jetzt, die es ertragen für mich!
Schon ist mein Schiff am Heck bekränzt mit gelobten Gewinden,
Und gleichgültig von fern hört es die tobende See.
Schmeichelnde Worte, die einst von Gewicht – jetzt sind sie verschwendet!
Laß sie! Nicht bin ich *der* Tor, der ich gewesen zuvor. –
Mein leichtsinniges Herz ziehn nach verschiedenen Seiten
Haß und Liebe; doch siegt, fürcht ich, die Liebe zuletzt.
Wenn ich's vermag, so haß ich; wenn nicht, so *muß* ich ja lieben;
Liebt auch der Stier nicht sein Joch, trägt er doch, was ihm verhaßt.
Flieh ich die Nichtswürdigkeit, so ruft zurück mich die Schönheit,
Ob ich der Sitten Verderb scheue, doch lieb ich den Leib.
Also *ohne* dich nicht noch *mit* dir vermag ich zu leben;
Und so scheint es, ich weiß selber nicht, was ich denn will.
Weniger schön entweder – wenn nicht, so wünscht ich dich minder
Schlecht, da so schöne Gestalt häßlichen Sitten nicht paßt.
Haß verdient dein Tun; dein Gesicht, es flehet um Liebe;
Weh mir Armem, sie ist stärker als all ihr Vergehn!
Schon mich! – ich flehe beim Recht des gemeinsamen Bettes, bei allen
Göttern, die dir so oft sie zu betrügen erlaubt,
Bei dem Gesichte, das ich als erhabenste Gottheit verehre,
Bei den Augen, mein Lieb, die mir die meinen geraubt.
Wie du auch bist, stets bleibest du mein. Nur magst du entscheiden:
Willst du, daß ich dir frei huldige – oder aus Zwang?

Doch ich werde geschickt nach dem Wind zu segeln versuchen,
Daß, ob ich lieben auch nicht *will*, du zum Wollen mich zwingst.

12

Was für ein Tag war das, an dem zu traurigen Zeichen
Für den Liebenden stets schwarzes Gevögel gekrächzt?
Was für ein Unglücksstern trat meinem Schicksal entgegen?
Wer aus der Himmlischen Schar mag mich bedrohen mit Krieg?
Sie, noch die Meinige jüngst, die allein zu besitzen ich dachte,
Wird mit vielen zugleich, fürcht ich, zu teilen bald sein.
Täusch ich mich? Oder ist durch mein Lied so bekannt sie geworden?
Ja, so ist es! Ich gab preis sie durch meinen Gesang.
Und mit Recht. Was pries ich die Schönheit auch in den Gassen?
Durch meine eigene Schuld hab ich sie käuflich gemacht.
Ich war Kuppler für sie; ich führte die Liebenden zu ihr,
Und mit der eigenen Hand hab ich geöffnet die Tür.
Ob ein Gedicht auch nützt? – Mir haben sie immer geschadet.
Sie nur haben den Neid gegen mein Glück mir erregt.
Stoff bot ja Theben und Troja genug und die Taten des Caesar;
Aber den Geist hat mir einzig Corinna geweckt.
Hätten doch meinem Gesang nicht hold sich erwiesen die Musen,
Hätte dem Werk beim Beginn gleich sich entzogen Apoll!
Aber man pflegt doch sonst nicht die Dichter als Zeugen zu hören.
Hätte man nur auf mein Wort solches Gewicht nicht gelegt!
Wir sind schuld, daß Scylla das kostbare Haar ihrem Vater
Ausriß, daß ihr den Leib wütende Meute umbellt.

Fittiche haben dem Fuß wir geliehn und Schlangen dem Haupthaar,
Und der abantische Held spornt ein geflügeltes Roß.
Wir auch streckten den Tityos aus auf gewaltigem Raume,
Gaben ein dreifach Haupt – schlangenumzüngelt – dem Hund,
Ließen mit tausend Armen Enceladus schleudern die Felsen,
Doppelgestaltige Fraun Männern berücken das Ohr,
Haben des Aeolus Wind in des Ithakers Schläuchen verschlossen;
Tantalus büßt den Verrat dürstend inmitten des Stroms.
Niobe haben zum Fels wir gemacht, zur Bärin die Jungfrau;
Kekrops' Vogel beklagt Itys, ihr thrakisches Kind.
Jupiter wandelt sich bald in Gold und bald auch in Vögel,
Bald mit der Jungfrau Last schwimmt durch die Flut er als Stier.
Soll ich von Proteus noch und der Saat der thebanischen Zähne,
Soll von den Stieren ich noch reden, die Flammen gespien?
Wie, Roßlenker, um dich einst Bernstein weinten die Schwestern?
Wie aus Schiffen sogar Göttinnen wurden des Meers?
Wie sich der Tag abwandte bei Atreus' grausigem Mahle
Und wie der starrende Fels folgte der Leier Getön?
Ins Unendliche geht die erschaffende Freiheit der Sänger;
Nicht mit geschichtlicher Treu fesseln sie ängstlich ihr Wort.
Darum mußtet ihr glauben, daß ich auch fälschlich die Schöne
Pries. Eure Leichtgläubigkeit bringt mir jetzt herben Verlust.

13

Im obstreichen Faliskergebiet ist mein Weibchen geboren,
Darum zog ich zur Burg, die du, Camillus, besiegt.
Junos züchtiges Fest ward grade beschickt von den Priestern:
Spiel und Menschengewühl, Opfer von heimischer Kuh.

Wohl ist der Müh es wert, die heiligen Bräuche zu schauen,
Schlingt auch beschwerlich der Weg sich an den Bergen empor.
Siehe, da ragt ein Hain, umdunkelt vom dichtesten Laube,
Uralt; wenn du ihn siehst, glaubst du die Gottheit darin.
Und Andächtige nahn mit Gebet und verheißenem Weihrauch
Einem Altar, den schlicht früheste Zeiten gebaut.
Von hier – Flötenmusik voran mit festlichen Weisen –
Gehet der jährliche Zug; teppichbelegt ist der Weg.
Unter dem Jubel des Volks ziehn auf die schneeigen Kühe,
Die des Faliskergefilds heimischer Rasen genährt,
Dann mit drohender Stirn – noch nicht zu fürchten – die Kälber,
Ferner des niederen Stalls kleineres Opfer, das Schwein.
Endlich, das Horn um die Schläfe gekrümmt, der Führer der Herde:
Nur die Zieg allein wird von der Göttin gehaßt.
Denn durch ihren Verrat entdeckt in der ragenden Waldung,
Ließ sie, so sagt man, ab von der begonnenen Flucht.
Nach der Verräterin werfen noch jetzt mit Spießen die Knaben.
Wer sie verwundet, dem wird selbst sie verliehen als Preis.
Jünglinge fegen mit schleppendem Kleid und schüchterne Mädchen
Stets den geräumigen Pfad, eh ihn die Göttin betritt.
Edelgestein und Gold umwindet die Haare der Jungfraun,
Über die goldenen Schuh wallet das prächtige Kleid.
Und in weißem Gewand nach grajischer Sitte der Ahnherrn
Tragen das Weihegerät sie auf dem Scheitel daher.
Andachtsstill ist das Volk, wenn die Göttin im goldenen Festzug
Hinter den Frauen, die ihr priesterlich dienen, sich naht.
Ganz argivischer Art ist der Zug. Nach dem Mord Agamemnons
War Halaesus, Verrat fürchtend, der Heimat entflohn,

Und nachdem auf der Flucht er Länder und Meere durchirret,
Baut' er mit glücklicher Hand endlich die ragende Burg.
Er hat seine Falisker gelehrt die junonische Feier.
Sei heilbringend sie mir stets und dem heimischen Volk.

14

Nicht, daß du niemals sündigst, verlang ich – da bist du zu reizend,
Nur daß ich Elender nicht immer erfahren es muß.
Auch mein Tadel – er will dich nicht zur Züchtigkeit zwingen,
Bitten nur will er, daß du dich zu verstellen versuchst.
Niemals sündigt die Frau, die zu leugnen vermag, daß sie sündigt,
Nur wenn die Schuld sie gesteht, wird sie berüchtigt dadurch.
Ist es nicht Wahnsinn, bei Tag zu gestehn, was der Schleier der Nacht deckt,
Und, was man heimlich getan, offen zu sagen hernach?
Treibt doch die Buhlerin selbst, wenn dem ersten und besten Quiriten
Sie sich ergibt, erst das Volk fort und verriegelt die Tür.
Und du gibst dein eignes Vergehn dem schlimmsten Gerücht preis?
Und bei der eigenen Schuld trittst du als Klägerin auf?
Komm zu besserm Verstand, tu wenigstens ähnlich den Keuschen,
Daß du, bist du's auch nicht, mir doch als züchtig erscheinst.
Was du tust, das tue, nur leugne mir, daß du es tatest;
Sittsam bescheidenen Worts schäme dich öffentlich nie.
Auch ist ein Ort, der üppiges Tun erfordert: in jeder
Wollust übe dich dort; Scham sei verbannet von ihm.
Wenn du ihn aber verläßt, dann bleibe künftig die Wollust
Völlig verbannt, in dem Bett laß dein Vergehen zurück.

Dort ist es gar kein Vergehn, das Hemd von den Schultern zu streifen,
Und des Schenkels Last trage dein Schenkel dort gern.
Dort mag zwischen den purpurnen Lippen die Zunge er bergen,
Tausend Formen der Lust bilde Gott Amor dort aus;
Weder die Stimmen noch zärtliche Worte sollen dort schweigen,
Laß selbst erzittern das Bett unter dem lüsternen Spiel:
Aber zugleich mit dem Kleid mußt auch unschuldige Mienen
Du antun, und die Scham leugne wollüstiges Tun.
Täusche das Volk und täusche mich selbst; laß ohne mein Wissen
Mich leichtgläubigen Sinns meiner Betörung mich freun.
Weshalb seh ich so oft, daß du Briefchen empfängst und entsendest?
Weshalb ist dein Bett hinten und vorne zerdrückt?
Weshalb ist dein Haar dir mehr als vom Schlafen verworren?
Weshalb seh ich am Hals Spuren des lüsternen Zahns?
Einzig nur fehlt, daß du deine Vergehn vor den Augen mir aufführst.
Willst du nicht schonen den Ruf, schone dann wenigstens mich.
Wenn du die Schuld mir bekennst, so vergeht mir Besinnung und Atem,
Und ein frostiger Schweiß rieselt die Glieder hinab.
Dann, dann lieb ich, dann haß ich umsonst, was zur Liebe mich zwinget,
Dann – doch mit dir nur vereint – stürb ich am liebsten sogleich.
Forschen auch will ich nach nichts noch, was du verheimlichen möchtest,
Ausspähn. Wie ein Geschenk nehm ich die Täuschung von dir.
Ja, wenn ich wirklich einmal inmitten der Schuld dich ertappte,
Wenn ich dein schimpfliches Tun sähe mit eignem Gesicht:

Müßtest du doch, was bestimmt ich sah, mit Bestimmtheit verleugnen,
Und mein Auge wird gern glauben dem Wort, das du sprichst.
Ihm, der besiegt sein *will,* ist leicht zu entringen die Palme,
Wenn nur die Zunge beherzt immer: „Ich tat es nicht!“ sagt.
Da es so leicht dir wird, mit nur vier Worten zu siegen,
Siege – wo nicht mit Recht, doch durch des Richtenden Gunst.

15

Suche nach anderen Sängern, du Mutter der zarten Eroten;
Denn an das äußerste Ziel rührt mein elegisches Lied.
Ich, der Sohn der pelignischen Flur, verfaßte die Lieder,
Und mein tändelndes Spiel hat mir nicht Schande gebracht.
Ist's von Belang: ich erbte den Stand von den Ahnen der Vorzeit;
Nicht im Strudel des Kriegs ward ich zum Ritter gemacht.
Mantua ist auf Vergilius stolz, auf Catullus Verona,
Und mich nennt man als Ruhm einst des Pelignergeschlechts,
Welches der Freiheitsdrang zu ehrlichen Waffen getrieben,
Als der Verbündeten Macht Roma mit Schrecken erfüllt.
Und wenn ein Fremdling einst des quellenumrieselten Sulmo
Mauer erblickt, die nur wenige Hufen umfaßt,
Wird er sagen: O du, die einst du erzeugtest den großen
Dichter, wie klein du auch bist, wahrlich, ich nenne dich groß!
Holdester Knab und du, amathusische Mutter des holden
Knaben, aus meinem Gebiet reißt nun das goldne Panier!

Denn mit gewichtigem Stab mahnt mich der gehörnte
Lyaeus,
Daß ich in weiterer Bahn jage mit hohem Gespann.
Lebt denn wohl, Elegien, ihr friedlichen Kinder der
heitern
Muse! Wenn längst ich dahin, bleibt ihr ein dauerndes
Werk.

Die Liebeskunst

Erstes Buch

Wer sich aus unserem Volk in der Kunst zu lieben nicht auskennt,
Lese dies Buch, werde klug, liebe als Könner sodann.
Kunst hat den eilenden Kiel mit Ruder und Segel beflügelt,
Kunst das behende Gespann: Amor auch lenkt man durch Kunst.
Wie mit geschmeidigem Zaum die Pferde Automedon lenkte,
Wie auf hämonischem Schiff Tiphys das Steuer geführt,
Hat mich Venus zum Künstler gesetzt für den zärtlichen Amor:
Amors Tiphys nennt man, Amors Automedon mich!
Freilich der Gott ist wild, wird oft sich gegen mich sträuben,
Aber sein Alter ist noch lenksam: er ist noch ein Kind.
Lehrte doch Phillyras Sohn den Achill als Knaben die Zither,
Und mit gefälliger Kunst zähmt' er das wilde Gemüt.
Er, der so oft noch die Feinde geschreckt und die Bundesgenossen,
War vor dem alternden Greis – also erzählt man – in Furcht,
Bot auf des Lehrers Geheiß die Hände, die Hektor noch fühlen
Sollte, gehorsam dem Wort, dar für den strafenden Schlag.
Amors Lehrer bin ich, wie Chiron es war für Achilles:
Beide Knaben sind wild, Göttinnen beide entstammt.
Aber es läßt sich der Nacken des Stiers mit dem Pfluge belasten,
Und auch das stolzeste Roß knirscht mit dem Zahn ins Gebiß:

Amor ergibt sich mir auch, wiewohl in der Brust mit dem Bogen
Er mich verwundet, wiewohl sprühende Fackeln er schwingt.
Aber je grimmiger mich Cupido traf und versengte,
Desto geschickter bin ich, Rächer der Wunden zu sein.
Nimmer erheuchl ich, von dir, o Phoebus, die Kunst zu besitzen,
Nicht von den Vögeln der Luft bin ich ermahnt und belehrt,
Nie auch hab ich Klio gesehn und die Schwestern der Klio,
Gleich ihm, der in dem Tal Askras die Herden bewacht.
Eignes Erlebnis treibt mich. Gehorcht dem erfahrenen Seher!
Wahres nur sing ich: o steh, Mutter Cupidos, mir bei!
Haupt umwallende Binde sei fern, Kennzeichen der Keuschheit,
Und du langer Besatz, der du die Füße verhüllst.
Sicheren Liebesgenuß und gestatteten Raub nur besing ich;
Nirgend in meinem Gedicht wird ein Verbrechen gelehrt.

Erstlich suche zu finden, *was* du zum Lieben erwählest,
Trittst du in Amors Heer ein als ein neuer Rekrut.
Dann ist das zweite Geschäft, die Erwählete dir zu gewinnen,
Aber das dritte, daß lang daure der zärtliche Bund.
Dies ist der Spielraum, dies ist die Bahn, die dem Wagen gesteckt ist,
Dieses das Ziel, das ich nah streife mit eilendem Rad.

Noch ist es Zeit, du kannst mit lockerem Zügel noch schweifen,
Wähle sie aus, der du sagst: Du nur gefällst mir allein!
Doch nicht fällt sie von selbst dir herab aus dem luftigen Himmel:
Suchen mit eigenem Blick mußt du ein passendes Kind.
Weiß doch der Jäger genau, wo dem Hirsch man spannet die Netze,
Weiß, wo der Keiler bricht und sich im Waldtal verbirgt.

Wohl ist dem Vogler bekannt das Gesträuch, und der Mann mit der Angel
Weiß, in welcherlei Flut wimmeln die Fische zumeist.
Du auch, wenn du ein Mädchen für dauernde Liebe dir suchest,
Lerne zuvor, wo stets Mädchen in Menge du triffst.
Um sie zu suchen, brauchst du nicht Segel im Winde zu setzen,
Kein langwieriger Weg mühet dich, eh du sie triffst.
Hole Andromeda nur von den schwärzlichen Indern sich Perseus,
Mag ein grajisches Weib rauben der phrygische Mann!
Rom wird allein so viele, so reizende Mädchen dir bieten,
Daß du meinst, was die Welt jemals besessen, sei hier.
Soviel Saat um Gargara wächst und Wein um Methymna,
Soviel Fische das Meer, Vögel die Waldung verbirgt,
Soviel Sterne der Himmel – so viel zählt Roma an Mädchen:
Ihres Aeneas' Stadt bleibet die Mutter getreu.
Lockt dich das früheste Alter, das noch im Wachsen begriffen:
Wirkliche Mädchen genug stellen dem Blicke sich dar.
Suchst du ein jugendlich Weib? Es gefallen dir Junge zu tausend,
Und du vergißt in dem Schwarm, welche du selbst dir gewünscht.
Oder gefällt dir vielleicht das gereifte, das weisere Alter?
Nun, dann bietet fürwahr sich noch ein vollerer Kreis.
Wandle gelassen nur hin in Pompeius' schattiger Halle,
Wenn des herkulischen Leun Zeichen die Sonne betritt,
Oder wo jüngst zu des Sohnes Geschenk ihr Geschenk noch die Mutter
Fügte: der kostbare Bau pranget mit fremdem Gestein.
Meide den Porticus nicht, den, geschmückt mit alten Gemälden,
Zu der Erbauerin Ruhm Livische Halle man nennt,
Noch ihn, wo die Beliden den unglückseligen Vettern
Tod drohn: Danaos steht wild mit gezogenem Schwert.
Auch entgeh es dir nicht, wenn Venus klagt um Adonis
Und wenn des siebenten Tags Feier der Jude begeht.
Suche der leinenumwalleten Kuh memphitischen Tempel,
Die manch eine zu dem macht, was sie Jupiter war.

Passend ist selbst auch der Markt – wer sollt es glauben? – für Amor;
Ja, auf dem Forum sogar wurde so mancher entflammt.
Dort, wo der Nymphenbrunnen beim Marmortempel der Venus
Weit durch die Lüfte die Flut spritzt mit des Druckes Gewalt,
An dem Orte wird oft von Amor gefangen der Anwalt,
Und der anderen riet, weiß für sich selber nicht Rat.
An dem Orte verläßt die Beredsamkeit öfters den Redner;
Neu ist der Fall: für sich selbst muß er nun stehn im Prozeß.
Venus aber verlacht ihn vom Tempel, der dort in der Nähe,
Und der noch eben Patron, wünscht sich, Klient nun zu sein.

Doch du zieh auf die Jagd vor allem im Rund des Theaters,
Reicher an Beut ist der Ort, als du dir selber erfleht.
Dort findst du eine zum Lieben für dich und zu tändelnden Spielen,
Die für den Augenblick taugt – die du gern immer behältst.
So wie ein wimmelnder Zug Ameisen hinauf- und hinabläuft,
Wenn sie die Körner im Mund tragen zusammen zum Mahl,
Oder die Biene im heimischen Wald und auf duftenden Wiesen
Rings um Blumen und hochragenden Thymian schwärmt:
Also strömen zur Feier des Spiels die geputztesten Frauen,
Daß mein Urteil oft sich durch die Menge verwirrt.
Sie, die zum Sehn herkommen, sie kommen, gesehen zu werden:
Ja, ein verderblicher Ort ist's für die züchtige Scham.
Romulus, du hast zuerst Unruhe gebracht in die Spiele,
Als der Sabinerin Raub ledige Männer ergötzt.
Damals beschirmten noch nicht Sonnensegel ein Marmortheater,
War mit Safran noch nicht rötlich die Bühne besprengt.

Einfach stellte Gesträuch man auf, das Palatiums Bergwald
  Lieferte: kunstlos war fertig die Szene des Spiels.
Stufen, aus Rasen gemacht, erkor zum Sitze das Volk sich;
  Kränze vom nächsten Gebüsch deckten das struppige Haar.
Und so schaun sie zurück, und jeglicher sucht sich das Mädchen,
  Das ihm gefällt; es bewegt manches Gefühl ihm die Brust.
Als nun zur rohen Musik des etruskischen Pfeifers der Mime
  Dreimal im Takt mit dem Fuß stampft den geebneten Grund,
Mitten im Beifallssturm (auch dem Beifall fehlte die Kunst noch)
  Gab der König zum Raub rasch den ersehnten Befehl.
Jählings springen sie auf; das Geschrei sagt, was sie empfinden,
  Und an die Jungfraun legt jeder die gierige Hand.
Da, wie die Tauben im schüchternen Schwarm vor dem Adler entfliehen,
  Wie vor dem Anblick des Wolfs flüchtet das ganz junge Lamm:
Also zitterten sie vor den wild anstürmenden Männern,
  Und in jedem Gesicht wechselt die Farbe sofort.
Denn zwar gleich ist die Furcht, doch die Zeichen der Furcht sind verschieden:
  Diese zerrauft ihr Haar, jene verstummt und erstarrt.
Die sitzt traurig und still, die ruft vergebens die Mutter;
  Die ist entsetzt, die klagt, jene verharret, die flieht.
Fort nun werden die Mädchen geführt als ergötzliche Beute,
  Und zum Schmucke gereicht manchem Gesichte die Furcht.
Sträubte sich eine zu sehr und wehrte sich ihres Begleiters,
  Dann trug selbst sie der Mann hoch an der klopfenden Brust,
Sprach: „Was verdirbst du durch Weinen die lieblichen Augen? Was deiner
  Mutter dein Vater ist, das werde ich, Mädchen, dir sein.“

Romulus, du verstandest allein, Soldaten zu lohnen,
Wenn du mich also belohnst, werd ich noch heute Soldat.
Allerdings ist seit jener Festlichkeit unser Theater
Für schöne Mädchen ein Ort, wo die Gefahr ihnen droht.

Nicht entgehe dir auch das Kampfspiel edelster Rosse;
Mancherlei Vorteil gewährt's, füllt sich der Circus mit Volk.
Nicht mit den Fingern geheimes Gespräch zu führen ist nötig,
Nicht erst mußt du des Winks stumme Bedeutung erspähn.
Setze dich hier, es verhindert kein Mensch, dicht neben die Herrin.
Seit an Seite geschmiegt, rück ihr so nahe du kannst.
Wolltest du nicht, du mußt! Erfreulich eng sind die Sitze,
Gut, daß des Ortes Gesetz sie zu berühren dich zwingt.
Hier nun suche mit ihr ein trautes Gespräch zu beginnen:
Was man öffentlich spricht, biete zuerst dir den Stoff.
Forsche mit Eifer zunächst, wes Rosse das sind, die da kommen,
Und, wer immer es sei, klatsche, wenn *sie* ihn beklatscht.
Wenn nun der Festzug naht mit der Jünglinge munterm Geschwader,
Applaudiere zumeist Venus, der Herrscherin, du.
Und wenn dann, wie es öfters geschieht, auf den Busen des Mädchens
Staub fällt, schüttle besorgt du mit den Fingern ihn ab.
Ist kein Staub auch da, dann schüttle, als ob er es wäre;
Jeglichen Vorwand nimm, daß du nur dienstbar dich zeigst.
Sitzt ihr Gewand zu tief und sinkt es herab auf den Boden,
Falt es zusammen und nimm eifrig es auf aus dem Schmutz.
Gleich als Preis für den Dienst – nicht wird es das Mädchen verhindern –
Wird dein Auge das Glück haben, die Beine zu sehn.

Dann sieh ferner dich um, daß er, der hinter euch sitzet,
Mit zudringlichem Knie nicht in den Rücken ihr drückt.
Kleines gewinnt ein leichtes Gemüt. Es nützte schon manchem,
Daß er mit freundlicher Hand legte das Polster zurecht,
Daß mit zierlichem Fächer er Kühlung wehte dem Mädchen,
Daß er die Fußbank schob unter den niedlichen Fuß.
Solche Gelegenheit bietet beginnender Liebe der Circus
Oder des gaffenden Markts grausenverkündender Sand.
Auf dem Sande hat oft Aphrodites Knabe gefochten,
Und der die Wunden geschaut, fühlte die Wund in der Brust.
Da er noch spricht und die Hand ihr berührt, um den Zettel sie bittet
Und zur Wette das Pfand setzt, wer den Gegner besiegt:
Seufzt er verwundet und fühlt den geflügelten Pfeil in dem Herzen,
Und in dem Schauspiel wird selbst er ein handelnder Teil.

Denke, wie Caesar vor kurzem das Spiel von der Seeschlacht uns zeigte:
Schiffe aus Kekrops' Stadt, persische auch nahmen teil:
Jünglinge kamen herbei, es kamen die Mädchen von beiden
Meeren; der Weltkreis war damals vereint in der Stadt.
Wer hat hier in dem Schwarm nicht etwas zum Lieben gefunden?
Ach, wie manchen hat hier Lieb aus der Fremde gequält!

Caesar rüstet sich jetzt, was noch dem bezwungenen Erdkreis
Fehlt, zu erwerben; es wird unser der östliche Strand.
Parther, du büßt jetzt den Tod der zwei Crassus, des Sohns und des Vaters,
Freut euch, ihr Adler, die uns schmählich geraubt der Barbar!

Hier ist der Rächer! Er tritt als Feldherr gleich in den Heerdienst,
Führt, noch ein Knabe, den Krieg, der doch kein Knabengeschäft.
Zählt mir das Alter der Götter nicht ängstlich nach dem Geburtstag:
Caesars Geschlecht erwirbt männliche Kraft vor der Zeit.
Über die Jahre hinaus schwingt rasch ein männlicher Geist sich,
Duldet die schädliche Rast träger Verzögerung nicht.
Hat der Tirynthier doch zwei Schlangen erdrückt in den Händen:
Schon in der Wieg als Kind zeigt' er sich würdig des Zeus.
Du, ein Knabe noch jetzt, wie groß warst, Bacchus, du damals,
Als sich Indien dir, Schwinger des Thyrsos, gebeugt!
Knabe, du ziehest ins Feld mit der Macht und dem Mute des Vaters.
Mit diesem Mut, dieser Macht kehrst du als Sieger zurück.
Solch ein Erstlingswerk verlangt der erhabene Name:
Jetzt noch der Jünglinge Fürst, und der der Greise dereinst!
Da du die Brüder noch hast, so räche die Kränkung der Brüder;
Da dein Vater noch lebt, wahre dem Vater sein Recht.
Dir hat der Vater des Volks, dein Vater, die Waffen geliehen,
Und er zürnt, daß der Feind räuberisch schmälert sein Reich.
Du führst heilige Waffen, doch er kämpft mit frevelnden Pfeilen;
Recht und Frömmigkeit ziehn so deinem Heere voran.
Schon ist der Parther besiegt durch das Recht; es besieg ihn das Schwert auch.
Möge zu Latiums Macht fügen den Osten mein Fürst.
Gebt, Vater Mars, und du, Vater Caesar, dem Zug euren Segen:
Du, der ein Gott du bist, du, der du künftig es wirst.

Ich prophezeie: du siegst; ich weih ein Lied als Gelübde,
Und mit gewaltigem Ton sollst du besungen dann sein.
Du wirst stehn und mit meinen Worten die Truppen begeistern,
Möge mein Wort neben dir dann nicht unwürdig bestehn!
Wie Roms Krieger die Brust, wie die Parther den Rücken nur zeigten,
Sing ich, wie Feindesgeschoß schwirrte vom fliehenden Roß.
Der, um zu siegen, du fliehst, was bleibt dir, wenn du besiegt bist?
Parther, dir droht schon jetzt Mars mit verderblichem Wink.
Also der Tag kommt einst, wo du, o Schönster auf Erden,
Ziehst goldstrahlend mit vier schneeigen Rossen daher;
Vor dir gehen die Fürsten, den Hals mit Ketten belastet,
Daß sie ihr Heil nicht mehr suchen, wie sonst, in der Flucht.
Fröhlich schauen die Jünglinge zu und die Scharen der Mädchen,
Und es erfreuet das Herz allen der festliche Tag.
Wenn aus der Schar dich eine dann fragt nach der Könige Namen
Und nach dem Ort, dem Gebirg oder dem Bilde des Stroms:
Antwort gib ihr auf alles, nicht bloß auf das, was sie fragte.
Weißt du auch selber es nicht, tu doch, als wüßtest du es.
„Dies ist der Euphrat; sieh, sein Haupt ist bekränzt mit dem Schilfrohr.
Dort ist der Tigris; es wallt bläulich vom Scheitel sein Haar.
Das sind Armenier! Dies ist Persis, Danaës Sprößling.
Dies ist die Stadt, die vordem stand im Achämenertal.
Der und der ist der Fürst" – hier magst du Namen denn nennen,
Richtige, wenn du sie weißt; passende, weißt du sie nicht.

Zutritt bieten dir auch Gastmähler mit winkenden
Tischen:
Außer dem Wein ist dort andres zu suchen für dich.
Oft hat der purpurne Amor mit leichten Händen die
Kräfte
Bacchus', des trunkenen Gotts, den man grad auftrug,
besiegt.
Wenn vom Weine bespritzt Cupidos Fittiche triefen,
Bleibt er fest auf dem Platz, den er sich einmal gewählt.
Freilich der Gott, rasch schüttelt er ab das benetzte
Gefieder:
Aber es ist schon schlimm, sprüht dich die Liebe nur an.
Wein beflügelt den Geist und macht ihn geneigt zur
Entflammung,
Und beim vollen Pokal schwinden die Sorgen dahin.
Lachen erhebt sich dann; dann wachsen dem Armen die
Kräfte:
Kummer und Schmerz und der Stirn runzlige Falten
entfliehn.
Dann erschließt sich das Herz – wie selten in unseren
Zeiten! –
Voller Aufrichtigkeit; List, sie vertreibet der Gott.
Hier ward oft der Jünglinge Herz von den Mädchen
erbeutet;
Venus, zum Weine gesellt, wurde zur Glut in der Glut.
Aber verlaß dich nicht zu sehr auf die trügrische Lampe.
Wenn man Schönheit prüft, schadet die Nacht und der
Wein.
Paris schaute die Göttinnen auch bei Tag und im Freien,
Als er zu Venus sprach: „Venus hat beide besiegt!"
Flecken verstecken sich nachts, und jeglichen Fehler
verzeiht man;
Jegliches Weib beinah hält man für schön um *die* Zeit.
Frage nach Edelgestein, nach purpurfarbener Wolle,
Frage nach Wuchs und Gesicht, willst du nicht irren,
den Tag.

Soll ich dir passende Orte zur Jagd, wo Fraun sich
versammeln,
Noch aufzählen? Es sind mehr als der Sand an dem
Meer.

Nenn ich dir Baiae noch und die schönen Ufer bei Baiae
Und die Gewässer, die heiß dampfen von schwefliger Glut?
Mancher, der schon von dort mit verwundetem Herzen zurückkam,
Sprach: „So gesund, wie man sagt, waren die Bäder nun nicht!"

Dort, in der Nähe der Stadt, ist der Hain und der Tempel Dianas,
Wo mit dem Schwert ein Reich sich der Verbrecher erkämpft.
Mag sie auch Jungfrau sein, mag Amors Geschoß ihr verhaßt sein,
Gab sie doch Wunden und gibt noch sie dem Volke genug.

Soweit lehret Thalia, mit ungleich rollenden Rädern
Fahrend, wo Netze man spannt, wo die Geliebte man sucht.
Jetzt aber schick ich mich an, dir zu sagen, durch welcherlei Künste
Du die Erkorene fängst. Dies ist das wichtigste Werk.
Wer ihr und wo ihr auch seid, merkt auf mit gelehrigem Sinne,
Männer, und leihet geneigt meinem Versprechen Gehör.

Fasse zuerst im Geist das Vertrauen, du könnest sie alle
Fangen; dann fängst du sie auch, wenn du die Fallen nur stellst.
Eher ja schweigen die Vögel im Lenz, im Sommer die Grillen,
Und vor dem Häslein flieht eher des Maenalus Hund,
Ehe ein Weib sich sträubt, wenn der Jüngling schmeichelnd ihr nachstellt.
Sie auch, von welcher du nicht dachtest, sie wolle – sie will.
Und wie dem Mann der geheime Genuß, so gefällt er dem Mädchen:
Schlecht nur verstellt sich der Mann; jene verbirgt, was sie wünscht.

Würden wir Männer nur einig, niemals zuerst sie zu bitten,
Sicher, wir siegten: die Frau bäte von selber zuerst.
Brüllt auf grünenden Aun doch die Kuh entgegen dem Stiere,
Zum starkhufigen Hengst wiehert die Stute zuerst.
Ruhiger ist bei uns und nicht so heiß die Begierde,
Und ein gemessenes Ziel ist in der männlichen Glut.
Soll ich erzählen, wie Byblis, von sträflicher Liebe zum Bruder
Brennend, einst mit dem Strang tapfer den Frevel bestraft?
Myrrha liebte den Vater, doch nicht, wie sich ziemt für die Tochter.
Jetzt noch birgt sie der hart drückenden Rinde Versteck.
Und mit den Tränen, die noch vom duftenden Baume sie träufelt,
Salben wir uns, und nach ihr werden die Tropfen benannt.

Unten im schattigen Tal, an des Ida bewaldetem Hange,
Graste des Rindergeschlechts Krone, ein schneeiger Stier.
Zwischen den Hörnern nur war er mit Schwarz ein wenig gezeichnet;
Dies war der einzige Fleck – sonst aber glänzt' er wie Milch.
Alle die Färsen auf Knossos' Aun und Cydonias Triften
Hätten der köstlichen Last gerne den Rücken geliehn.
Aber Pasiphaë faßt das Gelüst, mit dem Stiere zu buhlen;
Neidisch verfolgt sie seitdem stattliche Kühe mit Haß.
Was ich sing, ist bekannt, und das hundertstädtige Kreta,
Heißt es auch sonst mit Recht lügnerisch, leugnet es nicht.
Und sie mähte das frischeste Gras und die zartesten Kräuter
Selbst für den Stier – mit der Hand, die solchen Dienst nicht gewöhnt,
Zog mit den Herden zur Trift; nicht dachte sie sorgend des eignen
Gatten, und Minos war völlig verdrängt durch den Stier.

Wozu schmückst du, Pasiphaë, dich mit köstlichen Kleidern?
Nichts von all dieser Pracht merkt dein gehörnter Galan.
Oder was soll dir der Spiegel, da du in die Berge zum Vieh ziehst?
Und was schmückst du so oft, Törin, und glättest dein Haar?
Traue dem Spiegel: er sagt, daß du nun und nimmer ein Rind bist.
Oh, wie wünschtest du selbst Hörner zu tragen am Haupt!
Wenn dir Minos gefällt, dann such nicht andre Geliebte;
Willst du täuschen den Mann, täusche durch Männer den Mann!
Und aus dem Ehegemach zu Wäldern und Bergen entflieht sie,
Wie die Bacchantin gehetzt von dem aonischen Gott.
Oh, wie den Kühen so oft mit neidischen Blicken sie zurief:
„Ha! und warum gefallt meinem Geliebten denn ihr!
Sieh, wie jene vor ihm durch die sprossenden Kräuter einherspringt!
Glaub ich doch gar, du meinst, Törin, es stehe dir gut."
Sprach's und hieß sie sofort hervor aus der wimmelnden Herde
Ziehn und ins drückende Joch spannen, die nichts doch verbrach.
Oder sie ließ am Altar als erheucheltes Opfer sie fallen,
Und der Rivalin Herz hielt sie erfreut in der Hand.
Ja, wie oft versöhnt sie die Götter, indem sie Rivalinnen opfert,
Ruft dann, das Herz in der Hand: „Geht nun, gefallet ihm doch!"
Wie sie Europa bald, bald Io zu werden sich wünschte;
Diese war selber ein Rind, jene, sie ritt auf dem Rind.
Aber der Führer der Herde (die Holzkuh täuschte ihn endlich)
Schwängerte sie; es verriet seinen Erzeuger der Sohn.
Hätte die Kreterin einst des Thyestes Liebe verschmähet
(Oh, wie schwer für ein Weib, einen zu lieben allein),

Hätte nicht mitten im Lauf den Wagen Phoebus gewendet
Und das Gespann rückwärts wieder gen Morgen gelenkt.
Nisus' Tochter entriß dem Erzeuger die purpurnen Haare:
[Nun verfolgt er als Feind andere Vögel und sie.
Circes Gebräu verwandelt die andere Scylla zum Untier:]
Hüften und Scham umziehn wütende Hunde noch jetzt.
Der zu Lande dem Mars, dem Neptun entfloh auf den Wogen,
Atreus' Sohn, er fiel gräßlich als Opfer der Frau.
Wer hat Ephyres Brand nicht beweint und die Flammen Krëusas
Oder die Mutter, die selbst blutig die Kinder erwürgt?
Phoenix, Amyntors Sohn, er weinte mit blindem Gesichte.
Dich, Hippolyt, zerriß schrecklich das scheue Gespann.
Und du, Phineus, beraubst unschuldige Söhne der Augen?
Auf dein eigenes Haupt fällt noch die Strafe zurück!
All diese Taten, sie sind durch Weiberbegierde veranlaßt,
Welcher an Glut und Wut nimmer die unsrige gleicht.
Darum zweifle mir nie, du könnest nicht alle gewinnen.
Kaum aus der größten Zahl schlägt es dir eine nur ab.
Doch ob sie nein, ob ja sie dir sagen: es freut sie die Bitte.
Täuschtest du wirklich dich auch: ohne Gefahr ist der Korb.
Doch, wie sollst du dich täuschen, da neuer Genuß so erwünscht ist
Und da Fremdes den Sinn mehr als das Eigene reizt?
Sind fruchtbarer doch stets auf fremdem Gefilde die Saaten,
Trägt doch des Nachbarn Vieh voller die Euter daher.

Doch erst sorge dafür, daß der Magd des zu ködernden Mädchens
Du dich vertraust. Sie macht leichter zur Herrin den Weg.
Die wähle dir, die im Rat der Gebieterin stehet am höchsten,
Die um den heimlichen Scherz weiß, doch zu schweigen versteht.

Such mit Versprechungen sie, mit Bitten und Flehn zu bestechen:
Was du begehrest, erhältst leicht du, wenn *sie* es nur will.
Sie erspäht dir die Zeit – auch Ärzte beachten die Zeit ja –,
Wo der Gebieterin Sinn leicht sich den Wünschen ergibt.
Leicht ergibt sich der Sinn, wenn in fröhlichster Stimmung er üppig,
Wie im fruchtbaren Land sprossende Saat, sich erhebt.
Wenn sich freuet das Herz, wenn es nicht von Kummer bedrückt wird,
Öffnet es sich; dann dringt Venus, die Schmeichlerin, ein.
Ilion ward, da es Kummer noch trug, mit den Waffen verteidigt
Und ließ jubelnd das Roß ein, das die Krieger gebar.
Nah ihr auch dann, wenn sie sich durch eine Rivalin gekränkt fühlt;
Tu dein Möglichstes dann, daß die Gekränkte du rächst.
Aber die Dienerin muß, wenn sie ihr frühmorgens das Haar kämmt,
Sie anreizen und muß Segel dem Ruderer leihn,
Muß aufseufzend für sich mit leisem Gemurmel dann sagen:
„Dacht ich es doch; du vergiltst Gleiches mit Gleichem ihm nie."
Dann erzählt sie von dir; dann fügt sie berückende Worte
Noch hinzu und schwört, daß du vor Liebe vergehst.
Spute dich, ehe der Wind sich legt und das Segel herabsinkt;
Gleich dem zerbrechlichen Eis schmilzt durch Verzögrung der Zorn.
Fragst du, ob es auch nutzt, an der Zofe sich selbst zu vergreifen?
Solch ein Versuch scheint mir immer von großer Gefahr.
Manche wird eifriger nach dem Genuß, doch träger die andre;
Für die Gebieterin wirbt diese dich, jene für sich.
Zweifelhaft ist der Erfolg, dies ist ein Fall für ein Wagnis;
Doch mein eigener Rat ist, daß du besser es läßt.

Nicht Abgründe hinab, nicht führ ich zu felsigen Gipfeln,
Und kein Jüngling soll fallen, der mir sich vertraut.
Wenn dir das Mädchen jedoch, das die Briefe dir bringt und zurückträgt,
Auch an Gestalt, nicht bloß wegen des Eifers gefällt,
Sichre zuerst dir der Herrin Besitz; mag jene dann folgen.
Fange den Liebesgenuß nie mit der Dienerin an.
Und dies präge dir ein, wenn du etwas noch gibst auf Belehrung,
Wenn nicht der reißende Wind jagt in die Fluten mein Wort:
Fang entweder nichts an mit der Dienerin, oder vollend es!
Nimmer verrät sie dich, nimmt erst am Vergehen sie teil.
Nie ist's gut, wenn ein Vogel mit Leim an den Schwingen sich losreißt,
Schlimm, wenn das lockere Netz wütend der Eber durchbricht.
Halte den Fisch nur fest, wenn er erst von der Angel verletzt ist;
Gib der Verführten den Rest, stehe nicht ab, bis du siegst.
(Dann verrät sie dich nicht, da ihr schuldig des gleichen Vergehens,
Was ihre Herrin treibt, wird sie dir melden genau.)
Aber verschweig es mit Fleiß. Wenn du schweigst, so wird die Spionin
Von der Geliebten dir stets bringen genauen Bericht.

Wer da meint, daß nur sie, die das Feld mühselig bebauen,
Oder der Schiffer die Zeit müsse beachten, der irrt.
Ceres' Früchte vertraust nicht immer der täuschenden Flur du,
Nicht das gebogene Schiff immer der grünlichen Flut,
Noch ist immer die Jagd auf zärtliche Mädchen gefahrlos;
Oft wird, läßt man sich Zeit, um so besser sie sein.
Ist der Geburtstag nah, ist nahe der Erste des Monats,
Wo im Laufe des Jahrs Venus sich reiht an den Mars,
Oder der Tag, wo nicht wie vorher mit Puppen der Circus
Prangt, vielmehr mit dem Glanz fürstlicher Schätze sich schmückt:

Dann verschiebe dein Werk; dann stürmt es, dann drohn die Plejaden,
Dann in die Fluten des Meers senkt sich das Böcklein hinab.
Dann laß lieber es sein; wer dann sich den Wogen vertrauet,
Hat vom zerschmetterten Floß kaum noch die Trümmer erfaßt:
Aber beginne getrost an dem Unglückstag, wo der Römer
Wunden mit blutigem Rot Allias Fluten gefärbt,
Oder am siebenten Tag, der nicht zu Geschäften sich eignet,
Den als stehendes Fest Syriens Jude begeht.
Doch mit besonderer Scheu denk an der Geliebten Geburtstag;
Jeglicher Tag sei schwarz, wo man Geschenke verlangt.
Meidest du sorglich ihn auch, setzt sie es doch durch; denn ein Weib hat
Immer ein Künstchen bereit, wie sie den Liebhaber rupft.
Beim kaufsüchtigen Mädchen erscheint ein entgürteter Krämer.
Während du dasitzt, kramt munter die Waren er aus.
Und sie bittet dich, sie zu besehn, dich als Kenner zu zeigen,
Küßt dich alsdann und zuletzt bittet sie: „Kauf doch davon!“
Schwört, sie werde damit manch Jahr hindurch sich begnügen,
Jetzt nur brauche sie es, jetzt sei zum Kaufen die Zeit.
Gibst du vor, du habest kein Geld bei dir zum Bezahlen,
Fordert sie Schriftliches: du fluchst, daß du schreiben gelernt.
Wie, wenn Geburtstagskuchen sie bäckt, um Geschenke zu fordern,
Und, wenn's nötig, sogar täglich geboren will sein?
Wenn von Verlusten sie lügt, höchst niedergeschlagen mit Tränen
Heuchelt, ihr sei aus dem Ohr kürzlich gefallen ein Stein?

Allerlei wollen sie leihn, doch niemals wiedererstatten;
Du hast den Schaden, und doch dankt man den Schaden dir nicht.
Nicht erschöpft ich des Dirnengezüchts raubgierige Kniffe,
Und wenn, zehn Menschen zugleich Zunge mir liehen und Mund.

Wachs, in geglätteten Täfelchen, laß die Furt dir erproben,
Wachs als Boten vorangehen dem eigenen Wunsch.
Mag es Schmeichelgetön und verliebt sich stellende Worte
Zu ihr tragen und nicht geizen mit Bitten und Flehn.
Bitten bewegten Achill, daß er Hektor dem Priamus schenkte,
Und ein bittendes Wort sänftigt den zornigen Gott.
Gib ihr Versprechungen auch. Was können Versprechungen schaden?
An Versprechungen ist jeder so reich, wie er will.
Hoffnung, einmal geglaubt, hält vor auf längere Zeiten;
Freilich, die Göttin ist falsch, aber sie bringt dir Gewinn.
Hast du ihr etwas geschenkt, ist ein Grund da, dich zu verlassen.
Was du ihr gabst, hat sie weg, und zu verlieren ist nichts;
Doch, was du nicht ihr geschenkt, scheint stets ein künftig Geschenk ihr,
So wie unfruchtbares Land oft den Besitzer betrügt,
Wie ohn Ende der Spieler verliert – um *nicht* zu verlieren,
Und wie der Würfel die Hand immer von neuem verlockt.
Das ist die Kunst, da liegt's! Den Genuß erst, dann die Geschenke!
Gab sie dir, gibt sie dir stets, daß sie vergebens nicht gab.
Also gehe der Brief, mit schmeichelnden Worten geschrieben,
Und erforsche den Geist, prüfe die Wege zuvor.
Ward Cydippe doch auch durch die Schrift auf dem Apfel gefangen
Und, nichtsahnend, berückt durch das gelesene Wort.

Lernt, ihr Jünglinge Roms, ich rat es, die edelen Künste
Nicht allein, daß ihr einst zage Klienten beschützt:
So wie das Volk, der erlesne Senat und der würdige Richter
Wird durch der Rede Gewalt doch auch ein Mädchen besiegt.
Aber verstecke die Kraft, zeig nicht gleich offen den Redner;
Halte dein Ausdruck stets lästiger Phrase sich fern.
Wer, der nicht kopflos ganz, deklamiert vor der holden Geliebten?
Wurde Geschriebnes doch oft Grund zu entschiedenem Haß.
Glaubhaft klinge dein Wort und gleich der gewöhnlichen Rede,
Wenn schon schmeichelnd: es muß scheinen, als sprächst du mit ihr.
Wenn sie den Brief nicht nimmt, ihn ungelesen zurückschickt,
Hoffe, daß künftig sie ihn liest, und beharre dabei.
Zeit läßt störrige Farren dem Pflug allmählich sich fügen,
Macht dem geschmeidigen Zaum folgsam das stolzeste Roß.
Selbst ein eiserner Ring nutzt sich ab im steten Gebrauche,
Und an der Erde zerreibt sich der gebogene Pflug.
Was ist härter als Fels, was ist so weich wie die Welle?
Weiches Gewässer durchhöhlt dennoch das harte Gestein.
Harre nur aus, du wirst Penelope selbst noch besiegen;
Spät fiel Pergama zwar, aber es fiel doch zuletzt.
Las sie den Brief und versagt sie die Antwort, zwinge sie ja nicht:
Laß von neuem sie nur lesen dein schmeichelndes Wort.
Die sich zum Lesen entschließt, die bekommt auch Lust zum Erwidern.
Schritt um Schritt geht das seinen gemessenen Gang.
Möglich, daß sie zuerst dir einen verdrießlichen Brief schreibt,
Der dich ersucht, sie hinfort nicht zu belästigen mehr.

Aber sie fürchtet, du tust, was sie bittet; sie wünscht, daß du fortfährst.
Fahre nur fort, und dir wird, was du ersehntest, zuteil.

Läßt sie, lässig gelagert auf Polstern, inzwischen sich tragen,
Nahe mit heimlichem Schritt dich ihrer Sänfte sodann.
Und daß kein zudringliches Ohr auffange die Rede,
Hülle in möglichst schlau täuschende Winke sie ein.
Wenn sie mit müßigem Fuß im geräumigen Porticus schlendert,
Mußt auch dort du mit ihr lässig verbringen die Zeit,
Bald ihr schreiten voran, bald hinter dem Rücken ihr folgen
Und auch bald langsam gehn, bald mit beschleunigtem Schritt.
Nun geh einige Säulen entfernt, jetzt wiederum schließe,
Seit an Seite geschmiegt, dreist der Geliebten dich an.
Laß auch ohne dich nicht sie geschmückt im Rund des Theaters
Sitzen; dein Schauspiel bringt selbst auf den Schultern sie mit.
Nach ihr schaue zurück; nur *sie* darfst dort du bewundern,
Rede mit Augen und Braun, rede mit Winken zu ihr.
Beifall klatsche du stets, wenn der Mime ein tanzendes Mädchen
Darstellt. Klatsche auch dem, welcher den Liebenden spielt.
Steh, wenn sie aufsteht, auf, und sitze, solange auch sie sitzt;
Nach der Gebieterin Wink mußt du vergeuden die Zeit.

Doch nicht fall es dir ein, mit Eisen die Haare zu brennen;
Kratzender Bimsstein nicht reibe die Schenkel dir glatt.
Dies laß jene nur tun, die mit heulenden Jammergesängen
Dindymas Mutter im Takt phrygischer Weisen beschrein.
Männern geziemt nachlässiger Schmuck. Die Kreterin wurde
Theseus' Raub, dem nie Nadeln geordnet das Haar.

Phaedra verliebte sich in Hippolyt, der wenig geputzt ging,
Und für Adonis, des Walds Sohn, hat die Göttin geschwärmt.
Reinlich sei – so gefällt er – der Leib, doch gebräunt auf dem Marsfeld;
Passend und fleckenlos, sitze die Toga dir gut.
Nie sei die Zunge belegt noch die Zähne bezogen mit Zahnstein,
Und im vertretenen Schuh schlappe dein Fuß nicht herum.
Struppig sei nicht das Haar und auch nicht entstellend geschoren,
Laß von kundiger Hand Haare dir schneiden und Bart.
Dulde nicht Schmutz an den Nägeln und laß zu lang sie nicht wachsen.
Niemals starre ein Haar dir aus der Nase hervor.
Üblen Geruch des Mundes mußt du stets sorgsam vermeiden,
Denk auch des Sprichworts: „Es liegt unter der Achsel der Bock!"
Aber das sonstige überlasse den loseren Mädchen,
Oder wenn schändlich ein Mann andere Männer umwirbt.

Siehe, Lyaeus ruft. Sein Seher ja bin ich; er schützet
Liebende auch, ist der Glut hold, die ihn selber entflammt.
Sinnlos irrte die Gnosierin einst am fremden Gestade,
Wo an dem winzigen Strand Dias die Woge sich bricht;
Eben erwacht, wie sie war, umwallt vom entgürteten Kleide,
Barfuß, frei um das Haupt flattert das goldene Haar,
Rief sie am tauben Gewässer des Meers den grausamen Theseus;
Tränen, daran sie nicht schuld, netzten ihr zartes Gesicht.
Und sie rief und weinte zugleich; es zierte sie beides,
Nicht durch die Tränen entstellt wurde das schöne Gesicht.
Und jetzt schlug sie die zarteste Brust aufs neu mit den Händen:
„Ja, er entfloh treulos!" rief sie, „was wird nun aus mir?

Ach, was wird nun aus mir?“ – Da klangen die Zymbeln am ganzen
Ufer: mit donnerndem Ton schlug an die Pauken die Hand.
Jene, von Schrecken gelähmt, steht stumm, ihr versagen die Worte;
Ohnmacht erfaßt sie, es flieht ihr aus den Adern das Blut.
Sieh die Mimalloniden! Ihr Haar umflattert den Rücken!
Siehe der Satyrn Chor, Boten des nahenden Gotts!
Siehe, der trunkene Greis Silen! Kaum sitzt auf dem breiten
Rücken des Esels er; fest hält er die Mähne gepackt.
Da die Bacchantinnen bald ihm entfliehn, bald neckend ihm nahen,
Schlägt er, kein Reiter vom Fach, schlägt mit der Rute sein Tier
Und stürzt herab – gerad auf den Kopf – vom geduldigen Langohr!
Aber die Satyrn schrein: „Steh doch, o Väterchen, steh!“
Doch der Gott auf dem Wagen, umragt von Traubengewinden,
Lenkt mit goldenem Zaum selber sein Tigergespann.
Und es verstummt und erbleicht das Mädchen, vergessen ist Theseus,
Dreimal will sie entfliehn, dreimal auch lähmt sie der Schreck.
Und wie die ledige Ähre, wenn Sturm sie durchweht, so erbebt sie,
Oder wie schwankendes Rohr zittert im sumpfigen Bruch.
Aber der Gott sprach: „Siehe, hier bin ich, ein treurer Beschützer.
Banne die Furcht: Du wirst, Gnosierin, Bacchus' Gemahl.
Nimm als Hochzeitsgeschenk den Himmel; als kretische Krone
Wirst du, ein Himmelsgestirn, lenken den irrenden Kiel.“
Sprach's, und von dem Gespann, damit sie die Tiger nicht schreckten,
Sprang er herab – und es wich unter dem Fuße der Sand –,

Drückte sie innig ans Herz und trug sie – sträuben war nutzlos –
  Mit sich fort: es vermag alles ein Gott, was er will.
Und „Hymenaeus!“, so rief ein Chor, ein anderer: „Euoi!“
  Und der geheiligte Pfühl einet den Gott und die Braut.

Darum, wenn vor dir stehen die fröhlichen Gaben des Bacchus
  Und ein Weib mit dir teilet den gastlichen Pfühl,
Zum nyktelischen Vater alsdann und den nächtlichen Weihen
  Flehe, daß heute dir nicht steige der Wein in den Kopf.
Manches Geheimnis magst du ihr hier vertraun mit verblümter
  Rede, wobei sie merkt, daß auf sie selber du zielst.
Magst ein schmeichelndes Wort auch schreiben mit wenigem Weine,
  Daß auf dem Tische sie liest, wie du als Herrin sie ehrst;
Magst in die Augen ihr schaun mit Augen, in denen sich Glut malt:
  Oft ist im schweigenden Blick Wort und Gespräch zu erspähn.
Rasch und zuerst ergreif den Pokal, den sie mit den Lippen
  Eben berührte, und trink da, wo sie selber genippt.
Und von der Speise, davon sie selbst mit den Fingern genommen,
  Nimm auch du, und zwar so, daß du die Hand ihr berührst.
Strebe auch eifrig danach, dem Gemahl zu gefallen der Schönen;
  Nützlicher ist es für euch, wenn du zum Freund ihn gewinnst.
Laß beim Trinken das erste Los ihn immer erlangen,
  Gib ihm selber den Kranz, den für dein Haupt man bestimmt.
Ob er dir gleich, ob er unter dir steht, laß ihm immer den Vorrang,
  Und nicht bedenk es lang: sag ihm ein freundliches Wort.

Sicher und gangbar ist's, durch der Freundschaft Namen zu täuschen,
Sicher und gangbar zwar – aber ein Schelm, wer es tut!
Doch es verwaltet auch oft ein Verwalter mehr, als er sollte.
Über den Auftrag geht oft die Besorgung hinaus.
Jetzt ein sicheres Maß will ich beim Trinken dir setzen:
Fuß und Verstand dürfen dir nimmer versagen den Dienst.
Hüte vor allem dich auch, vom Weine erhitzt, dich zu zanken,
Sei zu wildem Gefecht nimmer die Hand dir bereit.
Fiel Eurytion doch, da dem Weine töricht er nachhing.
Tisch und Wein – das paßt besser zu heiterem Scherz.
Hast du Stimme, so sing; sind die Arme geschmeidig, so tanze;
Hast du Gaben noch sonst, um zu gefallen, so tu's.
Wirkliche Trunkenheit zwar ist schädlich, doch nützt die verstellte:
Schlau mit lallendem Ton stammle die Zunge das Wort,
Daß, wenn du tust und sagst, was kecker etwa als recht ist,
Immer des Weins Unmaß scheine der wirkliche Grund.
„Auf der Gebieterin Wohl und auf seines, der mit ihr das Bett teilt!"
Rufe, doch innerlich sprich: „Hole der Geier den Mann!"

Doch ist der Tisch entfernt und gehn nach Hause die Gäste,
Wirst du Gelegenheit schon finden, im Schwarm ihr zu nahn.
Unter die Menge misch dich, und nah ihr sachte im Gehen,
Zupf mit dem Finger ihr Kleid, stoß mit dem Fuß an den Fuß.
Dann ist Zeit zum Gespräch, dann, bäurische Schüchternheit, fliehe
Weit! Wie Fortuna steht Venus dem Wagenden bei.
Deine Beredsamkeit will ich dir nicht durch Regeln umschreiben;
Machst du den Anfang erst, wirst du von selber beredt.

Spiel den Verliebten und sprich, als seist du im Herzen
verwundet.
Daß dies glaublich ihr wird, wirke mit jeglicher Kunst.
Auch ist die Mühe nicht groß: Man müsse sie lieben,
denkt jede,
Auch noch der Häßlichsten scheint reizend die eigne
Gestalt.
Oft schon fiel, wer verliebt sich gestellt, in wirkliche
Liebe,
Und was zuerst er zu sein heuchelte, war er zuletzt.
Oh, ihr Mädchen, je freundlicher ihr euch zeiget dem
Lügner,
Desto sicherer wird wahr die erheuchelte Glut.
Jetzt nun mußt du mit schmeichelndem Wort das Gemüt
ihr berücken,
Wie das Gewässer den Grund hangender Ufer zerwühlt.
Werde nicht müde, der Liebsten Gesicht und Haare zu
preisen,
Und wie die Finger so schlank und wie so niedlich der
Fuß.
Selbst die Züchtigste hört es gern, lobt ihre Gestalt man:
Jungfraun schmücken sich gern, freuen sich ihrer Figur.
Weshalb sonst schämten sich Juno noch jetzt und Pallas,
daß einst sie
Nicht durch den richtenden Spruch siegten im
phrygischen Wald?
Zeigt doch Junos Pfau sein Gefieder, sobald er gelobt
wird;
Siehst du schweigend ihn an, schließt er den prächtigen
Schweif,
Und auch das Roß ist erfreut im Wettkampf des rasenden
Laufes,
Wenn man die Mähne ihm streicht, wenn man den
Nacken ihm klopft.

Sei im Versprechen nicht scheu; mit Versprechungen
lockt man die Mädchen.
Rufe zu Zeugen des Schwurs Götter, so viele du willst.
Jupiter lacht aus der Höh ob des Meineids eines
Verliebten,
Läßt vom äolischen Süd wehn in die Lüfte den Schwur.

Jupiter selbst schwur oft beim Styx meineidig der Juno,
Und sein Beispiel spricht wahrlich doch günstig für uns.
Götter sind nützlich für uns: drum laßt an Götter uns glauben;
Auf altehrwürd'gem Altar bringt ihnen Weihrauch und Wein!
Nicht schlafähnliche Ruh, der niemals nahet die Sorge,
Fesselt sie. Lebt ohne Schuld! Stets ist die Gottheit euch nah!
Gebt das Vertraute zurück, bleibt treu den geschloßnen Verträgen,
Haltet das Herz von Betrug rein und von Morde die Hand.
Seid ihr klug, so betrügt straflos allein ihr die Mädchen!
Dieser Betrug steht frei; sonst aber haltet das Wort.
Täuscht, die euch selber getäuscht: ein gottlos Volk ist die Mehrzahl.
Mögen sie drum in das Netz fallen, das selbst sie gestellt.
Einst, so erzählt man, blieb aus der feldererquickende Regen
In Ägypten, und neun Jahre war trocken das Land,
Als zu Busiris Thrasius trat und dem König erklärte,
Nur eines Fremden Blut könne versöhnen den Zeus.
Und Busiris sprach: „Du fällst zuerst denn als Opfer,
Du, ein Fremdling, sollst Regen Ägypten verleihn."
Phalaris briet im ehernen Stier des schnöden Perillus
Glieder, sein schändliches Werk weihte der Künstler zuerst.
Recht auch taten sie beid: gerechter kann kein Gesetz sein,
Als daß ein mörderisch Werk bringt seinem Meister den Tod.
Drum, weil mit Recht Meineidige man auch täusche durch Meineid,
Quäle die Frau man so, wie sie es selber gelehrt.

Tränen auch sind von Gewinn; selbst Steine rührst du durch Tränen.
Zeig ihr, wenn du es kannst, Wimpern und Wangen benetzt.

Aber wenn Tränen – sie kommen nicht stets im rechten Momente –
Fehlen, benetze die Hand und mit der Hand das Gesicht.
Wer, der gescheit ist, mischt zu schmeichelnden Worten nicht Küsse?
Gibt sie dir keine, so nimm, was sie dir selber nicht gibt!
Möglich, sie sträubt sich zuerst und schilt zudringlich und frech dich:
Wie sie sich sträube, sie wünscht selbst ja, sie werde besiegt.
Doch es verletze dein Raub nicht plump die empfindlichen Lippchen,
Hüte dich wohl, daß sie nicht klage, du küssest sie hart.
Wer erst Küsse sich nahm und nun sich das übrige nicht nimmt,
Der hat verdient, daß er auch, was ihm gegeben, verliert.
Wieviel fehlte denn noch nach dem Kuß zur Fülle der Wünsche?
Nein, das nenn ich nicht Scham! Tölpische Blödigkeit ist's.
Nenn es Gewalt, wenn du willst, denn Gewalt freut grade die Mädchen.
Was sie ergötzt, dazu wollen gezwungen sie sein.
Sie, die durch kecke Gewalt zum Liebesgenuß man genötigt,
Freut sich darob: ein Geschenk scheint ihr die frevelnde Tat.
Doch wenn sie, die bezwungen sich gab, unberühret davonkam:
Heuchelt sie gleich mit dem Blick Freude, betrübt ist sie doch.
Phoebe ward mit Gewalt, mit Gewalt Hilaera bezwungen.
Und den Geraubten gefiel beiden ihr Räuber sogleich.
Zwar ist die Sage bekannt, doch hört man sie gerne noch einmal,
Wie dem Hämonier sich Deïdamia verband.

Schon war der Unglückslohn für den Schönheitssieg auf
dem Ida
Von der Göttin gezahlt, welche die zwei überwand,
Helena schon zum Schwäher geführt vom fernen Gestade,
Und in Ilions Burg weilte das grajische Weib.
Alle vereinte der Schwur im Heer des verletzten
Gemahles:
Sein, des einzigen, Schmerz galt als die Sache des Volks.
Schmachvoll – aber es zwang ihn die Bitte der Mutter –
versteckte
Unter des Frauengewands Schleppen Achill sein
Geschlecht.
Aeacus' Sproß, was tust du? Ist Wolle zu weben dein Amt
jetzt?
Mag durch andere Kunst Pallas dich führen zum Ruhm!
Ziemt dir das Körbchen? Die Hand ist den Schild zu
schwingen geschaffen.
Paßt für die Rechte – dereinst Hektors Verderben –
das Knäul?
Fort mit der Spindel, umspult von des Garns mühseligen
Fäden!
Mit *der* Hand sollst du schütteln den pelischen Speer!
In demselben Gemach mit ihm schlief die Tochter des
Königs.
Nur zu deutlich erkennt diese den Mann – am Erfolg.
Zwar mit Gewalt nur ward sie besiegt – so muß man es
glauben –,
Aber sie sah doch gern, daß die Gewalt sie bezwang.
Oftmals sagte sie: „Bleib!", als Achill sich schickte zur
Abfahrt;
Denn statt des Spinnrockens nahm bald er die
kriegrische Wehr.
Denkst du noch an die Gewalt? Was hältst du mit
schmeichelnder Stimme,
Deïdamia, ihn, der an dir frevelte, fest?
Denn, wie sehr man sich schämt, zuerst ein Ding zu
beginnen,
Ist es uns doch ganz recht, wenn es ein andrer beginnt.
Oh, *der* Jüngling vertraut zu sehr auf die eigene
Schönheit,
Der da wartet, bis ihn bitte das Mädchen zuerst.

Erst muß nahen der Mann, er muß sie mit Worten erflehen;
Sie muß freundlichen Sinns lauschen dem schmeichelnden Flehn.
Bitte sie dreist um Erhörung, sie wünscht nur, daß du sie bittest;
Gib ihr den Anstoß nur, daß sich dein Sehnen erfüllt.
Jupiter lag auf den Knien vor den Heroinen der Vorzeit,
Nie hat ein Mädchen zuerst ihn, den Gewalt'gen, verführt.
Merkst du jedoch, daß dein Flehen sie nur noch mit größerem Hochmut
Aufbläht, dann halt ein; steh vom Begonnenen ab!
Was entflieht, scheint vielen erwünscht, doch verhaßt, was sich aufdrängt:
Dränge sie weniger, und weniger fällst du zur Last.
Hoffnung auf Liebesgenuß auch muß nicht stets der Bewerber
Zeigen; als Freundschaft dringt Liebe versteckt in das Herz.
Oftmals sah ich, wie so die verdrießlichste Schöne getäuscht ward:
Der sich Verehrer genannt, ward der Geliebte zuletzt.

Häßlich erscheint am Schiffer ein zartes Gesicht. Von des Meeres
Wog und des Tagesgestirns Strahlen erschein es gebräunt;
Häßlich beim Landmann auch, der stets mit gebogenem Pfluge
Und mit dem wuchtigen Karst lockert im Freien den Grund.
Du auch, der nach dem Siege du strebst und dem Kranze der Pallas,
Ist dein Körper zu weiß, giltst du mir nimmer für schön.
Bleich sei jeder, der liebt, *die* Farb ist für Liebende passend;
Gut steht sie ihnen – ein Tor, wer an die Wirkung nicht glaubt!
Bleich durchirrte den Wald, für Side schwärmend, Orion;
Bleich war Daphnis, der Hirt, den die Najade verschmäht.

Magerkeit zeig auch an, was du fühlst; nicht halt es für schimpflich,
Wenn du ein Tüchelchen dir legst um das glänzende Haar.
Nächte, mit Sorgen durchwacht, sie zehren am Leibe des Jünglings,
Kummer und Schmerz, wie ihn stets innige Liebe gebiert.
Daß dein Sehnen dir werde gestillt, errege du Mitleid,
Daß, wer immer dich sieht, müsse gestehen: „Er liebt!"

Klag ich oder bezeug ich der heiligsten Rechte Verwirrung?
Freundschaft ist nur ein Wort, Treu ist nur eiteler Schall.
Weh! nicht sicher ist's mehr, vor dem Freund sein Liebchen zu loben.
Glaubt er dir, wenn du sie lobst, stellet er selber ihr nach.
Und doch schändete nicht Patroklos das Bett des Achilles,
Keusch war Phaedra soviel, wie's an Pirithous lag.
Pylades liebte Hermione nur wie Phoebus die Pallas
Und wie, Helena, dich Kastor, dein Zwilling, geliebt.
Wenn jetzt einer das hofft, dann hofft er sich Äpfel zu pflücken
Vom Tamariskengestrüpp, Honig zu schöpfen im Fluß.
Nur was schlecht ist, ergötzt. Man frönt nur der eigenen Wollust,
Und auch die ist nur süß, wenn sie den andern verletzt.
Schmähliches Tun! Nicht darf vor dem Feind sich der Liebende fürchten:
Wen du für treu hältst, flieh, dann bist du außer Gefahr.
Nimm dich vor Brüdern in acht, vor Verwandten und trauten Gefährten:
Dies ist die Schar, aus der wirkliche Furcht dir erwächst.

Schon war hier ich am Schluß: doch es sind zu verschieden der Mädchen
Herzen; auf tausenderlei Art sind die tausend erjagt!
Alles gedeiht auch nicht auf demselben Boden: der eine
Paßt für die Rebe, für Öl dieser und jener für Korn.

So viele Mädchen es gibt auf der Welt, so vielerlei
Herzen.
Der ist gescheit, der sich jeder zu fügen versteht
Und wie Proteus sich bald in flüchtige Wellen verwandelt,
Bald als Löwe, als Baum, bald als ein Eber erscheint.
Hier erlegt man den Fisch mit dem Speer, dort fängt ihn
die Angel,
Und hier schleppt man am Seil mühsam das bauschige
Netz.
Nicht ist dasselbe Verfahren geeignet für jegliches Alter.
Hirsche, durch Alter gewitzt, sehen die Netze von fern.
Wenn du der Züchtigen frech und verschmitzt der
Unkundigen vorkommst,
Traut von vorneherein selber die Arme sich nicht.
Und so kommt es, daß sie, die dem Ehrlichen nicht sich
vertraute,
Sich zur Umarmung feilbietet dem schlechteren Mann.

Noch ein Teil bleibt übrig vom Werk; ein Teil ist
beendigt.
Drum mag hier mein Schiff werfen die Anker zur Rast.

Zweites Buch

Rufet „ió Paean!“ und „ió“ noch einmal und „Paean!“ –
Was ich erjagt, das fiel richtig als Beut in mein Netz.
Froh reicht meinem Gedicht der Verliebte die grünende Palme,
Zieht mich nun Askras Greis und dem Mäonier vor.
So floh Priamus’ Sohn mit schimmernden Segeln Amyclaes
Kriegrischen Strand, wo als Gast er die Gemahlin geraubt.
So fuhr jener dahin auf siegreich prangendem Wagen,
Der auf fremdem Gespann Hippodamia entführt.
Aber wohin so schnell, o Jüngling? Es segelt dein Schifflein
Mitten im Meer, und weit, weit ist mein Hafen entfernt.
Nicht ist’s genug, daß auf mein Lied dir das Mädchen gefolgt ist;
Fing ich mit Kunst sie dir ein, halt ich mit Kunst sie dir fest.
Groß ist das Lob des Erwerbs, nicht kleiner das Lob des Erhaltens:
Dort wirkt Zufall, hier ist es die Kunst, die es macht.
Jetzt, wenn jemals, helft, Kytherea, du Sohn Kythereas
Und Erato: denn du bist nach der Liebe benannt.
Groß ist mein Ziel: zu lehren die Kunst, den Cupido zu fesseln,
Der, ein Knäblein, umherschweift auf so weitem Gebiet.
Leicht auch ist er; er hat zwei Schwingen, womit er entflattert,
Und gar schwierig ist’s, diesen zu setzen ein Ziel.
Minos verbaute mit Fleiß dem Gastfreund jeglichen Ausgang,
Und auf Fittichen fand kühn durch die Luft er die Bahn.

Schon hielt Daedalus' Kunst in Haft den in Frevel empfangnen
Stier in Menschengestalt, Menschen in Stieresgestalt,
Als er sprach: „Laß enden den Bann, o gerechtester Minos,
Daß mein väterlich Land berge dereinst mein Gebein.
Da mich ein bittres Geschick umhertrieb und in der Heimat
Nicht mir zu leben vergönnt, gönne du dort mir ein Grab.
Achtest den Dank du des Greises gering, so entlasse den Knaben;
Willst den Knaben du nicht schonen, so schone den Greis."
Sprach's, doch ob er auch dies und noch viel anderes sprechen
Mochte, die Rückkehr ward dennoch von jenem versagt.
Als er das endlich gemerkt, da rief er: „Daedalus, jetzt nun
Hast eine Aufgabe du, würdig, zu üben den Geist.
Minos ist Herrscher des Meers und Minos Herrscher der Länder,
Nicht steht Land und Flut offen für unsere Flucht.
Einzig die Luft ist frei; durch die Luft denn wollen wir gehen:
Sei, erhabener Zeus, unsrem Beginnen du hold.
Nicht zum Sternengezelt will ich vermessen mich schwingen,
Um zu entfliehen dem Herrn, gibt's keinen anderen Pfad.
Ginge der Weg durch die Styx, durch die Styx auch würden wir schwimmen;
Ja das Gesetz der Natur will ich verändern in mir."
Not setzt oft in Bewegung den Geist. Wer dachte sich jemals,
Daß ein menschlicher Fuß könnte durchschreiten die Luft?
Federn, die Ruder der Vögel, legt er in Reihen zusammen,
Und mit leinenem Band schürzt er das leichte Gerüst.
Unten verbindet er sie mit Wachs, am Feuer geschmolzen:
Und vollendet bereits war das erfundene Werk.

Lächelnd betastet der Knabe das Wachs und lächelnd die Federn,
Ahnete nicht, daß für ihn waren die Schwingen bestimmt.
„Dies ist das Schiff", so sagte der Vater, „auf dem wir zur Heimat
Segeln; auf ihm allein können wir Minos entfliehn.
Wenn er auch alles verschloß, nicht konnt er die Luft uns verschließen.
Und durch die Luft, die uns bleibt, trage mein Werk dich dahin.
Aber Boötes' Gefährten, den schwertumstrahlten Orion,
Tegeas Jungfrau nicht suche mit spähendem Blick.
Folg auf den Fittichen mir, ich werde die Pfade dir zeigen;
Folge behutsam mir nach, sicher in meinem Geleit.
Denn wenn der Sonne zu nah wir durch die Lüfte des Äthers
Ziehen, erträgt das Wachs nicht in der Höhe die Glut,
Doch wenn zu nahe dem Meer mit niedrigen Schwingen wir flattern,
Netzen die Wogen der See leicht den beweglichen Flaum:
Flieg in der Mitte dahin; doch fürchte, mein Sohn, auch die Winde:
Und wie die Luft dich trägt, stelle die Segel geschickt."
Also ermahnt er den Sohn und paßt ihm sein Werk an und lehrt ihn,
Sich zu bewegen, wie wohl Vögel die Jungen erziehn,
Fügt an die Schultern alsdann sich selber die eigenen Flügel,
Und durch das neue Gebiet schwingt er mit Zagen den Leib.
Schon zu fliegen bereit, umarmt und küßt er das Söhnchen,
Und von den Wangen herab rollen die Tränen dem Greis.
Grade kein Berg, ein Hügel nur war's, doch höher als Flachland,
Wo zur traurigen Flucht beide sich hoben empor.
Daedalus blickt, da die Schwingen er regt, zugleich nach des Sohnes
Schwingen, und langsam stets steuert er hin auf der Bahn.

Icarus freut sich bereits ob des neugefundenen Weges;
Furchtlos saust er dahin, kräftig mit kühnerem Flug.
Manch einer sah sie vielleicht, der gerade die Angel nach Fischen
Auswarf, und seine Hand ließ vom begonnenen Werk.
Links lag Samos nun schon; schon war auch Naxos entschwunden,
Paros und Delos, wo gern weilet der klarische Gott,
Rechts der lebinthische Strand und Calymnes schattige Haine
Und, von Fischen umschwärmt, Astypalaias Geklipp –
Als sorglos, wie die Jugend es treibt, und verwegen der Knabe
Höher sich schwingt in die Luft und seinen Vater verläßt.
Sieh, da weichen die Bänder; das Wachs schmilzt, wie er dem Gott naht,
Und die Bewegung der Hand faßt nicht den flüchtigen Wind.
Wie er entsetzt in das Meer vom Scheitel des Himmels hinabschaut,
Nacht ihm die Blicke verhüllt, Schrecken die Glieder durchbebt!
Schon ist geschmolzen das Wachs, er schüttelt die nackenden Arme,
Aber er hat in der Angst nichts, sich zu stützen darauf –
Fällt und ruft noch im Fallen: „Ich stürz, o Vater, ich stürze!"
Während er spricht, schließt ihm grünes Gewässer den Mund.
Aber der Vater – kein Vater nun mehr –, er ruft in Verzweiflung:
„Icarus, sag, wo du bist, wo du am Himmel entschwebst!
Icarus!" rief er und sah die Federn treiben im Wasser,
Nun deckt ein Grab das Gebein, heißt nach dem Knaben das Meer.

Minos vermocht in Haft nicht menschliche Flügel zu halten,
Und den geflügelten Gott schick ich zu fesseln mich an?

Der geht fehl, der sich den hämonischen Künsten vertrauet,
Der, was dem Fohlen am Kopf wächst, sich zum Mittel erwählt.
Nicht medeïsches Kraut wird Leben der Liebe verleihen
Noch mit Magiersang marsische Sprüche vermischt.
Circe hätte Ulyß, die Phasierin Iason gefesselt,
Hätte Gesang und Spruch Liebe zu bannen die Kraft.
Nicht auch nützen den Fraun bleichmachende Zaubergetränke;
Zaubergetränk ist dem Geist schädlich und treibt ihn zur Wut.

Alles Verbrechen sei fern! Sei, daß man dich liebe, der Liebe
Wert; nicht Schönheit allein tut das und holde Gestalt,
Wenn auch Nireus einst vom alten Homerus geliebt ward
Und der Najaden Betrug Hylas, den zarten, geraubt.
Daß du die Herrin bewahrst, nicht staunst, dich verlassen zu sehen,
Füge der Schönheit des Leibs geistige Gaben hinzu.
Schönheit ist nur ein gebrechliches Gut; wie die Jahre sich mehren,
Schwindet sie hin, und es zehrt eigene Dauer sie auf.
Blühen die Veilchen ja nicht noch purpurne Lilien beständig,
Und nach der Rose Verlust starret entblättert der Dorn.
Dir auch werden sich bald, o Schönster, die Haare verfärben,
Dir auch werden den Leib furchend die Runzeln durchziehn.
Stärke den Geist deshalb, daß er dauert; verbünd ihn der Schönheit!
Denn *er* bleibt dir allein bis zu dem Leichengerüst.
Achte die Sorge nicht klein, daß mit edlen Künsten das Herz du
Bildest und daß in zwei Sprachen bewandert du seist.
Schön war Ulixes nicht, er war nur gewandt in der Rede,
Und doch hat er des Meers Göttinnen liebend entflammt.

Oh, wie beklagte sich oft Kalypso, daß er so eile,
Sagte, die Meerflut sei jetzt nicht geeignet zur Fahrt,
Fragte nach Trojas Geschick ihn immer und immer von neuem,
Und denselben Bericht gab er in anderer Form.
Selbst als sie standen am Strand, selbst da noch forschte Kalypso,
Wie durch blutigen Tod fiel der odrysische Fürst.
Er, mit flüchtigem Stab – ein Stab war grade zur Hand ihm –
Zeichnet ihr, was sie gefragt, rasch in die Dünen des Strands.
„Troja", sprach er, „ist hier!" und zeichnete Mauern im Sande;
„Dies ist der Simoïs, dies stell als mein Lager dir vor.
Hier ist das Feld" – und er malte ein Feld –, „das blutig mit Dolons
Mord wir gefärbt, da er nachts schlich nach Achilles' Gespann.
Dort nun stand in Reihn das Gezelt des sithonischen Rhesus.
Dort fuhr froh ich zurück mit dem geraubten Gespann."
Mehr noch malt' er als das, als plötzlich Pergama, Rhesus'
Lager und Rhesus selbst schwemmten die Fluten hinweg.
Aber die Göttin sprach: „Du baust auf die Treue der Wogen,
Während du siehst, wie sie jetzt Namen verschlingen wie *die*?"
Drum magst schüchtern du nur – denn es trügt – auf dein Äußres vertrauen,
Wer du auch seist, und sieh zu, daß du nicht Körper nur bist!

Wer mit Geschick Nachgiebigkeit zeigt, der berückt die Gemüter:
Rauheit erzeugt nur Haß, Streit und verderblichen Krieg.
Wird nicht der Habicht gehaßt, da er immer in Waffen sich tummelt,
Oder der Wolf, der stets zitternde Herden bekriegt?

Aber der Schwalbe, die sanft und fromm, stellt nimmer ein Mensch nach,
Und dem chaonischen Schwarm bauen wir Türme zum Sitz.
Fern drum bleibe Gezänk und der Kampf der erbitterten Zunge,
Werde mit zärtlichem Wort Liebe, die sanfte, genährt.
Streitend verfolge der Mann die Gemahlin, die Gattin den Gatten,
Mögen sie's treiben, als ob ewig sie stehn im Prozeß.
Das steht Vermählten nur an: Zank gilt für Frauen als Mitgift;
Nur was gerne sie hört, höre dein Liebchen von dir.
Nicht auf Gesetzes Befehl hat euch ein Lager vereinigt,
Liebe vertritt bei euch einzig die Stelle des Rechts.
Zärtliches Schmeichelgetön und das Ohr ergötzende Worte
Bring ihr mit, daß sie stets über dein Kommen sich freut.
Nicht den Begüterten biet ich mich an als Lehrer der Liebe:
Wer da gibt, der gebraucht nimmer die Regeln der Kunst.
Der hat selber Genie, der „Nimm!" sagt, wenn es ihm ansteht;
Ich bin geschlagen – *der* Mann siegt über all meinen Geist!
Nur für die Ärmlichen sing ich. Ich selbst war ärmlich und liebte.
Da mir's an Werten gebrach, schenkte ich Worte dafür.
Liebe der Arme mit Vorsicht stets; nie schmähe der Arme:
Vieles ertrag er auch, was wohl kein Reicher erträgt.
Einst, ich erinnre mich, zaust ich im Zorn der Gebieterin Haare:
Ach! und wieviel an Zeit hat mich gekostet der Zorn!
Daß ich das Kleid ihr zerriß, nicht weiß ich es, glaub es auch nimmer,
Aber sie sagt' es, und ich – mußte bezahlen das Kleid.
Seid ihr gescheit, so vermeidet den Fehler eueres Lehrers,
Hütet euch wohl vor der Schuld, daß euch mein Schaden nicht trifft.

Bringet den Parthern den Krieg, doch der zarten Geliebten den Frieden,
Heiteren Scherz und was sonst Herzen zum Lieben erregt.

Wenn sie nicht schmeichelnd genug, nicht freundlich erwidert die Liebe,
Duld und harre nur aus, später wird sanfter sie sein.
Wenn du ihn nachgiebig biegst, so krümmt allmählich der Zweig sich:
Doch wenn Gewalt du gebrauchst, brichst du ihn sicher entzwei.
Nur mit Nachgiebigkeit durchschwimmst du den Fluß; du besiegst ihn
Nimmer, sobald du der Flut Strömung entgegen dich stemmst.
Nachgiebigkeit nur zähmt numidische Löwen und Tiger.
Langsam fügt sich der Stier unter den ländlichen Pflug.
Was war wilder im Sinn als Nonakris' Maid Atalanta?
Und durch des Mannes Verdienst wurde die Trotzige zahm.
Wie hat Milanion oft ob des Mädchens schnöder Behandlung
Und um sein böses Geschick unter den Bäumen geweint,
Oft, weil *sie* es befahl, auf dem Rücken getragen das Jagdnetz,
Oft mit blitzendem Speer grimmige Eber durchbohrt!
Ja, ihn traf das Geschoß, das Hylaeus' Bogen entsendet,
Aber ein andres Geschoß war ihm noch besser bekannt.
Nicht empfehl ich dir nun, daß bewaffnet mänalische Wälder
Du durchstreifst und ein Netz schleppst auf den Schultern umher,
Daß du die nackende Brust darbietest beschwingten Geschossen;
Vorsichtig ist meine Kunst, milde daher mein Gesetz.
Gib der nach, die sich wehrt; Nachgiebigkeit führt dich zum Siege.
Führe die Rolle nur aus, die dir dein Mädchen erteilt.
Tadelt sie, tadle du auch; und lobt sie, lobe du gleichfalls.
Sag, wenn sie ja sagt, ja; nein, wenn sie etwas verneint.

Lächelt sie, lächle du mit; wenn sie weint, so versuche zu weinen,
Richte nach *ihrem* Gesetz Mienen und Blicke du ein.
Schwingt im Spiel mit der Hand sie die elfenbeinernen Würfel,
Wirf so schlecht, wie du kannst; willig bezahle den Wurf.
Wenn mit Knöcheln du spielst, so laß, daß *sie* es nicht büße,
Oft den verderblichen Hund gegen dich springen hervor.
Zieht ihr den Stein im Spiel, das der Feldschlacht Stellungen nachahmt,
Mach, daß der gläserne Feind deine Soldaten besiegt.
Spanne die Sprossen des schattenden Schirms ihr über dem Haupt aus;
Mach im Gedräng ihr Platz, wenn die Gebieterin naht.
Unter dem Bett hervor, dem gedrechselten, hole die Fußbank;
Zieh die Sandal ihr vom Fuß, oder auch binde sie fest.
Oftmals mußt du ihr auch, ob selbst vor Kälte du schauderst,
Doch an der eigenen Brust wärmen die frierende Hand;
Acht es auch nicht für Schimpf – denn wär's auch Schimpf, es gefällt doch –,
Daß du den Spiegel ihr hältst mit deiner adligen Hand.
Er, der die Untierbrut vertilgt, Zeus' Gattin beschwichtigt,
Er, der den Himmel verdient, den er getragen zuvor,
Hielt bei ionischen Mädchen danach, so erzählt man, den Spinnkorb,
Strählte das rohe Gewirr wollener Fäden mit Fleiß.
Folgsam war der Gebieterin Wink der tirynthische Halbgott:
Und was jener ertrug, stehst zu ertragen du an?

Wenn sie zum Markt dich befiehlt, stell *vor* der gebotenen Stunde
Stets dich ein, und geh nimmer zu zeitig nach Haus.
Heißt sie irgendwohin dich gehn, sie zu treffen: verschiebe
Alles und lauf; kein Gedräng halte vom Wege dich ab.

Wenn vom Gelage sie spät in der Nacht nach Hause zurückkehrt,
Dann auch, wenn sie's verlangt, sei ihr als Diener zur Hand.
Schreibt sie vom Lande dir: „Komm!“ – so bedenke, daß Amor die Trägen
Haßt: Ist kein Wagen bereit, mach dich zu Fuß auf den Weg!
Halte die drückendste Hitze dich nicht und der dörrende Hundsstern
Oder der Schnee, der weiß Felder und Wege bedeckt!
Liebe ist Kriegsdienst: wer hier träg ist, mag sich entfernen.
Diese Fahnen sind nicht weichlichen Männern vertraut.
Nacht, Unwetter, beschwerlicher Weg und grimmige Schmerzen,
Jegliche Mühe, sie ist eigen dem zärtlichen Dienst.
Oft gießt Regen auf dich herab aus den wolkigen Höhen,
Oft auf nacktem Gefild liegst du gebettet und frierst.
Trieb doch der cynthische Gott des Admetus Rinder in Pherae
Einst auf die Weid und lag nachts in den Hürden versteckt.
Was sich für Phoebus geschickt, das sollte für dich sich nicht schicken?
Fort mit dem Hochmut, soll dauernde Liebe dir blühn.
Wird dir zu wandeln versagt auf sichern und ebenen Wegen,
Ist mit Riegel und Schloß feindlich die Türe versperrt:
Gleite du jäh hinab am Seil durch die Luken des Daches,
Oder auf heimlichem Pfad klimme zum Fenster hinan.
Sicher erfreut sie sich dran; sie weiß, daß *sie* dich zum Wagnis
Trieb: als ein sicheres Pfand gilt es der Liebe zu ihr.
Manchmal konntest du wohl, Leander, dein Mädchen entbehren,
Aber du schwammst hindurch, nur daß sie sähe den Mut.

Schäme dich nicht, um der Sklavinnen Gunst, von der ersten zur letzten,
Schäme dich nicht, um des Knechts wichtige Gunst dich zu mühn.

Jeglichen grüße zuerst – was verlierst du dadurch? – mit
dem Namen;
Wie sich auch sträubte dein Stolz, drücke die dienende
Hand.
Aber dem Knecht auch gib – der Verlust ist klein –,
wenn er bittet,
An Fortunas Tag immer ein kleines Geschenk.
Ferner beschenke die Magd an dem Tag, wo der Gallier
Heerschar,
Durch ein Hochzeitskleid listig betrogen, erlag.
Mache zuerst – verlaß dich auf mich – das Gesinde dir
dienstbar:
Erstlich den Pförtner und dann ihn, der am Kämmerlein
wacht.
Nicht ist mein Rat, daß der Herrin du selbst kostbare
Geschenke
Bietest; Geringes genügt, ist es nur passend gewählt.
Prangt mit Früchten das Feld, krümmt unter der Last sich
der Baumzweig,
Bring im geflochtenen Korb ländliche Gaben dein Sklav!
Sag ihr, sie sein dir vom Gut soeben gesandt aus der
Vorstadt,
Wenn du in Wahrheit sie auch kauftest am Heiligen
Weg.
Mag er Trauben ihr bringen, Kastanien, einst Amaryllis'
Lieblingsfrucht; doch jetzt liebt Amaryllis sie nicht.
Auch ein Geschenk von Drosseln, ein Kränzlein diene
zum Zeugnis,
Daß in der Ferne du selbst an die Gebieterin denkst.
Schmählich, wer *so* vom verwaisten Greis sich die
Hoffnung auf Erbschaft
Kauft; Tod ihm, der *so* bringt das Geschenk in Verruf!

Rat ich ferner dir noch, ihr zärtliche Verse zu senden?
Wehe mir, nicht gar hoch stehet in Ehren ein Vers.
Zwar man lobt ein Gedicht, doch verlangt man große
Geschenke.
Ist er nur reich, so gefällt selbst noch der rohste Barbar.
Jetzt ist in Wahrheit die goldene Zeit; jetzt zollt man die
höchste
Ehre dem Golde; mit Gold wirbt man um Liebe sogar.

Kämst du, Homer, jetzt selbst, vom Chore der Musen begleitet,
Und du brächtest nichts mit: trolle dich heim, mein Homer!
Aber es gibt auch jetzt – doch selten – gebildete Mädchen,
Andre, die gerne dafür gälten, auch ohn es zu sein.
Preise denn beiderlei Art mit Gedichten, und lies sie mit holdem
Tone, der jedes Gedicht, ist es auch mäßig, empfiehlt.
Diesen und jenen nun gilt ein Gedicht, auf sie selber ersonnen,
Als ein Ersatz vielleicht – für ein geringes Geschenk.

Was du selber zu tun im Begriff warst, was du für nützlich
Hältst, laß immer zuerst bitten dein Mädchen darum:
Hast du die Freiheit vielleicht schon einem der Deinen versprochen,
Um ihr Fürwort noch laß bei der Herrin ihn flehn.
Willst du die Strafe dem Knecht und die grausigen Fesseln erlassen,
Muß sie dir danken für das, was du von selber getan.
Bleibe der Nutzen für dich; mag *sie* an der Ehre sich freuen.
Nichts verlierst du dabei, wenn sie die Mächtige spielt.

Ist dir ernstlich darum zu tun, dein Mädchen zu fesseln,
Mußt du völlig entzückt scheinen von ihrer Gestalt.
Trägt sie Purpurgewand, so preise die Purpurgewänder;
Trägt sie ein koïsches Kleid, rühme das koïsche Zeug.
Prangt sie in Goldbrokat, so sprich, sie sei teurer als Gold dir;
Geht sie in zottigem Flausch, lobe den zottigen Flausch.
Naht in der Tunica sie, so rufe: „Du setzt mich in Flammen!"
Doch daß schüchtern zugleich du vor Erkältung sie warnst!
Trägt sie das Haar im Scheitel und schlicht, so preise den Scheitel,
Brennt sie sich Locken: Wie schön steht ihr gekräuseltes Haar!

Tanzt sie, bewundre den Arm, und singt sie, bewundre die Stimme,
Herzlich beklage beim Schluß, daß das Vergnügen zu kurz.
Ja, die Umarmungen selbst und der Liebe Genuß mit Entzücken
Rühmen ist gut; als Lohn winken die Freuden der Nacht.
Wäre sie selbst von wilderem Sinn als die grimme Medusa,
Wird sie voll Gunst und sanft ihrem Verehrer sich nahn.
Nur daß bei solcherlei Wort du nicht als Heuchler erscheinest,
Hüte dich, oder daß gar Lügen dich strafe dein Blick!
Kunst, die versteckt ist, nützt; doch verrät sie sich, bringt sie dir Schande,
Und auf ewige Zeit raubt sie mit Recht das Vertraun.

Oftmals gegen den Herbst, wenn grad am schönsten das Jahr ist,
Wenn von purpurnem Wein schwellend die Traube sich färbt,
Bald uns peinigt der Frost und bald erschlaffende Hitze:
Dann beim Wechsel der Luft fühlt sich der Körper so matt.
Mag sie dir bleiben gesund! Doch wenn sie sich krank auf das Bett streckt,
Wenn die verpestete Luft schwer in den Gliedern sie spürt,
Dann, dann sollst du Lieb und Treue der Freundin bewähren,
Dann aussäen, was einst reichliche Ernte dir bringt.
Werde verdrießlich nie bei den mürrischen Launen der Krankheit,
Tue mit eigener Hand, was sie zu tun dir erlaubt.
Mag sie es sehn, wie du weinst, und fürchte dich nicht, sie zu küssen,
Und ihr trockener Mund werde von Zähren benetzt.
Oft auch leiste Gelübde – doch laut! – und sieh nach Gefallen
Heitere Träum im Schlaf, die du ihr wiedererzählst.

Hole die Alte herbei, die Bett und Kammer durchräuchre,
Laß mit zitternder Hand Schwefel und Eier sie weihn.
In dem allem erkennt man die Spur der besorglichen Liebe,
Dies hat manchem den Weg zum Testamente gebahnt.
Doch Dienstfertigkeit darf zum Verdruß nicht werden der Kranken,
Emsige Zärtlichkeit selbst hat ein gemessenes Ziel.
Nimm ihr die Speisen nicht fort und reiche vom bitteren Tranke
Nicht ihr selbst; dein Rival mische den Becher zurecht.

Doch nicht taugt mehr derselbe Wind, mit dem du vom Strande
Schiffend die Segel gelenkt, mitten im offenen Meer.
Während die Liebe noch schwankt, ist Übung den Kräften vonnöten:
Hast du sie tüchtig genährt, wird sie gestärkt mit der Zeit.
Der als Stier dich erschreckt, den pflegtest als Kalb du zu streicheln,
Und der Baum, der dich jetzt schattig umwölbt, war ein Reis.
Winzig entspringt ein Fluß, doch kommt im Lauf er zu Kräften,
Und wo immer er rinnt, fließen Gewässer ihm zu.
Laß sie an dich sich gewöhnen; es geht nichts über Gewohnheit,
Bis dies Ziel du erreichst, achte du nichts für zu schwer.
Sehe sie immer nur dich, für dich nur habe sie Ohren,
Und bei Tag und Nacht biete dein Antlitz ihr dar.
Wenn das Vertrauen dir wächst, sie werde von selbst nach dir fragen,
Wenn abwesend sie schon nach dem Entfernten sich bangt,
Gönne ihr Rast. Lag das Land einmal brach, gibt es wuchernde Zinsen,
Dörrender Boden verschlingt gierig das himmlische Naß.
Phyllis war mäßig entbrannt für Demophoon, als er ihr nah war,
Heftiger glühte sie erst, als er die Segel gehißt.

Sehnsucht quälte Penelopes Herz nach dem klugen Ulixes;
Auch dein holder Gemahl, Laodamia, war fern.
Aber nur kurz zu verweilen ist klug: Zeit lindert die Sehnsucht.
Fernes entschwindet, es zieht andere Lieb in das Herz.
Als Meneläus verreist, nahm Helena, daß sie nicht einsam
Schliefe, der Gastfreund nachts an die erwärmende Brust.
War das denn Wahnsinn nicht, Meneläus? Du gingst auf die Reise,
Unter demselben Dach ließest du Gattin und Freund.
Stellst du den Habicht, du Tor, zum Wächter für schüchterne Tauben?
Unter des Bergwolfs Hut stellst du die Herden im Stall?
Nichts hat Helena hier und nichts ihr Geliebter verschuldet;
Er hat getan, was du selbst tätest, was jedermann tut.
Ort und Zeit gabst du und zwangst sie, die Ehe zu brechen.
Und was tat denn das Weib anders, als was du ihr rietst?
Was auch tun? Der Gemahl war fort – kein Tölpel der Gastfreund,
Und sie fürchtete sich, einsam zu liegen im Bett.
Mag der Atride denn sehn! Dich, Helena, sprech ich von Schuld frei,
Die du des höflichen Gasts gute Gesellschaft genutzt.

Doch so grimmig ist nicht in der Wut der schwärzliche Eber,
Wenn er mit blitzendem Zahn schleudert die Hunde umher,
Oder die Löwin, wenn an den Eutern die Jungen ihr saugen,
Oder die Viper, auf die trat aus Versehen der Fuß,
Wie ein Weib entbrennt, wie ihr Blick für die innere Wut bürgt,
Wenn sie im ehlichen Bett findet ein anderes Weib.
Feuer ergreift sie und Stahl, und der Zucht nicht achtend, entstürzt sie,
Wie die Mänade gehetzt von dem aonischen Gott.

So hat die Schuld des Gemahls, die geschändeten Rechte der Gattin
Einst an der eigenen Frucht Phasis' Barbarin gerächt.
Sieh auch die andere dort der entsetzlichen Mütter, die Schwalbe:
Wie an der Brust noch jetzt Spuren des Blutes sie trägt.
Dies hat die friedlichste Liebe getrennt, die festeste Liebe.
Vor *der* Schuld muß sich sorgsam bewahren der Mann.
Nicht daß mein Spruch euch darum zu *einer* Geliebten verdammte,
Nein, bei den Göttern, das kann selbst nicht verlangen die Frau.
Immer vergnügt euch! Doch deckt das Vergehn mit sittsamer Täuschung,
Und nie rühmt euch der Schuld, wenn ihr die Schuld auch begingt.
Niemals gib ein Geschenk, das die andere wiedererkenne:
Treib das Vergehn auch nicht stets zu der nämlichen Zeit.
Und daß nimmer die Frau im bekannten Versteck dich ertappe,
Gib dein Stelldichein nicht an dem nämlichen Ort.
Ferner, sooft du schreibst, mußt erst du genau dir die Täflein
Ansehn; mehr, als du schriebst, lesen sich manche heraus.
Kränkst du die Liebe, so greift sie zur Wehr, und zurück auf dich selber
Wirft sie den Pfeil, daß du selbst klagst, was sie klagte zuerst.
Als der Atride sich noch mit *einer* begnügte, war diese
Züchtig; des Mannes Vergehn machte zur Sünderin sie.
Doch sie hörte, daß selbst mit dem Lorbeerzweig und den Binden
Chryses bei ihrem Gemahl nichts für die Tochter vermocht,
Hörte, wie du, Lyrnesierin, dann, dem Achilles genommen,
Weintest, wie schmählicher Zwist zog in die Länge den Krieg.

Alles das hörte sie nur, jetzt *sah* sie Priamus' Tochter:
Von der Gefangenen war schimpflich gefangen der Held.
Da erst nahm sie Thyestes' Sohn in ihr Herz und ihr Bett auf,
Und an dem schuldigen Mann rächt' Tyndars Tochter sich nun.
Was du erfolgreich versteckt, wenn hernach es doch an das Licht kommt,
Mag es denn kommen ans Licht, leugne beharrlich es ab!
Sei nicht fügsamer dann und freundlicher, als du zu sein pflegst;
Dies sind Zeichen zumeist, daß man der Schuld sich bewußt.
Doch nie schon deine Kraft! Nur eines bringt Frieden, Versöhnung:
Liebesumarmung; damit leugne gehabten Genuß.

Einige schlagen nun vor, man solle die schädliche Pflanze
Saturei essen, das ist meines Erachtens ein Gift.
Pfeffer auch mischen sie wohl mit dem Samen der brennenden Nessel;
Gelbliches Bertramkraut reiben sie sich in den Wein.
Aber es läßt nicht so zum Genuß sich zwingen die Göttin,
Die an des Eryx Höhn weilet im schattigen Tal.
Glänzende Zwiebeln vielmehr, die Alcathous' griechische Feste
Sendet, anregendes Kraut, das aus den Gärten uns kommt,
Eier auch nimm, und nimm aus Hymettus' Waldungen Honig,
Endlich die Nuß, die im First stachliger Pinien wächst.

Wirst du gelehrt, Erato, verirrst dich zu magischen Künsten?
Näher dem Ziel soll jetzt rollen mein Wagen dahin.
Der du auf unser Geheiß dein Vergehn noch soeben verheimlicht,
Kehr auf unser Geheiß um und enthülle die Schuld.
Schilt mich nicht leichtsinnig darum! Der gebogene Nachen
Führet die Schiffer nicht stets mit dem nämlichen Wind.

Bald mit dem thrakischen Nord, bald fahren wir hin mit dem Ostwind.
Jetzt bläht Zephyrus, jetzt blähet die Segel der Süd.
Siehe, wie bald auf dem Wagen mit flatternden Zügeln der Lenker
Fährt und bald mit Geschick hemmet im Lauf das Gespann.
Einige gibt's, die schlecht dir danken für schüchterne Schonung,
Denen die Liebe versiegt, sehn sie allein sich verehrt.
Wenn es zu gut uns geht, pflegt träge die Seele zu werden.
Mit gleichmütigem Sinn Glück zu ertragen ist schwer.
Wie, wenn die Nahrung verzehrt, allmählich das flüchtige Feuer
Selbst sich versteckt und darauf weißliche Asche sich legt,
Doch, wenn mit Schwefel du nahst, die erloschene Flamme von neuem
Aufschlägt und sich das Licht wieder erzeugt wie vorher:
So, wenn, träg von der Rast, das Herz zu sicher und stumpf wird,
Dann muß schärferer Reiz wecken die Lieb in der Brust.
Laß sie sorgen um dich, und erwärme das laue Gemüt ihr:
Werde sie blaß beim Bericht, wie du gesündigt an ihr.
O dreimal – und mehr, als es Zahlen zu nennen vermögen –
Selig, um den sich ein Weib, das er beleidigt hat, härmt,
Das, wenn ein unwillkommnes Gerücht das Vergehen ihr zuträgt,
Außer sich ist und vor Schreck kläglich verstummt und erbleicht.
Wäre doch ich der Mann, dem wütend sie zaust in den Haaren,
Dem sie das arme Gesicht schlimm mit den Nägeln zerkratzt,
Den sie mit Tränen im Blick, den mit rollenden Augen sie ansieht,
Den sie, so sehr sie es wünscht, nimmer zu lassen vermag.

Fragst du, wie lange? Die Zeit sei kurz, die der Klage du gönnest,
Daß durch längern Verzug nicht sich ermanne der Zorn.
Bald, gar bald umschlinge dein Arm ihr den glänzenden Nacken,
Ziehe das weinende Weib sanft an dein zärtliches Herz.
Schenke der Weinenden Küsse, der Weinenden Freuden der Venus;
Dann ist Frieden; nur so bändigst du sicher den Zorn.
Wenn sie am wildesten tobt, wenn sie recht als Feindin dir vorkommt,
Fordre des Bettes Genuß: gleich ist die Tobende sanft.
Ja, dort ruhet die Wehr; dort wohnt nur Frieden und Eintracht;
Glaube mir, dies ist der Ort, welcher die Charis gebar.
Sieh, wie, noch eben im Kampf, verliebt sich schnäbeln die Tauben,
Denen der gurrende Ruf süßes Geplauder vertritt.

Ganz im Beginn war die Welt ein gestaltlos gärender Klumpen,
Sterne und Meer und Land war ineinandergemengt.
Dann erhob sich der Himmel, das Meer umströmte die Länder,
Und in gesondertes Sein löste das Chaos sich auf.
Wild empfing da der Wald, es empfing die Luft ihre Vögel,
Und in die klare Flut glitten die Fische hinab.
Aber das Menschengeschlecht durchirrte die einsamen Fluren,
Kräfte nur waren es erst, Körper, doch ohne Geschick,
Hausten im Wald und schliefen auf Laub und nährten von Gras sich,
Lange währt auch die Zeit, da man einander nicht kennt.
Da hat schmeichelnde Lust die wilden Gemüter besänftigt,
Als einst Mann und Weib kamen zum nämlichen Ort.
Was zu tun – das wußten sie gleich, ob keiner es lehrte,
Und ohne Kunst vollzog Venus ihr süßes Geschäft.

Hat doch der Vogel sein Liebchen, der Fisch inmitten des Wassers
Findet sein Weibchen heraus, dem er in Lust sich vereint.
Folgt doch die Hindin dem Hirsch, es umschlingt sich Schlange mit Schlange,
Und in schamloser Lust hängt an der Hündin der Hund.
Fröhlich ergibt sich dem Widder das Schaf, dem Stiere die Färse,
Selbst die plattnasige Geiß fügt sich dem schmutzigen Bock.
Stuten ergreift oft die Brunst, sie verfolgen den Hengst auf der Weide,
Der von ihnen getrennt graset, durch Gräben und Fluß.
Darum heile das zürnende Weib mit den kräftigsten Mitteln:
Diese verschaffen allein Ruhe dem wildesten Schmerz.
Die Medizin ist stärker als alle die Tränke Machaons:
Diese, wie sehr du gefehlt, bringet dich wieder in Gunst.

Grad als dieses ich sang, da erschien mir plötzlich Apollo,
Wie mit der Hand er im Spiel goldene Saiten berührt.
Lorbeer schmückte die Hand, es schlang um die heiligen Locken
Lorbeer sich: er erschien als der erhabne Prophet.
Und er sagte zu mir: „Du Sänger des lockeren Amor,
An mein heiliges Haus führe die Schüler heran,
Dort, wo die Inschrift steht, die, berühmt rings über den Erdkreis,
Jeglichem Menschen selbst sich zu erkennen befiehlt.
Wer sich selber erkennt, nur der wird lieben mit Weisheit
Und nach der eigenen Kraft regeln ein jegliches Werk.
Wer ein schönes Gesicht von Natur hat, laß es auch sehen,
Wer gleichmäßig gebräunt, zeig oft die Schulter beim Mahl.
Wer durch Sprechen gefällt, der vermeide ein längeres Schweigen,
Singe, wer singt mit Geschick, trinke, wer trinkt mit Geschick!

Doch nie darf ein Redner im Liebesgespräch deklamieren,
  Nie ein toller Poet laut rezitieren sein Lied."
Dies war Phoebus' Gebot; tut nun, was Phoebus gebietet:
  Lautere Wahrheit enttönt seinem erhabenen Mund.

Näher nun rück ich dem Ziel: Wer mit Weisheit liebt, ist des Sieges
  Sicher; in unserer Kunst findet er, was er verlangt.
Nicht gibt immer die Furche mit Zins zurück das Vertraute,
  Nicht weht immer der Wind günstig dem schwankenden Kiel.
Was uns ergötzt, ist gering; viel mehr, was verletzt in der Liebe.
  Drum sei immer der Geist viel zu ertragen gefaßt.
Soviel Bienen Hybla ernährt und Hasen der Athos,
  Soviel Pallas' Baum bläuliche Beeren erzeugt,
Soviel Muscheln der Strand: soviel hat Qualen die Liebe;
  Jedes Geschoß, das die Brust trifft, ist in Galle getaucht.
Sagt man, sie sei nicht zu Haus, und du hast sie doch eben gesehen,
  Denke dann lieber: sie *ist* aus und *du* hast dich versehn.
Ist dir verschlossen die Tür, obschon sie die Nacht dir versprochen,
  Streck dich geduldig zum Schlaf hin auf dem schmutzigen Grund.
Heuchlerisch fragt vielleicht hochmütigen Blickes die Sklavin:
  „Was nur immer *der* Mensch unsere Türe besetzt?"
Schmeichle mit Demut du den Pfosten des grausamen Mädchens,
  Nimm dir die Rosen vom Haupt, schmücke die Türe damit.
Wünscht sie es, nähere dich, doch entferne dich, wenn sie dich meidet:
  Kein anständiger Mensch drängt sich dem anderen auf.
„Niemals wird man ihn los!", das laß sie nicht von dir denken;
  Oft ja ist sie erregt – manches Mal aber auch nicht.

Halt es für schimpflich auch nicht, Scheltworte des Mädchens und Schläge
Ruhig zu dulden, und küß selbst ihr den niedlichen Fuß.

Doch was verweil ich bei Kleinem? Mein Geist strebt höherem Ziel nach;
Großes verkünd ich; darum höret mir aufmerksam zu!
Steil ist der Weg, doch steil ist der Weg zu jeglicher Tugend,
Schwer ist die Mühe, die jetzt unsere Lehre verlangt:
Trag mit Geduld den Rival, dann winkt dir sicher des Sieges
Palme, dann hast in der Kunst Jupiter selbst du besiegt.
Dies ist nicht menschliches Wort, dies ist der pelasgischen Eichen
Ausspruch: Unsere Kunst kennet nichts Größres als dies.
Winkt sie dem Buhlen, ertrag's, und schreibt sie, berühre den Brief nicht;
Möge sie kommen und gehn, wie und wohin ihr beliebt.
Bei der rechtmäßigen Frau wird dies von den Männern ertragen,
Und du, Knäblein Schlaf, hilfst, daß die Rolle gelingt.
In *der* Kunst, ich muß es gestehn, bin ich selber nicht Meister,
Aber was hilft es! Ich bin schwächer einmal als mein Spruch.
Soll denn vor meinen Augen ein anderer winken der Liebsten?
Soll ich das dulden und nicht außer mir werden vor Wut?
Einst hat der Gönner mein Mädchen geküßt, ich weiß es, da klagt ich
Über den Kuß: in dem Fall bin ich noch oft ein Barbar.
Oft schon schadete mir dieser Fehler; doch *der* ist gescheiter,
Der bei fremdem Besuch selbst den Vermitteler spielt.
Besser jedoch, man weiß von nichts; sie verberge die Liebschaft;
Wenn sie sich nicht mehr verstellt, flieht manchmal völlig die Scham!

Drum, o Jüngling, hüte dich wohl, zu ertappen dein Liebchen;
Laß sie sündigen und denken, sie hat dich getäuscht.
Inniger wird bei Ertappten die Liebe; wenn zweie *ein* Schicksal
Teilen, so halten sie auch an ihrer Schuld weiter fest.
Kennt doch der ganze Olymp die vielerzählte Geschichte,
Wie einst Mulcibers List Venus gefangen und Mars.
Denn Gott Mars, wahnsinnig geplagt von der Liebe zu Venus,
Wurde, der schreckliche Held, plötzlich ein sanfter Galan.
Und da er bat, hat Venus – sie ist ja die freundlichste Göttin –
Gegen Gradivus auch nicht bäurisch und spröde getan.
Wie mutwillig sie oft sich über die Beine des Gatten
Aufhielt, über die Hand, hart von der Arbeit und Glut!
Einmal äffte sie selbst vor den Augen des Mars den Vulcan nach;
Und höchst anmutsvoll stand es der schönen Gestalt.
Aber sie suchten zuerst die Umarmungen klug zu verbergen,
Und mit schüchterner Scham war ihr Vergehen erfüllt.
Da, durch Sols Verrat – wer vermöchte die Sonne zu täuschen? –
Ward dem Vulcan das Tun seiner Gemahlin bekannt.
Was für ein schlechtes Exempel, o Sol! Erbitte dir selber
Doch ein Geschenk: wenn du schweigst, hat sie auch Gaben für dich.
Unsichtbares Gestrick legt um und über das Lager
Mulciber nun, sein Werk täuschte das schärfste Gesicht;
Gibt dann vor, nach Lemnos zu gehn; die Liebenden kommen
Wieder zusammen: im Netz sind sie gefangen und nackt.
Und nun ruft er die Götter herbei, die Gefangnen zu schauen.
Venus hielt mit Müh, sagt man, die Tränen zurück.
Nicht das Gesicht mit der Hand, nicht Busen und Schoß zu bedecken
Steht den Gefesselten frei: also umgarnt sie das Netz.

Da sprach einer und lachte: „Laß mich, o tapferster Mavors,
Nehmen die Fesseln für dich, sind sie dir selber zur Last."
Kaum auf die Bitten Neptuns befreite Vulcan sie der Bande,
Und nach Paphos ging Venus, nach Thrakien Mars.
Doch das hast du davon, Vulcan: was sie früher verbargen,
Tun sie nun frei, da die Scham seit der Entdeckung entflohn.
Freilich gestehst du nun selbst, wie töricht du damals gehandelt,
Und man sagt, du bereust schmerzlich die eigene List.
Davor warnt ich, und sieh, euch warnt die ertappte Dione:
Stellt nicht Fallen wie die, welche die Göttin umgarnt!
Sucht den Rival auch nicht in Schlingen zu fangen, belauscht nicht
Worte, die heimlich die Hand redet mit Zeichen und Wink.
Jage nach solcherlei allem der Mann (wenn der Jagd er es wert hält),
Den zum Mann in der Tat Wasser und Feuer gemacht.
Wiederum schwör ich es euch, nur soweit das Gesetz es gestattet,
Treib ich den Scherz; er bleibt fern vom Matronengewand.

Ceres' heiligen Brauch und des thrakischen Samos erhabne
Opfer, wer möchte die wohl keck den Profanen vertraun?
Ja das Verdienst ist klein, von heimlichen Dingen zu schweigen,
Aber die Schuld ist groß, schwatzt das Geheime man aus.
Gut, daß inmitten der Flut der Plauderer Tantalus dürstet,
Daß er umsonst mit der Hand hascht nach den Äpfeln am Baum!
Aber vor allem verlangt Kytherea von ihren Geweihten
Schweigen; ich rate, daß ihr nie ein Geschwätziger naht!

Sind auch Venus' Mysterien nicht in Kisten verborgen,
Klingen mit wütendem Schlag nicht ihr die Becken von Erz,
Sind vollständig sie doch bei uns in stetem Gebrauche,
Aber sie bleiben bei uns sorglich vor andern versteckt.
Venus selber ja zieht, sooft die Umhüllung sie ablegt,
Halb sich zurück und bedeckt scheu mit der Linken den Schoß.
Frei und öffentlich folgt dem Gelüste das Vieh; doch ein Mädchen,
Wenn es das Treiben sieht, wendet die Blicke es ab.
Tür und Kämmerlein ziemt sich für uns bei den heimlichen Freuden,
Und auch hier wird die Scham mit dem Gewande bedeckt.
Wenn auch Finsternis nicht, so verlangen wir doch ein gewisses
Nebliges Dunkel und was weniger hell ist als Licht.
Damals sogar, als noch kein Dach vor Regen und Sonne
Schützte, die Eiche des Hains Wohnung und Nahrung verlieh,
Schloß man in Wald und Geklüft, nicht im Freien, das Bündnis der Liebe;
Solches Gefühl für Scham hatte das roheste Volk.
Doch jetzt rühmt man sein nächtliches Tun durch prahlende Schilder,
Kauft um erkleckliches Geld nichts als ein leeres Geschwätz.
Deshalb probst du, wo du sie triffst, in Masse die Mädchen,
Daß du jedem vertraust: „Diese auch hab ich gehabt"?
Nur, daß keine dir fehl, auf die mit Fingern du zeigest,
Wird, wenn du eine berührst, stets sie zum eklen Geschwätz?
Doch das ist nichts: man erdenkt, was, wär es geschehen, man sicher
Leugnete, und man erklärt: „Keine, die mich nicht erhört!"
Können sie nicht an den Leib, so müssen den Namen sie schänden,
Wenn sie den Leib nicht berührt, wird doch die Ehre befleckt.

Geh nun, schließe die Tür, unleidlicher Wächter des Mädchens,
Riegel zu Hunderten schieb quer vor das eichene Tor!
Was ist sicher denn noch, wenn der Ruf nicht trotzt dem Verführer,
Der nur wünscht, daß die Welt glaubt, was ihm nimmer geglückt?
Ich erzähle sogar von wirklich genossener Liebschaft
Selten; den mystischen Raub deckt der Verschwiegenheit Nacht.

Nehmt euch vor allem in acht, die Gebrechen des Mädchens zu rügen,
Ja, es hat manchem genützt, daß er mit Fleiß sie nicht sah.
Warf Andromedas dunkle Haut ihr doch nimmer der Held vor,
Der an den Füßen ein Paar flüchtiger Fittiche schwang.
Riesenhaft erschien Andromache fast jedem andern –
Hektor von allen allein fand sie von mäßigem Wuchs.
Was dir nicht recht ist, gewöhne dich dran; du erträgst es, die Zeit heilt
Viel; ist die Liebe noch neu, merkt sie auf jegliches Ding.
Ehe das Pfropfreis fest mit der grünenden Rinde verwachsen,
Mag es die leiseste Luft schütteln, so fällt es herab.
Doch wenn die Zeit es gehärtet, so wehrt es sich gegen die Stürme,
Und sein Pflegekind hält fest der erwachsene Baum.
Ja, es befreit die Zeit von jeglichem Fehler die Körper;
Was ein Gebrechen dir schien, ist dir nicht hinderlich mehr.
Anfangs scheint der Geruch von Stierleder kaum dir erträglich:
Doch mit der Dauer der Zeit täuscht dich der widrige Duft.
Lindre die Mängel nur selbst durch Benennungen: nenne das Mädchen
Dunkel, das schwärzeres Blut hat als illyrisches Pech.
„Ähnlich der Venus" sei die, welche schielt, „Minerva" die Finstre;
Stirbt sie vor Magerkeit fast, sei „graziös" sie gebaut.

Nenne die Kleine „behend“ und „üppig gewachsen“ die Dicke;
Jeglichen Fehler verbirg unter dem ähnlichsten Reiz.
Frag nach dem Alter auch nicht und dem Konsul ihres Geburtsjahrs
(Dieses verdrießliche Amt ist ja dem Zensor vertraut);
Und nun gar, wenn die Blüte dahin, wenn die bessere Zeit schon
Hinter ihr, wenn sie vom Haupt weißgraue Härchen schon zupft:
Brauchbar, Jünglinge, ist dies Alter und selbst noch ein spätres,
Dies ist ein Acker, der Frucht trägt, der Bestellung verdient.
Weil noch Zeit und Kraft es erlaubt, scheut nimmer die Arbeit!
Schweigenden Schrittes, gekrümmt nahet das Alter sich schon.
Furchet mit Schiffen das Meer und furcht das Land mit dem Pflugschar
Oder bewehret die Hand kriegrisch mit grimmigem Stahl,
Oder verwendet die Kraft mit Seel und Leib auf die Mädchen:
Dies ist ein Kriegsdienst auch, dieses ist auch von Gewinn.
Auch sind die älteren viel erfahrener in dem Geschäfte,
Haben die Übung, und *die* macht ja den Meister allein,
Wissen der Jahre Gebrechen durch sauberen Schmuck zu ersetzen
Und erreichen durch Kunst, daß man ihr Alter nicht merkt.
Wie du es möchtest, sie kennen tausend Arten der Liebe,
Und kein Maler erfand Stellungen mehr noch als sie.
Sie empfinden die Lust, auch wenn sie dazu nicht gereizt sind:
Das ist Genuß, wo zugleich Mann ihn empfindet und Weib.
Widrig ist solch ein Umarmen, wovon nicht beide zerschmelzen:
Weniger hat mich darum Liebe zu Knaben gereizt.

Die auch hasse ich drum, die nur aus Berechnung sich hingibt,
Trocken daliegt und steif, nur an die Hausarbeit denkt.
Die man aus Pflicht mir schenkt, die Wollust ist mir zuwider.
Pflicht und Dienst soll nie fesseln ein Mädchen an mich.
Ja, mich freut es, wenn sie gesteht, daß sie glücklich gewesen,
Und auch bittet zugleich: „Bleibe doch, halte noch aus!"
Sehen möcht ich die Augen der Herrin in Wonne verschwimmen,
Daß sie ermattet zuletzt sagt: „Bitte, bitte, nicht mehr!"
Solcherlei Reiz schenkt nicht die Natur der früheren Jugend:
Dreißig Jahre und fünf muß man verleben vorher.
Wenn es dir eilt, so trinke den Most; mir sprudle von altem
Jahrgang würdiger Wein, lang auf dem Zapfen bewahrt.
Spät erst leiht die Platane dir Schutz vor den Strahlen des Phoebus,
Und auf keimendem Gras ritzt man den nackenden Fuß.
Möchtst du der Helena wohl die Tochter Hermione vorziehn?
Und war Gorge wohl besser, als die sie gebar?
Wenn du darum dich entschließt, zu reiferer Liebe zu greifen,
Und du harrest nur aus, bist du des Lohnes gewiß.

Sieh, das vertrauliche Bett empfing nun die beiden Geliebten.
Hemm, o Muse, den Schritt vor dem verschloßnen Gemach!
Ganz ohne dich vermag man dort schöne Worte zu finden,
Und auch die linke Hand bleibt ohne Tätigkeit nicht.
Sicher finden die Finger zu tun in jenen Bereichen,
Da, wo heimlicherweis Amor die Pfeile benetzt.
So hielt es auch mit Andromache schon Hektor, der kühne,
Nicht allein für den Krieg war zu gebrauchen der Mann.

Mit der gefangnen Briseïs aus Lyrnesus tat es Achilles,
Wenn er, müd von der Schlacht, lag auf das Lager gestreckt.
Ließest du wirklich es zu, Briseïs, daß mit den Händen,
Welche von Phrygerblut stets trieften, er oft dich berührt?
Oder war es das eben, was deine Lust noch gesteigert,
Daß diese siegreiche Hand so deine Glieder gesucht?
Glaubt mir, man darf die Freuden der Liebe nicht überstürzen,
Langsam lockt sie hervor, zögert sie weise hinaus!
Wenn du die Stellen gefunden hast, deren Berührung der Freundin
Wohltut, laß nicht die Scham hindern, daß du sie berührst.
Dann wirst du sehn, wie die Augen in zitterndem Lichte erstrahlen,
So wie vom Spiegel des Sees leuchtet die Sonne zurück;
Dann werden Klagen folgen, es folgt ein verliebtes Gestammel,
Sanfte Seufzer sodann, Worte, die passen zum Spiel.
Aber laß nicht die Geliebte zurück, mit größeren Segeln
Fahrend, noch auch sei sie schneller im Laufe als du!
Beide zugleich erreichet das Ziel! Nur dann ist vollkommen
Euer Genuß, wenn zugleich beide besiegt und erlöst.
So geh ans Werk, wenn dir Freiheit und Muße genügend beschieden
Sind und wenn nicht die Furcht dränget bei heimlicher Lust.
Doch bringt das Zögern Gefahr, dann legt euch fest in die Ruder,
Dann ist es nützlich auch, kräftig zu spornen das Pferd.

Hier ist das Ende des Werks. Gib, dankbare Jugend, die Palme,
Bringe dem duftigen Haar Kränze aus Myrten zum Schmuck.
Wie bei dem Danaërheer Podalirius groß in der Heilkunst,
Groß durch sein Schwert Achill, Nestor gepriesen im Rat,

Kalchas als Seher berühmt, Automedon, Wagen zu lenken,
Telamons Sohn im Kampf: so bin im Lieben *ich* groß.
Preist, ihr Männer, mich laut als Seher und stimmet mein Lob an,
Und auf dem Erdkreis rings töne mein Ruhm im Gesang.
Waffen bereitet ich euch, wie Vulcan sie gab dem Achilles:
Sieget mit meinem Geschenk, so wie Achilles gesiegt.
Wer mit dem Stahl, den ich gab, Amazonen zu Boden gestreckt hat,
Schreib auf die Spolien dann: „Naso hat dieses gelehrt."

Sieh, da bitten mich gleich um Belehrung die lieblichen Mädchen.
Gut! Ich werde für euch sorgen im nächsten Gesang

Drittes Buch

Zum Amazonengefecht verlieh ich den Danaërn Waffen,
Waffen empfängt dein Volk, Penthesilea, nun auch.
Kämpft gleichmäßig bewehrt. Es siegt, wem die hohe Dione
Hold und der Knabe, der rings flattert umher auf der Welt.
Wider Gerechtigkeit wär's, daß ihr nackt mit Bewaffneten kämpftet.
Ja, ein Sieg wie *der* brächte den Männern nur Schimpf.
Aber da fragt mich mancher vielleicht: „Leihst Gift du den Schlangen?
Lieferst den Schafstall du rasenden Wölfinnen aus?"
Halt! – und laßt nicht die Schuld von wenigen gelten für alle.
Prüft nach Wert und Verdienst jegliches Mädchen für sich.
Atreus' jüngerer Sohn mag Helena, Helenas Schwester
Atreus' älterer Sohn zeihen mit Recht des Vergehns.
Amphiaraos, durch des Talaos Tochter verraten,
Fuhr samt seinem Gespann lebend hinunter zum Styx.
Aber Penelope blieb, ob auch zehn Jahre die Irrfahrt
Und zehn Jahre der Krieg dauerte, treu dem Gemahl.
Denk an Phylakes Held und an sie, die folgte dem Gatten
Und, noch eh ihr Geschick rief, zu dem Acheron ging.
Hat nicht den Tod des Gemahls, des Pheretiaden, Alkestis,
Die zu dem Holzstoß ging statt des Gemahles, erkauft?
„Nimm mich auf, Kapaneus! Es vermische sich unsere Asche!"
Rief Euadne und sprang mitten hinein in die Glut.
Heißt doch die Tugend sogar ein Weib: als weibliche Gottheit
Ehrt man sie. Wundre dich nicht, wenn sie den Ihren gefällt!

Freilich, unsere Kunst verlangt nicht Seelen wie diese:
Kleineres Segelgerät schickt sich für unseren Kahn.
Von mir lernt man nur mutwilliges Liebesgetändel:
Wie man Mädchen und Fraun liebe, das lehrt mein Gedicht.

Frauen befassen sich nicht mit grimmigen Bogen und Fackeln:
Selten, daß solch ein Geschoß Männer zu Schaden gebracht.
Oft bricht die Treue der Mann: höchst selten die zärtlichen Mädchen,
Wenige, forschest du nach, sind des Betruges zu zeihn.
Iason verließ Medea, nachdem sie ihm Kinder geboren,
Herzte, des Aesons Sohn, treulos ein anderes Weib.
Theseus ließ Ariadne im Stich am fremden Gestade.
Kam es auf *ihn* an, sie ward Vögeln des Meeres zum Fraß.
Frage, warum *ein* Weg „*Neun* Wege“ genannt ist, und höre,
Daß um Phyllis der Wald weinend gestreuet sein Haar.
Fromm nennt einen der Ruf; doch bot er selber, der Gastfreund,
Dir, Elissa, das Schwert, weihte dich selber dem Tod.
Wißt ihr auch, was euch verdarb? Ihr verstandet euch nicht auf die Liebe;
Kunst hat allein euch gefehlt, Kunst, die ihr Dauer verleiht.
Jetzt auch verständen die Mädchen es nicht: da trat Kytherea
Zu mir und trug mir auf, sie zu belehren darin,
Sagte darauf: „Was haben die Mädchen, die armen, verschuldet,
Daß man sie wehrlos preisgibt dem bewaffneten Mann?
Er ist zum Meister der Kunst schon durch zwei Bücher erzogen:
Bilde mit Lehr und Rat jetzt auch das andre Geschlecht!
Der mit Schmähungen erst die therapnische Schöne verfolgte,
Sang mit versöhnendem Spiel später der Helena Lob.
Kenn ich dich recht, so tust du nicht klug, die Mädchen zu kränken,
Da du, solange du lebst, Gnade von ihnen verlangst.“

Sprach's, und vom Myrtengewind – ihr Haar war mit Myrten umwunden –
Gab sie ein Blatt mir und gab einige Beeren dazu.
Bei dem Geschenk auch spürt ich die Gottheit; der Äther erglänzte
Reiner, und völlig entschwand jegliche Schwere der Brust.
Weil sie mir Geist noch verleiht, sucht hier euch Lehren, ihr Mädchen,
Denen Gesetz und Scham, denen ihr Recht es erlaubt.
Jetzt schon denket daran, daß einst doch nahet das Alter;
So wird nutzlos euch nimmer verrinnen die Zeit.
Scherzt, solang es noch geht, solange der Frühling des Lebens
Blühet. Das Leben enteilt, eilt wie die Welle des Bachs.
Eilte die Welle dahin, so rufst du nimmer sie wieder:
Eilte die Stunde dahin, kehrt sie dir nimmer zurück.
Auf und benutzet die Zeit! Die Zeit flieht stürmischen Schrittes,
Und die da folgt, ist nie gut, wie die frühere war.
Hier dies fahle Gesträuch, ich sah es als blühende Veilchen,
Hier von dem struppigen Dorn pflückt ich mir Rosen zum Kranz.
Kommt doch die Zeit, wo du, die jetzt du den Liebenden ausschließt,
Frostig als Greisin bei Nacht liegst im verödeten Bett.
Dann wird nächtlicher Zank dir nimmer die Türe zerbrechen,
Nicht mehr findest du sie morgens mit Rosen bestreut.
Weh mir Armem, wie bald wird schlaff von Runzeln der Körper,
Weh, wie die Farbe so bald schwindet vom schmucken Gesicht!
Schwöre uns, daß dir als Kind schon graue Haare gewachsen,
Wenn du plötzlich bemerkst: völlig ergraut ist dein Haar!
Freilich, die Schlange, sie streift mit der Haut ihr Alter herunter,
Nicht zum Greis wird der Hirsch, wenn das Geweih er verliert.

Unsere Reize, sie fliehn, da hilft nichts; pflücke die Blume!
Pflückst du sie nicht, so fällt häßlich von selber sie ab.
Nimm hinzu, daß Geburten die Zeit der blühenden Jugend
Kürzen. Das Feld wird erschöpft, erntet man immer darauf.
Luna, du darfst dich des Latmiers nicht, des Endymion, schämen,
Laß dich des Cephalus Raub, rosige Göttin, nicht reun.
Schweigen wir ganz von Adonis, den Venus noch heute betrauert,
Hat sie Harmonia denn und den Aeneas – von nichts?
Folgt denn, sterbliche Fraun, der unsterblichen Göttinnen Beispiel
Und verweigert die Gunst nicht dem verlangenden Mann.
Wenn er euch wirklich betrügt, was verliert ihr? Alles verbleibt euch.
Nähm er auch Tausende sich, wird es doch weniger nicht.
Eisen nutzt ab der Gebrauch, es zerreibt sich selber der Kiesel:
Das hält vor, ein Verlust ist nicht zu fürchten dabei.
Wer verbietet, daß einer sich Licht anstecke vom Lichte,
Wer verschließt in des Meers Schlünden die ewige Flut?
Dennoch sollt eine Frau zum Manne sagen: „Das lohnt nicht"?
Sag, was verlierst du dabei? Wasser zur Spülung nachher.
Nicht erniedrigen soll euch mein Wort, nur die nichtige Furcht euch
Nehmen. Bei euerm Geschenk ist in der Tat kein Verlust.
Aber hernach erst hab ich mit stärkeren Winden zu segeln,
Da wir im Hafen noch sind, treibe mich sanftere Luft.

Körperpflege und Putz ist der Anfang. Pflegst du die Trauben,
Sprudelt der Wein. Hoch sprießt, pflegst du den Acker, die Saat.

Schönheit ist Göttergeschenk: wie wenige rühmen sich dessen!
Gar zu viel von euch gibt's, denen es gänzlich gebricht!
Sorgfalt verleiht euch Reiz. Nachlässigkeit tötet die Reize,
Wärt ihr wie Göttinnen schön, schön wie Idalia selbst.
Pflegten vor alters den Schmuck nicht so mit Sorgfalt die Mädchen,
War auch vor alters der Mann nicht so verfeinert wie jetzt.
Wenn sich Andromache da mit tüchtigen Röcken staffierte,
War es kein Wunder: ihr Mann war ja ein rauher Soldat.
Könntest in zierlichem Schmuck als Ajax' Weib du erscheinen,
Der mit Stierfell sich siebenmal deckte den Leib?
Einfach war man früher und roh. Jetzt strahlet von Golde
Rom, der eroberten Welt herrlichste Schätze sind sein.
Blick nur zum Kapitol – was es jetzt ist, was es gewesen:
Jupiter, dächte man fast, war da ein anderer Gott.
Siehe die Kurie, jetzt höchst würdig der hohen Versammlung:
Während des Tatius Reich war sie von Schilf und von Stroh.
Wie das Palatium strahlt, von Phoebus beschirmt und den Fürsten!
Nur Pflugstieren vordem diente zur Weide der Platz.
Lobe das Alte, wer will. Ich preis es als Glück, daß ich jetzt erst
Lebe; nach Art und Sinn passen wir: ich und die Zeit.
Nicht weil jetzt das geschmeidige Gold aus der Erde gewühlt wird,
Weil man Perlen sich holt von dem entlegensten Strand,
Nicht weil man ganze Gebirg durch Marmorbrüche jetzt abträgt,
Weil man durch Molen des Meers bläuliche Fluten vertreibt:
Nein, weil Bildung herrscht und der Ahnherrn bäurische Sitte
Nicht mehr dauert und nicht unserer Zeit sich vererbt.

Ihr auch, Mädchen, beschwert nicht das Ohr mit
kostbaren Steinen,
Die in der grünlichen Flut dunkele Inder gesucht.
Geht nicht belastet umher mit golddurchwirkten
Gewändern!
Oft verscheucht uns die Pracht, die uns zu fesseln
bestimmt.
Sauberkeit nimmt uns ein: ungeordnet flattre das Haar
nicht,
Welchem die Hand, die es schmückt, Reize verleiht und
versagt.
Nicht sei der Schmuck von einerlei Art: es wähle sich jede,
Was sie kleidet; zuvor werde der Spiegel gefragt.
Für ein langes Gesicht paßt schön ein reinlicher Scheitel.
Dies war der Haarschmuck, den Laodamia gewählt.
Aber ein rundes Gesicht verlangt, daß ein niedriger
Knoten
Über der Stirn bleibt – so, daß man die Ohren noch
sieht.
Links und rechts wallt jener das lockige Haar um die
Schultern,
Wie du, Phoebus, es trägst, wenn zu der Leier du
singst.
Aber die andere knüpft es nach Art der geschürzten Diana,
Wenn sie zur Jagd auszieht auf das erschrockene Wild.
Diese gefällt, wenn locker die Haare die Stirne umspielen,
Jene, wenn künstlich getürmt Locken zur strengen
Frisur.
Diese versucht es nach Art der kyllenischen Leier zu
ordnen.
Ähnlich den Wellen der Flut kräuseln es andere sich.
Aber man zählt nicht die Früchte im Wipfel der ästigen
Eiche,
Nicht der hybläischen Flur Bienen, das Wild auf der
Alp:
Noch kann *ich* dir die Zahl der verschiedenen Moden
berichten,
Fügt doch ein jeglicher Tag Neues dem Alten hinzu.
Auch nachlässiges Haar steht mancher vortrefflich; du
glaubst fast,
Daß es von gestern noch liegt: eben nur ist es gekämmt.

Zufall scheine die Kunst. Als so nach eroberter Feste
Herkules Iole sah, rief er : „Die wähl ich für mich!“
So sah, Gnosierin, dich, die Verlaßne, der Gott, da die Satyrn
„Evoë“ jauchzten, und hob dich auf sein Panthergespann.
Oh, wie eure Natur von selbst zum Schmucke sich eignet,
Wie auf so mancherlei Art jeglichen Schaden ihr heilt.
Wir stehn schmählich entblößt, wenn die Haare vom Alter entrafft sind
(Wie wenn die Blätter der Nord schüttelt, so fallen sie ab),
Während die Frau das ergrauende Haar mit germanischem Saft färbt,
Daß durch die Kunst es sogar besser noch wird als zuvor,
Während mit buschigem Schopf – von erhandeltem Haar – sie einhergeht
Und für Geld den Besitz andrer zum eigenen macht.
Ja, sie errötet auch nicht, sie offen zu kaufen; sie stehen
Feil vor der Jungfraun Chor, Herkules grad im Gesicht.

Soll von Kleidern ich reden? Ich will nicht teure Besätze,
Will nicht Wolle, vom Rot tyrischer Schnecken gefärbt.
Da für geringeren Preis so mancherlei Farbe zu haben,
Sei nicht toll und trag all dein Vermögen am Leib!
Hier ist die Farbe der Luft, wenn sie nicht von Wolken getrübt wird
Und wenn der lauwarme Süd nicht sie mit Regen erfüllt.
Diese vergleicht sich mit dir, die einstmals Phrixus und Helle,
Wie man erzählt, der List Inos entrückt haben soll.
Die sieht ähnlich der Flut: von der Flut auch führt sie den Namen;
Nymphen bedecken sich wohl, denk ich, mit solch einem Kleid.
Die ist dem Krokus gleich; es hüllt sich die tauige Göttin,
Wenn sie ihr leichtes Gespann schirret, ins Krokusgewand.
Purpurn, gleich Amethyst, wie die paphischen Myrten ist eine,
Blassen Rosen gleicht die, thrakischen Kranichen die.

Deine Kastanien sind hier, Amaryllis, und blühende
Mandeln,
Und nach dem Wachs auch sind wollene Stoffe
benannt.
So viel Farben die Erde gebiert, wenn in lauwarmer
Lenzluft
Augen der Weinstock treibt, da nun der Winter
entflohn,
So viel oder noch mehr trinkt Farben die Wolle: du wähle,
Denn nicht jegliche steht jeglichem Mädchen auch gut.
Schwarz steht Mädchen mit schneeiger Haut, so ging es
Briseïs:
Als sie geraubt ward, trug grad sie ein dunkeles Kleid.
Weiß steht besser den Braunen: in weißen Gewändern
gefielst du,
Kepheus' Tochter, und bist so nach Seriphos gebracht.

Bald auch hätt ich gewarnt, daß der Bock nicht unter den
Achseln
Laure, daß stachliges Haar nicht euch die Schenkel
entstellt.
Doch ich belehre ja hier nicht Mädchen aus Kaukasus'
Felsschlucht
Noch, die Caïcus' Flut schöpfen am mysischen Strand.
Geb ich die Vorschrift noch, daß ihr nicht nachlässig die
Zähne
Lasset vergilben und früh spület mit Wasser den Mund?
Selber ja wißt ihr sogar euch weiß mit Schminke zu
färben,
Und die nicht von Natur blühet, sie blühet durch
Kunst.
Kunst lehrt zwischen den Brauen den ledigen Platz euch
ergänzen,
Wie durch ein Häutlein wird sauber die Wange
bedeckt.
Fein umzieht ihr die Augen sogar mit zerriebener Kohle
Oder mit Krokus, den du, glänzender Cydnus, erzeugt.
Früher verfaßt ich ein Buch: „Von den Schönheitsmitteln
der Frauen";
Klein ist es zwar, doch groß, wenn man die Sorgfalt
erwägt.

Das auch fraget um Rat, hat irgend die Schönheit gelitten,
Nie ist unsere Kunst lässig in euerem Dienst.
Doch daß nie auf dem Tisch Schminktöpfchen vielleicht der Geliebte
Finde! Versteckt muß stets helfen die Kunst dem Gesicht.
Denn wen beleidigt es nicht, wenn im ganzen Gesichte die Hefe
Klebt und zum Busen hinabtrieft, von der Schwere gelöst!
Wie erst Oesopum stinkt, wenngleich ihr des schmutzigen Schaffells
Klebrigen Saft weither selbst von Athen euch besorgt!
Billigen kann ich auch nie, wenn ein Mädchen in anderer Beisein
Hirschmarksalbe gebraucht oder die Zähne sich putzt.
Schönheit verleiht das wohl, doch unschön ist es zu sehen.
Vieles ist häßlich zu tun, was doch, vollendet, gefällt.
Sieh die Statue, welche den Namen des tüchtigen Myron
Trägt – sie war nur ein Stein, war nur ein träges Gewicht.
Gold wird geschmiedet, damit ein kostbarer Ring draus entstehe,
Schmutzige Wolle war erst, was als Gewand du jetzt trägst.
Venus, die nackende dort, die die triefenden Locken sich auswringt,
War, das vortreffliche Werk, früher ein eckiger Block.
Du auch, wenn du dich schmückst, laß stets uns glauben, du schläfst noch,
Besser, wir sehen dich erst, trittst du vollendet hervor.
Muß ich denn wissen den Grund, warum so weiß dein Gesicht ist?
Schließe des Kämmerleins Tür, zeig nicht die Skizze des Werks!
Vieles ist gut, wenn der Mann es nicht weiß; es verletzen die meisten
Dinge, bei denen du nicht sorglich das Innre versteckst.
Sieh im geschmückten Theater dich um, wie die goldenen Bilder
Strahlen: sie sind von Holz, dünn nur bezogen mit Blech.

Aber das Volk darf nicht hinein, eh alles bereit ist:
So auch halte den Mann fern, wenn du schmückst die Gestalt.
Doch ich verbiete dir nicht, vor ihm dir zuweilen die Haare
Kämmen zu lassen, daß lang wallen die Locken herab.
Hüte vor allem dich dann, gar mürrische Launen zu zeigen,
Löse von neuem nicht stets auf das geflochtene Haar!
Laß auch die Sklavin in Ruh; ich hasse das Weib, das den Mägden
Kratzt ins Gesicht und den Arm ihnen mit Nadeln zersticht.
Jene verflucht der Gebieterin Haupt, das sie unter der Hand hat,
Blutet und weint in das Haar Tränen des Hasses hinab.
Ihr mit dürftigem Haar stellt Wachen auf euere Schwellen
Oder besorget den Schmuck immer an Faunas Altar!
Einstmals meldete man mich plötzlich bei einer Gewissen:
In der Verwirrung des Schrecks setzte das Haar sie verkehrt.
Grund zu so schmählicher Scham mag höchstens den Feinden ich gönnen.
Falle der Schimpf auf das Haupt parthischer Mädchen und Fraun.
Häßlich ein Tier, dem der Schweif, und häßlich ein Feld, dem das Gras fehlt.
Häßlich ein Strauch ohne Laub oder ein Kopf ohne Haar.

Nicht will Semele ich bei mir noch Leda belehren
Noch, die das Trugbild des Stiers führte von Sidon durchs Meer,
Helena nicht, die du – kein Tor! –, Meneläus, zurückholst
Und du – ebenso klug –, troïscher Räuber, versagst.
Meine Belehrung sucht der Häßlichen Schwarm und der Schönen,
Aber die Häßlichen sind immer die größere Zahl.
Denn ein reizendes Weib fragt nicht nach künstlichen Regeln,
Sie hat eignen Besitz: Schönheit, die mächt'ger als Kunst.

Ist in Ruhe das Meer, kann sorglos zögern der Schiffer,
Doch wenn es tobt, dann treibt emsig zum Rudern er an.
Selten nur ist ein Gesicht ganz frei von Fehlern; versteck sie,
Wie du nur kannst, und verbirg auch die Gebrechen des Leibs.
Setze dich, bist du zu klein, daß du stehend nicht scheinest zu sitzen:
Streck deine kleine Gestalt lang auf dem Sofa auch aus,
Und daß auch so nicht der Ruhenden Maß alsbald sich verrate,
Hülle mit deinem Gewand lässig die Füße dir ein.
Die zu schmächtig und dünn, die wähle sich dickere Stoffe,
Und in faltigem Bausch werfe den Mantel sie um.
Bist du zu blaß, so nimm ein Gewand mit purpurnen Streifen!
Oder zu braun? Dann hilft besser ein pharisches Kleid.
Ist unförmig der Fuß, versteck ihn in schneeigem Leder!
Hast du ein mageres Bein, binde die Riemen nicht ab!
Sind deine Schultern zu hoch, bediene dich flacherer Schnallen,
Und umwinde die Brust, wenn sie der Füllung bedarf.
Sind deine Finger zu dick und hast du brüchige Nägel,
Rege, was immer du sprichst, wenig die Hände dabei.
Wenn aus dem Munde du riechst, so sprich nicht, eh du gefrühstückt,
Halt ein wenig dich auch fern von des Mannes Gesicht.
Sind dir die Zähne gestockt, sind schlecht sie im Munde gewachsen
Oder zu groß, dann bringt Lachen vor allem Gefahr.
Sollte man's glauben, es lernt nach Vorschrift zu lachen das Mädchen,
In dem Punkt auch sucht eigene Grazie sie:
Öffne sie mäßig den Mund und habe sie Grübchen an beiden
Seiten und bleibe der Zahn halb von der Lippe bedeckt.
Laß sie beständig auch nicht mit Gelächter erschüttern das Zwerchfell,
Leise nur sei es und sei etwas von Weiblichkeit drin.

Manche verzerrt das Gesicht zu widerwärtigem Grinsen,
Oder du glaubst, sie weint, wenn sie nur unmäßig lacht.
Dann ist endlich ein Ton, unleidlich, ein heiseres Krähen,
Wie von der Mühle her gräßlich der Esel iaht.

Was doch die Kunst nicht lehrt! Mit Anstand lernen sie weinen,
Weinen zu jeglicher Zeit, wann es und wie es beliebt.
Wird der gehörige Laut doch sogar beim Sprechen verstümmelt,
Daß sich die Zung auf Befehl künstlich zu lispeln bequemt.
Auch der Fehler gefällt, manch Wort nicht richtig zu sprechen:
Ja man redet mit Kunst schlechter, als man es versteht.

Auf dies alles – denn alles das nützt – legt Eifer und Sorgfalt,
Lernt auch, wie ihr beim Gehn weibliche Haltung bewahrt.
Ja, es liegt auch im Gang ein Reiz, der nicht zu verachten,
Männer, die nie euch gesehn, lockt er und stößt er zurück.
Diese bewegt mit Geschick die Hüften, die wallenden Kleider
Flattern im Wind; mit Stolz hebt sie gemessen den Fuß.
Jene, mit langem Schritt, gemächlich und breitbeinig geht sie,
Wie eines umbrischen Wirts derbe, rotbäckige Frau;
Doch, wie in vielem, ist hier auch ein Maß. Ist bäurisch der eine
Gang, ist der andere wohl weichlicher, als es sich ziemt.
Aber den unteren Teil der Schulter, den obern des Armes
Trag entblößt, daß von links her man sogleich es gewahrt.
Das steht euch reizend, zumal euch Weißen! Sooft ich es sehe,
Möcht ich die Schulter sogleich küssen, soweit sie sich zeigt.

Wunder des Meers wart ihr, Sirenen, die einst ihr mit heller
Stimme das flüchtigste Schiff hieltet im Laufe zurück.

Als euch Sisyphus' Sohn vernahm, da riß er beinah sich
Los vom Mast; doch Wachs schloß den Gefährten das Ohr.
Schmeichelnd und süß ist Gesang: drum übt euch, Mädchen, im Singen.
Manche schon brachte die Stimm statt des Gesichts an den Mann.
Singt bald, was ihr gehört im Marmorrund des Theaters,
Bald ein lustiges Lied, wie an dem Nil es erklingt.
Auch mit der Rechten den Stab, mit der Linken die Zither zu führen
Muß ein gebildetes Weib, wie ich es wünsche, verstehn.
Fels und Getier hat die Leier bewegt des thrakischen Orpheus,
Dich, dreiköpfiger Hund, Sümpfe des Tartarus, euch.
Und auf deinen Gesang, du gerechtester Rächer der Mutter,
Haben die Steine von selbst Mauern zu baun sich beeilt.
Selbst auch der stumme Fisch war dennoch der menschlichen Stimme
Hold: von Arions Spiel ist ja die Sage bekannt.
Über melodische Saiten des Nablions lerne mit beiden
Händen zu rauschen: sie sind passend für heiteren Scherz.

Sei des Kallimachos Lied dir bekannt und der koïsche Dichter,
Und was der teïsche Greis lustig ersonnen beim Wein.
Sei dir auch Sappho bekannt; wer wäre verliebter als diese?
Lerne, wie Geta, der Schelm, listig den Vater betrügt.
Dann auch magst du das Lied des zarten Propertius lesen,
Auch von Gallus ein Stück oder, Tibullus, von dir
Oder, was Varro besang – das Gedicht vom Vlies mit der goldnen
Wolle, das Unheil dir, Schwester des Phrixus, gebracht,
Dann des Aeneas Flucht, den Beginn der erhabenen Roma:
Das ist das herrlichste Werk, dessen sich Latium rühmt.
Mag mit diesen vielleicht dann auch mein Name sich mischen,
Daß nicht Lethes Strom völlig entrafft, was ich schrieb,

Und daß einer noch sagt: „O lies doch die feinen Gedichte
Unseres Meisters, worin beide Partein er belehrt.
Such aus den Büchern dir auch, aus den dreien, die ‚Liebesgedichte‘
Heißen, ein Lied und lies sanft es in schmelzendem Ton.
Lies mit getragener Stimme vielleicht auch einen der Briefe:
Neu ist die Gattung; vor ihm hat sie kein andrer versucht.“
Wolle das Phoebus verleihn und ihr, Schutzgötter der Dichter,
Ihr neun Schwestern und du, Bacchus, mit Hörnern geschmückt!

Zweifelt ihr, daß ich die Kunst zu tanzen vom Mädchen verlange,
Daß beim Gelag sie auf Wunsch zierlich bewege den Arm?
Liebt man die Künstlerin doch, die gewandt sich dreht auf der Bühne,
So viel Anmut liegt in der Bewegung beim Tanz.

Ungern mahn ich an Kleinliches noch, wie daß ihr der Würfel
Kraft und Bedeutung bekannt sei und der Knöchel Gebrauch,
Daß bald dreimal sie wirft, bald nachdenkt, wen sie am schlausten
Sich zum Gefährten erwählt oder zum Gegner erkürt.
Spiele mit Vorsicht auch und gescheit sie im kriegrischen Brettspiel,
Wo zwei Feinde zugleich schlagen den einzelnen Stein,
Wo der Soldat, ohne Deckung betroffen, in schwerer Bedrängnis
Kämpft und den nämlichen Weg öfters der Gegner durchläuft.
Wenn in ein offenes Netz die geglätteten Kugeln man schüttet,
Nimm sie heraus, doch so, daß du nicht andre berührst.

Dann ist ein Spiel, das durch Linien so in Felder geteilt ist,
Daß sie den Monaten gleichkommen des flüchtigen Jahrs.
Mit drei Steinen besetzt man das Brett von dieser und jener
Seite, und nun siegt der, welcher die seinen nicht trennt.
Tausenderlei von Spielen versucht! Es ist schlimm, wenn ein Mädchen
Nicht zu spielen versteht; spielend erobert sie oft.
Aber das wenigste ist, sich klug zu bedienen der Würfel;
Schwieriger ist's, sich beim Spiel gut zu betragen verstehn.
Nicht auf der Hut sind wir; wir öffnen im Eifer die Herzen,
Spiel deckt öfters die Brust bis in ihr Innerstes auf.
Dann naht Zorn mit verzerrtem Gesicht, dann naht die Gewinnsucht,
Streit und Schmähung und Zank und der Erbitterung Schmerz.
Kränkender Vorwurf hallt und Geschrei weithin durch die Lüfte;
Jeder beschwört und ruft Götter zur Hilfe im Zorn.
Falschspiel vermutet man schon! Was wünscht man sich nicht mit Gelübden!
Manches Gesicht sogar sah ich mit Tränen benetzt.
Jupiter mag *die* Frau vor so häßlichen Fehlern bewahren,
Der im geringsten daran liegt, daß sie Männern gefällt.

Diese Vergnügungen gab mit kärglicher Hand die Natur euch.
Reicheren Stoff zum Spiel bietet den Männern sie dar.
Sie erfreun sich am flüchtigen Ball, Reiftreiben und Speerwurf,
Schwingen das Schwert, und im Kreis lassen sie rennen das Roß.
Weder das Marsfeld sieht noch sieht *euch* die kühlende Quelle
Virgo, noch gleitet ihr sanft hin auf dem tuskischen Strom.
Aber ihr dürft und sollt in Pompeius' Halle doch wandeln,
Wenn auf der Jungfrau Haupt glühet das Himmelsgespann.

Geht zum Palatium auch, zum Tempel des lorbeerumkränzten
Phoebus, der Canopus' Kiel jüngst in die Fluten versenkt!
Geht zu den Bauwerken dann, die Schwester und Gattin des Fürsten
Und, den des Seesiegs Preis kränzet, sein Eidam erbaut,
Zu der memphitischen Kuh weihrauchumdampften Altären,
Geht ins Theater und wählt Plätze, wo jeder euch sieht!
Sehet dem Kampfspiel zu, wo der Sand sich vom rauchenden Blut färbt,
Seht, wie das glühende Rad hastig sich schwenkt um das Ziel!
Was sich verbirgt, kennt niemand, und was man nicht kennt, das entzückt nicht.
Kann dir ein schönes Gesicht nützen, wenn keiner es sieht?
Wenn du vorzüglicher auch als Thamyras sängst und Amoebeus,
Brächte dein Spiel, das man nie hörte, dir wenige Gunst.
Hätte sein Venusbild der Koër Apelles verheimlicht,
Läg in der Meerflut noch heute die Göttin versteckt.
Streben nach anderem denn als Ruhm die heiligen Sänger?
Dies ist der einzige Wunsch, der uns beim Dichten beseelt.
Göttern und Königen lagen vordem am Herzen die Dichter;
Damals trug ein Chor herrliche Preise davon.
Wie ein Gott war der Sänger verehrt; man nannte mit Andacht
Stets den Namen, und Gold ward ihm die Fülle zuteil.
Ennius, niedern Geschlechts, in Kalabriens Bergen geboren,
Ruht in derselben Gruft, Scipio, du Großer, mit dir.
Jetzt ist des Efeus Ehre dahin, und die wachende Sorgfalt,
Musengeschäften geweiht, nennt man ein müßiges Tun.
Doch für den Ruhm zu wachen ist schön. Wer kennte Homer wohl,
Wäre die „Ilias" nicht, dieses unsterbliche Werk?

Wüßten von Danaë wir, wenn sie stets verschlossen geblieben,
Wenn sie im ehernen Turm wäre zur Greisin gewelkt?
Nützlich für euch ist der Straßen Gewühl, ihr reizenden Mädchen,
Setzt in die Welt hinaus über die Schwelle den Fuß!
Wirft auf die Herde der Wolf sich nicht, ein Schaf zu erhaschen?
Stürzt sich der Vogel des Zeus nicht auf die Vögel im Schwarm?
Mag ein schönes Gesicht denn auch sich zeigen der Menge:
Aus so vielen erblickt einen sie wohl, den sie fängt.
Wo sie auch sei, sie strebe mit Eifer danach, zu gefallen,
Sei sie mit ganzem Gemüt, Reiz zu entfalten, bedacht.
Zufall waltet auch hier. Laß immer die Angel nur schweben!
Oft ist ein Fisch in der Flut, wo man am wenigsten denkt.
Oft durchirret der Hund vergebens die waldigen Höhen,
Und wenn niemand ihn jagt, rennt in die Netze der Hirsch.
Was war am Fels für Andromeda wohl so wenig zu hoffen,
Als daß die Tränen ihr noch würden gewinnen ein Herz?
Manche verschafft sich den Mann bei des Mannes Begräbnis. Gelösten
Haares zu gehn und vor Schmerz nicht sich zu fassen, das reizt!

Aber vermeidet den Mann, der aus Schönheit und Schmuck ein Geschäft macht,
Der sein lockiges Haar sorglich in Ordnung erhält.
Was er zu euch jetzt sagt, das sprach er zu Tausenden *vor* euch.
Der ist ein Flatterer, der hält in der Liebe nicht aus.
Was soll die Frau denn tun, putzt der Mann sich noch mehr als sie selber,
Wenn er vielleicht sogar eigene Liebhaber hat?
Schwerlich glaubt ihr es mir – doch glaubt mir –, es stünde noch heute
Troja, hätte man dort Priamus' Lehren befolgt.

Einige geben nur vor zu lieben und gehen auf Raub aus,
Und auf solcherlei Weg suchen sie schnöden Gewinn.
Täusche sein Haar euch nicht, ob es glänzt von triefenden Narden,
Oder die Riemen am Schuh, säuberlich untergesteckt.
Täusche die Toga euch nicht, wie fein sie immer gewebt sei,
Ist auch mit Ringen die Hand, Finger um Finger, bedeckt.
Grade vielleicht, der am meisten sich putzt von allen den Herrchen,
Er ist ein Dieb und entbrennt lüstern – nach deinem Gewand.
„Gib mir das Meine zurück!" schreit manches bestohlene Mädchen;
„Gib mir das Meine zurück!" brüllt auf dem Forum es rings.
Und du, Venus, siehst das Gezänk aus dem goldenen Tempel
Ruhig mit an und ihr, Nymphen des appischen Quells.
Männer gibt es sodann, die stehen im übelsten Rufe,
Viele haben – o pfui! – Liebe gelohnt mit Betrug!
Lernt durch fremden Verlust euch klug vor dem eignen bewahren.
Haltet vor Schurken *der* Art immer verschlossen die Tür.
Nehmt euch in acht, Kekropiden, den Schwüren des Theseus zu trauen,
Ruft er die Götter auch an, rief er sie früher doch schon.
Dir, Demophoon, auch, der Theseus' Laster du erbtest,
Schenkt man Vertraun nicht mehr, seit du die Phyllis betrogst.
Schmeicheln sie euch mit Versprechen, versprecht mit den nämlichen Worten;
Geben sie aber, dann gebt auch den bedungnen Genuß.
Vestas ewiges Licht ist *die* imstande zu löschen,
Die stiehlt frech vom Altar, Isis, dein Tempelgerät,
Schierling und Aconit mischt *die* zum Trank für den Gatten,
Die das Geschenk erst nimmt und den Genuß dann versagt.

Näher nun komm ich dem Ziel, faß kürzer, Muse, die Zügel,
Daß nicht das rasende Rad plötzlich dich schleudert vom Sitz!
Erst wird die Furt mit Worten geprüft; man schreibt dir auf fichtnen
Täfelchen; wähle die Magd klug, die das Briefchen empfängt.
Lies sehr genau und entnimm aus der Art des Geschriebenen selber,
Ob nur erheuchelt sein Flehn, ob aus dem Herzen es kommt.
Schreibe nach einiger Zeit ihm zurück. Es entflammt den Verliebten
Jeder Verzug noch mehr, währt er zu lange nur nicht.
Weder versprich dich gleich zu gefällig dem flehenden Jüngling,
Noch in grausamem Ton schlag, was er bittet, ihm ab.
Laß ihn fürchten und hoffen zugleich, und sooft du erwiderst,
Werde geringer die Furcht, größer die Hoffnung in ihm.
Elegant sei dein Stil, doch gebräuchlich, des täglichen Lebens
Sprache, der Umgangston schickt sich am besten für euch.
Oh, wie hat oft ein Brief noch schwankende Herzen entzündet,
Oft ein barbarischer Stil Schönheit zuschanden gemacht!
Doch da auch ihr, wiewohl ihr des ehrenden Schleiers entbehret,
Sehr mit der Sorge euch tragt, wie ihr die Männer betrügt,
Laßt von der Magd, von des Sklaven Hand euch schreiben die Briefe.
Dem vertrauet kein Pfand, den ihr erst kürzlich gekauft!
Hab ich doch Mädchen gekannt, die, bleich aus Furcht vor Erpressung,
Kläglich das peinlichste Joch trugen für ewige Zeit.
Freilich ein Bube nur ist, wer solch ein Pfand sich zurückhält:
Aber wie Ätnas Blitz schwingt es die drohende Hand.

Doch ich halt für erlaubt, den Betrug mit Betrug zu vertreiben,
Waffen mit Waffengewalt dämpfen gestattet das Recht.
Mag in verschiedener Schrift sich die Hand zu schreiben gewöhnen.
(Fluch ihm, welcher mich zwingt, Lehren zu geben wie die!)
Schreibt nicht, eh ihr die frühere Schrift sorgfältig gelöscht habt,
Daß auf dem Täfelchen nie zweierlei Hände man sieht.
Redet auch stets, wann immer ihr schreibt, den Geliebten als Frau an,
Und wo ein „er" vorkommt, setzt in den Briefen ein „sie".

Jetzt sei's erlaubt, den Geist vom Kleinen zum Größern zu wenden,
Daß mit entfaltetem Bausch voller die Segel sich blähn.
Mit zur Schönheit gehört es, das wilde Gemüt zu bezähmen.
Strahlender Friede geziemt Menschen, den Tieren die Wut.
Zornigen schwillt das Gesicht, schwarz starren von Blute die Adern,
Grimmer als Gorgos Blick zuckt aus den Augen die Glut.
„Fort mit dir! – Das bist du nicht wert!" so sagte zur Flöte
Pallas, als in des Stroms Spiegel ihr Antlitz sie sah.
Ihr auch, wenn mitten im Zorn ihr euch im Spiegel erblicktet,
Kaum daß eine von euch kennte das eigne Gesicht.
Doch nicht minder ist Stolz für weibliche Züge verderblich.
Nur mit gefälligem Blick lockt man die Liebe herbei.
Glaubt dem Erfahrnen! Verhaßt ist dem Mann unmäßiger Hochmut;
Oft hat ein schweigender Blick Samen des Hasses gestreut.
Blickt man dich an, so blicke nicht weg; dem Lachenden lächle
Freundlich entgegen, und winkt einer, erwidre den Wink!

Dies ist das Vorspiel; jetzt steckt Amor die
Übungsgeschosse
Still in den Köcher und zieht schärfere Pfeile heraus.
Grämliche hassen wir auch. Sei Ajax verliebt in Tekmessa:
Uns, ein munteres Volk, fesselt das lustige Weib.
Niemals würd ich um Gunst Andromache oder Tekmessa
Angehn. Keine von euch wählt ich zum Lieben mir aus.
Schwerlich glaubt ich es euch, wenn ich nicht an den
Kindern es sähe,
Daß ihr jemals im Ernst euere Männer umarmt.
Denkt euch das höchst schwermütige Weib, sie sollte zu
Ajax
Sagen: „Mein Schatz!" und was sonst noch die Männer
erfreut!

Wer will es wehren, von großen Dingen auf kleine zu
schließen,
Warum soll ich nicht auch nennen die Führung des
Heers?
Hundert Mann vertraut ein tüchtiger Führer dem einen,
Dem die Reiter und dem schließlich den Schutz des
Paniers.
Seht auch ihr uns genau erst an, zu welchem Gebrauche
Jeder sich eignet, und stellt jeden dahin, wo er paßt.
Gebe der Reiche Geschenke, der Rechtsverständige
Beistand,
Und wer zu reden versteht, rede für euch vor Gericht.
Laßt von uns, die Gedichte wir baun, ein Gedicht euch
genügen:
Wir sind vor allem ein Chor, der für die Liebe gut paßt.
Wir versehn in der Welt den Heroldsdienst für die
Schönheit:
Cynthia nennt man mit Ruhm, Nemesis nennt man mit
Ruhm.
So ist dem Westen Lycoris bekannt und den Ländern des
Ostens,
Mich auch fragen sie oft, wer die Corinna denn sei.
Nimm noch hinzu, daß Verrat dem Wesen der heiligen
Sänger
Fern ist, daß unsere Kunst auch auf das Herz sich
erstreckt.

Uns plagt Ehrgeiz nicht, nicht schnöde Begierde nach
Schätzen:
Nicht um des Marktes Gewühl tauschen wir Schatten
und Bett,
Doch sind leicht wir berückt und glühn von gewaltigem
Feuer,
Und nur allzu treu sind wir zu lieben gewohnt.
Denn von der freundlichen Kunst sind weich wir
gestimmt im Gemüte,
Mit der Beschäftigung stehn unsere Sitten im Bund.
Seid, ihr Mädchen, gefällig und hold den aonischen
Jüngern,
Welche die Gottheit erfüllt und die Kamene beschützt.
In uns wohnet ein Gott: wir stehn im Verkehr mit dem
Himmel,
Und vom ätherischen Sitz naht uns der göttliche Geist.
Ist ein Verbrechen es nicht, von Dichtern noch Lohn zu
verlangen?
Weh mir Armem, es scheut dieses Verbrechen kein Weib!
Heuchelt doch wenigstens! Zeigt nicht gleich zu Beginn
eure Raubgier,
Daß nicht der Neuling stutzt, wenn er die Netze gewahrt.

Wie der Bereiter ein Roß, das jüngst erst fühlte die Zügel,
Nicht mit demselben Zaum lenkt wie das kundige Tier,
So, wenn *du* dem gesetzteren Alter, der blühenden Jugend
Nachstellst, jage dein Wild nicht auf dem nämlichen
Strich.
Hier der Rekrut, der jetzt erst eintrat ins Lager Cupidos,
Der als dein jüngster Erwerb eben berührt dein Gemach:
Er darf dich nur sehn, dir allein an die Seite sich schmiegen,
Und mit hohem Geheg mußt du beschützen die Saat.
Flieh die Rivalin! Du siegst, wenn du allein ihn gebannt
hältst.
Herrschaft und Liebe bestehn schlecht, die mit andern
du teilst.
Aber der alte Soldat, er liebt mit Weile und weise
Und trägt viel mit Geduld, was der Rekrut nicht erträgt,
Schlägt dir die Türe nicht ein, noch droht er mit
grimmigen Bränden,
Kratzt nach dem zarten Gesicht seiner Gebieterin nicht,

Reißt nicht die eigenen Kleider entzwei und die Kleider des Mädchens,
Rauft ihr das Haar nicht aus, quält bis zu Tränen sie nie.
Jünglingsstreiche sind das in der Zeit, wo die Liebe noch lodert,
Während den wildesten Schmerz dieser gelassen erträgt.
Magst du mit langsamem Feuer ihn glühn wie Heu, wenn es naß ist,
Oder wie Holz, in des Bergs Waldungen jüngst erst gefällt.
Dies ist die sicherste Art, mühselig die andre, doch fruchtbar:
Pflücke die Früchte, die bald fallen, mit eilender Hand.

Alles verrat ich dir nun. Ich öffne dem Feinde die Tore.
Treulos ist der Verrat, doch im Verrat bin ich treu.
Was man leicht uns gewährt, das nährt nie lange die Liebe.
Mische zuweilen der Lust kränkende Weigerung bei.
Laß auf der Schwelle ihn ruhn, laß „Grausame Türe!" ihn klagen,
Laß demütig ihn flehn, laß ihn auch zürnen und drohn!
Süßes ertragen wir nicht. Man beleb uns mit bitteren Säften.
Oft schlägt grade der Kahn um durch den günstigen Wind.
Dies ist der Grund, weshalb in der Ehe die Frau nicht geliebt wird;
Wenn es ihm irgend gefällt, geht zur Gemahlin der Mann.
Schließ ihm die Tür und laß ihn einmal vom grausamen Pförtner
Hören: „Du kannst nicht!" Wie bald wär er verliebt in die Frau!

Stellt nun das stumpfe Rapier beiseit! Es geht an die scharfen!
Und kein Zweifel, daß bald gegen mich selbst ihr sie kehrt.

Bis sich der kürzlich gefangne Galan in die Garne verstrickt hat,
Leb er der Hoffnung, nur er werde beherrschen das Bett.
Später werd er gewahr, daß ein andrer des Kämmerleins Bündnis
Mit ihm teilt. Wenn *die* List fehlt, so ermattet die Glut.
Dann stürzt mutig das Roß sich aus den entriegelten Schranken,
Wenn es noch andre gewahrt, die es verfolgt und besiegt.
Ja, die Beleidigung schürt selbst längst erloschene Flammen.
Sieh, ich gesteh es, ich selbst liebe nur, bin ich verletzt.
Aber der Kränkung Grund muß nicht handgreiflich und klar sein,
Daß der Bekümmerte stets mehr noch sich denkt, als er weiß.
Gib, ihn zu reizen, auch vor, daß ein grämlicher Sklav dich bewache,
Daß dich des grausamen Manns lästige Sorge verfolgt.
Die ganz sicher uns ist, *die* Lust schafft wenig Vergnügen:
Wärst du auch freier als selbst Thaïs, erheuchle Gefahr!
Laß durchs Fenster ihn ein, ist die Türe dir selbst auch bequemer,
Les er auf deinem Gesicht immer Befürchtung und Angst.
Springe die listige Magd hervor und schreie: „Verloren!"
Bringe den Zitternden du gleich in das nächste Versteck!
Aber ein sichrer Genuß versüße zuweilen die Schrecken,
Daß er nicht denkt: So viel sind doch die Nächte nicht wert!

Wie man den schlauen Gemahl und den lauernden Wächter berücke,
War ich von Anfang schon nicht zu erwähnen bereit.
Fürchte die Gattin den Mann, nicht stör ich der Gattin Bewachung;
Das ist in Ordnung, so will's Sitte, Gebrauch und Gesetz.

Daß man auch die verschließt, die kaum durch die Rute befreit ist,
Das ist unleidlich. Komm, lerne zu täuschen bei mir!
Halten der Augen so viel, wie Argus sie hatte, die Wache,
Wenn du nur ernstlich willst, werden sie alle getäuscht.
Steht dir denn wirklich der Wächter im Weg, ein Briefchen zu schreiben?
Hast du doch so viel Zeit, als man zum Waschen dir gönnt,
Ist die Vertraute doch da, um die Briefe für dich zu befördern,
Die sie an wärmender Brust unter der Binde versteckt,
Kann sie verschloßnes Papier doch leicht an der Wade verbergen,
Unter dem Fuß im Schuh trägt sie die zärtliche Schrift.
Falls sie der Wächter durchsucht, so soll sie den Rücken dir bieten
Statt des Papiers; als Brief liefert sie selber sich ab.
Sicher und unsichtbar ist die Schrift mit eben gemolkner
Milch: wer sie liest, streut erst Pulver von Kohle darauf.
Auch mit dem Stengel des Leins, noch feucht, ist die Täuschung zu üben.
Rein ist die Tafel, und doch trägt sie verborgene Schrift.
Hatte Acrisius nicht sorgfältig die Tochter verschlossen?
Aber der Tochter Vergehn schenkt' ihm ein Enkelchen doch.
Wächter, was kannst du tun, da so viele Theater in Rom sind,
Da sie, die Rosse zu schaun, gern sich zum Circus begibt,
Da sie die pharische Kuh andächtig verehrt mit dem Sistrum,
Orte besucht, wohin nie ein Begleiter sich wagt?
Da sich Faunas Tempel verschließt vor den Blicken der Männer –
Außer wenn selbst sie vielleicht einen dahin sich bestellt?
Da in den Bädern so oft, wenn draußen der Wächter des Mädchens
Kleider bewahrt, Kurzweil allerlei Art sich versteckt,
Da, sooft es ihr not, die listige Freundin ihr krank wird
Und, wie krank sie auch sei, dennoch ihr leihet das Bett,

Da aus dem Namen erhellt, wozu Nachschlüssel uns dienen,
Und da neben der Tür mancherlei Wege noch sind?
Wächter beschwichtigt man auch mit Lyaeus' reichlicher Gabe,
Wär auf Spaniens Höhn auch nur die Traube gereift.
Tränke bereitet man auch, die tief in Schlummer versenken
Und mit lethäischer Nacht dunkel verhüllen den Blick.
Übel auch nicht, wenn die Zofe mit zögernder Lockung den Wächter
Kirrt und nach langem Verzug endlich – doch spät – sich ergibt.
Aber wozu sich im Umschweif nahn mit schwächlichen Mitteln,
Da mit dem kleinsten Geschenk leicht man den Wächter besticht?
Glaubt mir, mit Gab und Geschenk erobert man Menschen und Götter,
Wird doch mit Gab und Geschenk Jupiter selber versöhnt.
Was hat der Kluge zu tun, wenn der Dumme sich selbst des Geschenks freut?
Sicher, er nimmt das Geschenk, wenn er's bekommt – und ist stumm.
Aber nur einmal bestich für lange Jahre den Wächter,
Bot er dir einmal die Hand, bietet er öfters sie auch.
Jüngst erst klagt ich (ich weiß), man müsse vor Freunden sich hüten:
Diese Beschuldigung geht nicht auf die Männer allein.
Wenn du zu leichtgläubig bist, dann pflücken sich andere Mädchen
Deinen Genuß, und dir schnappen das Häschen sie fort.
Glaube mir, sie, die so eifrig ihr Bett und Zimmer dir einräumt,
War (und nicht einmal bloß) schon mit mir selber allein.
Laßt auch die Magd, die euch dient, nicht allzu schön von Gesicht sein:
Oft vertrat sie bei mir ihrer Gebieterin Platz.

Doch wo treibt es mich Rasenden hin? Ich stürze mit offner
Brust in den Feind und werd selbst zum Verräter an mir.
Nie hat der Vogel dem Fänger gezeigt, wo am besten man Fallen
Stelle; der Hirsch lehrt nie laufen den feindlichen Hund.
Fahre der Nutzen dahin! Ich beende getreu, was ich anfing,
Reiche der lemnischen Schar mir zum Verderben das Schwert.
Laßt – und es ist nicht schwer – uns glauben, ihr liebet uns wirklich:
Was man begehrt und wünscht, glaubt man dem andern von selbst.
Schaut mit verlangendem Blick nach dem Jüngling, seufzet aus tiefstem
Herzen und fragt ihn: „Warum kommst du doch heute so spät?“
Kommen dann Tränen hinzu und der Schmerz um die andre Geliebte,
Die ihr erdichtet, zerkratzt ihr ihm dann noch das Gesicht,
Dann ist die Sache bewiesen für ihn; er bedauert die Arme,
Klagt und spricht: „Sie verzehrt ganz sich in Sorgen um mich.“
Wenn er gar putzsüchtig ist und im Spiegel sich gerne betrachtet,
Glaubt er auch, Göttinnen selbst müßten entzückt von ihm sein.
Doch du, was es auch sei, laß wenig dich Kränkungen kümmern:
Wenn du von Treubruch hörst, fahre nicht gleich aus der Haut.
Glaub es auch nicht zu rasch! Wie vorschnell glauben uns schadet,
Das kann Prokris' Fall zeigen als ernster Beleg.
Nahe den purpurnen Höhn des blumenumkränzten Hymettus
Sprudelt ein heiliger Born, grün ist der Rasen umher.

Niedrige Bäume nur bilden den Hain; in des Arbutus Schatten
Duftet's von Rosmarin-, Lorbeer- und Myrtengebüsch.
Buxus mit buschigem Laub, mit schwankem Gezweig Tamarisken,
Zierlicher Cytisus und Pinien fehlen da nicht.
Leise vom Zephyr bewegt und Gesundheit atmenden Lüften,
Zittert des Laubes Gemisch, nicken die Gräser umher.
Hier ruht Cephalus gern, und fern von den Dienern und Hunden
Setzt sich der Jüngling oft müd auf den rasigen Grund.
Und da sang er denn wohl: „O du, die mir lindert die Gluten,
Komm und umfange mich jetzt, Aura, du Flüchtige, komm!"
Aber dem schüchternen Ohr der Gemahlin meldet ein Plaudrer
Allzu geschäftig das Wort, das er im Sinne bewahrt.
Prokris, da sie's vernimmt, wähnt, Aura heiße die Buhle
Ihres Gemahls, und erstarrt plötzlich vor Schmerz und verstummt.
Und sie erbleicht, wie das herbstliche Laub erbleicht an dem Weinstock,
Wenn er, der Trauben beraubt, welkt bei beginnendem Frost,
Oder wie zeitige Quitten am Zweig, der unter der Last seufzt,
Und Kornellen, noch nicht passend als Speise für uns.
Als zur Besinnung sie kommt, da reißt an der Brust sie die zarten
Kleider entzwei und zerfleischt grausam ihr edles Gesicht.
Ohne Verzug, mit flatterndem Haar, stürzt wie die Bacchantin,
Wenn sie der Thyrsos erregt, rasend ins Feld sie hinaus.
Als sie der Stelle genaht, da läßt sie im Tal die Begleiter,
Schweigend betritt sie selbst lautlosen Schrittes den Hain.
Prokris, was kommt dir in Sinn, so töricht dich zu verstecken?
Sprich, was bedeutet die Glut, die dir den Busen durchzuckt?

Ach, du dachtest dir: Jetzt – jetzt müsse die Aura sich zeigen
Und du würdest die Schmach sehen mit eignem Gesicht.
Und bald reut dich der Gang – du möchtest sie selbst nicht ertappen –,
Bald ist dir's recht: so bewegt wechselnd die Liebe das Herz.
Was zu dem Glauben sie drängt, ist Ort und Name und Zeuge,
Und daß der Liebende stets glaubt, was am meisten er scheut.
Als im gelagerten Gras sie die Spuren des Körpers erblickte,
Pocht ihr das zuckende Herz, daß ihr der Busen erbebt
Und schon kürzte die Mitte des Tags die flüchtigen Schatten,
Gleich weit waren bereits Abend und Morgen entfernt.
Siehe, da kehrt des Kylleniers Sproß zurück aus den Wäldern,
Und mit dem Wasser des Quells kühlt er sein glühend Gesicht.
Prokris verbirgt sich voll Angst; doch er, auf den Rasen sich streckend,
Ruft: „O Aura, komm! Schmeichelnder Zephyrus, komm!"
Da, wie die Ärmste das heitre Versehn mit dem Namen gewahr wird,
Kehrt die Besinnung und kehrt wieder die Farbe zurück.
Schnell erhebt sie sich, drängt in Hast durch die rauschenden Zweige,
Eilt des geliebten Gemahls süßen Umarmungen zu:
Er aber meint, es regt sich ein Wild, rafft hastig nach Jünglings-
Art sich empor; er hielt grad in der Rechten den Speer.
Unglückseliger, halt! Es ist kein Wild! Das Geschoß fort!
Wehe, dein eigener Speer hat die Geliebte durchbohrt.
„Wehe mir", ruft sie aus, „du trafst ein liebendes Herz hier:
Das ist die Stelle, wo stets Wunden mein Cephalus schlug.

Zwar ich sterbe zu früh, doch frei von quälendem Argwohn,
Und nun wird in der Gruft leichter die Erde mir sein.
Schon entfliehet mein Geist in die Luft, die ich fälschlich beargwöhnt.
Weh! ich sinke, mein Freund, drücke die Augen mir zu!"
Cephalus drückt an die Brust den sterbenden Leib der Geliebten,
Wäscht mit Tränen das Blut ab von dem gräßlichen Mal
Weh, es ist aus! Und der Atem des unvorsichtigen Busens
Schwindet im letzten Kuß des so Geliebten dahin.

Aber zurück zum Werk! An das nackte Verhältnis der Dinge
Halt ich mich jetzt; mein Schiff sehnt nach dem Hafen sich längst.
Ungeduldig begehrst du, daß ich dich zum Gastmahl geleite,
Und verlangst auch dort Lehr und Ermahnung von mir?
Spät tritt ein, doch sittsam, und erst, wenn die Lampen entzündet
Sind. Die Verzögerung tut Wunder in Venus' Geschäft.
Bist du auch häßlich, du scheinst doch dem, der getrunken hat, reizend.
Jeglicher Fehler versteckt leicht sich mit Hilfe der Nacht.
Fasse die Speisen geschickt, auch die Art, wie man ißt, hat Bedeutung.
Schmiere dir nicht das Gesicht ein mit der fettigen Hand!
Iß nicht zu Hause vorher, doch schickt es sich auch nicht zu essen,
Solang der Magen nur faßt – etwas zuvor höre auf!
Hätte vor Priamus' Sohn je Helena gierig gegessen,
Hätt er mit Ekel gesagt: „*Die* mir zu rauben wär dumm!"
Passender ist's, und steht auch besser den Mädchen, zu trinken.
Nicht verträgst du dich schlecht, Bacchus, mit Cyprias Sohn.

Doch auch *das* nur, soweit nicht Kopf und Füße dir schwanken.
Hüte dich wohl, daß du nicht doppelt das Einfache siehst!
Garstig ein Weib, das, vom Naß des Lyaeus triefend, sich hinstreckt;
Jeder Umarmung Schimpf wäre zu dulden sie wert.
Und es ist auch gefährlich, bei Tisch dem Schlaf zu erliegen;
Vieles geschieht im Schlaf, dessen du später dich schämst.

Mehr noch zu lehren erröt ich. Jedoch die holde Dione
Muntert mich auf und spricht: „Das grade ist ja mein Werk!"
Jede kenne sich selbst. Die Stellung wählt nach den Reizen –
Nicht für jede Gestalt paßt auch die gleiche Manier!
Hast du ein schönes Gesicht, leg rückwärts dich in die Kissen,
Doch wenn dein Rücken gefällt, dann laß den Rücken auch sehn!
Auf seinen Schultern trug Milanion einst Atalanta –
Sind deine Schenkel sehr schön, wag es, und tu es ihr gleich!
Nur eine Kleine kann reiten; doch Hektors thebanische Gattin
Wußte, warum sie's nicht tat – sie war dafür viel zu groß.
Knie dich aufrecht ins Bett, den Kopf ein wenig nach hinten,
Wenn du schlank bist und groß und deine Hüfte gefällt.
Knabenhaft sind deine Schenkel und ganz ohne Tadel die Brüste?
Nun, so stehe der Mann, du liege schräge vor ihm.
Dabei löse das Haar, das ist keine Schande, und laß es
Locker umspielen den Hals, wie's die Phyllëerin trug.
Du auch, der schon den Bauch mit Falten Lucina gezeichnet,
Reite – doch umgekehrt, so wie der Parther, der flieht!
Tausend Arten gibt es, der Venus zu dienen: ganz einfach
Ist's halb liegend getan, etwas nach rechts hin gewandt.

Phoebus' Dreifüße nicht und Ammon nicht, der gehörnte,
Sagt euch wahreren Rat, als meine Muse ihn singt!
Glaubt nur, vertraut meiner Kunst, durch Übung ist sie erworben!
Wenn etwas, so verdient sicherlich Glauben mein Wort.
Bis ins innerste Mark muß die Frau die Liebe genießen,
Gleich sei ganz der Genuß für den Geliebten und sie.
Liebesworte und zärtliches Flüstern laßt niemals verstummen,
Nicht inmitten des Spiels schweig ein verwegenes Wort.
Du auch, der den Geschmack an der Liebe das Schicksal verweigert,
Heuchle und stelle dich ganz so, als empfändest du Lust.
(Unglücklich ist das Mädchen, das ohne Gefühl an dem Orte,
Der zu gleichem Genuß ihr und dem Manne bestimmt.)
Nur, wenn du heuchelst, gib acht, daß er dir die Lüge nicht anmerkt,
Blicke, bewege dich so, daß er gern Glauben dir schenkt!
Daß er dir wohltut, bezeuge dein Wort, dein seufzender Atem –
Mehr sag ich nicht, doch es gibt heimliche Zeichen auch dort.
Die nach den Freuden der Venus sich eine Gabe noch fordert,
Mädchen, die wünscht doch wohl selbst, daß sie der Mann da nicht hört!
Laßt nicht das Licht in die Kammer durch weitgeöffnete Fenster:
Vieles an eurem Leib bleibt doch weit besser verhüllt.

Jetzt ist zu Ende das Spiel, jetzt steig ich nieder vom Wagen,
Löse des Schwanengespanns glänzende Nacken vom Joch;
Und ihr Mädchen, mein freundlicher Schwarm, nach der Jünglinge Beispiel
Schreibt auf die Spolien auch: „Naso hat dieses gelehrt!"

Heilmittel gegen die Liebe

Amor, welcher den Titel des Buchs und den Namen
gelesen,
Sprach: „Mit Krieg – wie es scheint –, ja, man bedroht
mich mit Krieg!"
„Nicht verdamme so rasch, Cupido, den eigenen Sänger,
Der deine Banner so oft führte, die du ihm vertraut.
Bin ich doch nicht der Tydide, der einst dir die Mutter
verwundet,
Daß sie auf Mavors' Gespann kehrte zum Äther zurück.
Andere Jünglinge sind oft lau; *ich* liebte beständig,
Und wenn du fragst, was ich jetzt treibe – ich liebe
noch jetzt.
Ich erst habe gelehrt, wie man mit Kunst dich erwerbe;
Was vordem nur Instinkt war, es ist nunmehr Vernunft.
Schmeichelnder Knabe, nicht dich noch die eigenen
Künste verrat ich,
Und mein neuer Gesang trennt nicht den früheren auf.
Wer, was er liebt, gern liebt, von glücklichen Gluten
entbrennet,
Segle mit günstigem Wind fröhlichen Herzens dahin;
Doch wer bedrückt sich fühlt vom Joch eines
schändlichen Mädchens,
Soll vor Verderben geschützt werden durch unsere
Kunst.
Weshalb mußte, die Schling um den Hals, so mancher
Verliebter
Schon am hohen Gebälk hangen als grausige Last
Oder ein andrer die Brust mit starrendem Eisen
durchbohren?
Dir friedliebendem Gott macht man zum Vorwurf den
Mord.

Wer, wenn er *nicht* aufhört, hinstirbt in elender Liebe,
Lasse doch ab! Dann wirst keinem du bringen den Tod.
Bist ja ein Knabe! Du solltest darum nichts weiter als spielen:
Spiele! Ein sanftes Gebot ziemt für ein Alter wie deins.
Wohl zum Kriege geschickt wärst du mit den blanken Geschossen,
Doch für mördrisches Blut ist nicht geschaffen dein Pfeil.
Kämpfe dein Stiefvater nur mit spitzigem Speer und mit Schwertern,
Schreite, von blutigem Mord triefend, als Sieger er her.
Übe *du* deiner Erzeugerin Kunst; die treiben wir sicher,
Und nie wurden durch sie Mütter der Kinder beraubt.
Schaffe, daß nächtlicher Zank mit Gewalt zerbreche die Türen,
Daß manch schmückender Kranz Pfosten und Schwelle bedeckt,
Jünglinge sich insgeheim und schüchterne Mädchen begegnen
Und mit jeglicher List täuschen den wachsamen Mann,
Mach, daß der abgewiesene Freier mit Schmeicheln und Drohen
Grausame Pfosten bestürmt oder mit Klagegesang.
Dies ist der Tränen genug, *so* schilt man nimmer dich Mörder,
Nicht am Leichengerüst sollst du die Fackeln entweihn."
Also ich; da bewegte die funkelnden Schwingen der goldne
Amor und sagte zu mir: „Nun, so vollende dein Werk!"

Merkt, ihr betrogenen Jünglinge, denn auf meine Gebote,
Ihr, die auf jegliche Art euere Liebe enttäuscht.
Lernet von mir, der euch lieben gelehrt, Heilmittel der Liebe:
Wunden und Hilfe zugleich bringt euch die nämliche Hand.
Heilende Kräuter zugleich mit schädlichen nähret die Erde,
Mit Brennesseln gesellt sieht man die Rose gar oft,
Ja, und der pelische Speer, der Herkules' Sohne die Wunde
Schlug, hat – derselbe Speer – Heilung der Wunde gebracht.

Doch was den Männern ich sage, das sollt ihr Mädchen euch gleichfalls
Merken; ich leihe die Wehr beiden Parteien zugleich.
Wenn auch manches davon nicht passend für euern Gebrauch ist,
Könnt ihr dem Beispiel doch vieles entnehmen für euch.
Nützlich ist der Entschluß, zu löschen die grimmigen Flammen
Und nicht dem eigenen Fehl knechtisch zu fügen die Brust.
Phyllis lebte wohl noch, wär *ich* ihr Lehrer gewesen,
Mehr als neunmal noch hätte den Weg sie gemacht.
Dido hätte nicht sterbend vom hohen Turme gesehen,
Wie das Segel gesetzt ward auf dardanischem Schiff.
Gegen die Frucht des eigenen Leibs nicht raste die Mutter,
Die am gemeinsamen Blut strafte des Mannes Verrat.
Hätte dem Tereus auch noch so gut Philomela gefallen,
Hätte ihm meine Kunst doch die Verwandlung erspart.
Gib Pasiphaë mir: sie entsagt der Liebe zum Stiere.
Gib mir Phaedra: es löscht Phaedra die schimpfliche Glut.
Gib mir den Paris, so soll Meneläus die Helena haben,
Nicht von der Danaër Hand Pergama fallen in Staub.
Hätt aus unserer Schrift sich die frevelnde Scylla belehret,
Säß auf Nisus' Haupt sicher das purpurne Haar.
Folgt ihr Menschen mir nur und bannt die verderblichen Sorgen,
Folgt mir! Sicheren Laufs führ ich Besatzung und Schiff.
Naso mußtet ihr lesen, da ihr erst lerntet zu lieben:
Naso müßt ihr auch jetzt wieder zum Lesen ersehn,
Da ich als Anwalt des Volks die vom Herren geknechteten Herzen
Fordre zurück, so sucht *selber* euch auch zu befrein.

Sei mir dein Lorbeer hold! Ich flehe zu dir am Beginne,
Phoebus, der du zuerst dichten und heilen gelehrt.
Komm zu Hilfe dem Arzt und komm zu Hilfe dem Sänger:
Denn für beiderlei Kunst bist du zum Schützer bestellt.

Wenn es noch Zeit und dein Herz nur von mäßiger Wallung erregt ist,
Hemm auf der Schwelle Beginn, wenn es dich reuet, den Schritt.
Drück im Entstehn den verderblichen Keim zur plötzlichen Krankheit
Nieder; im Anfang gleich bringe zum Stehen dein Roß.
Dauer verleiht erst Kraft; sie zeitigt die liebliche Traube,
Und zu stämmiger Saat läßt sie gedeihen das Kraut.
Um Lustwandelnde breitet der Baum jetzt schattig die Äste:
Als man zuerst ihn gesetzt, war er ein schwankendes Reis.
Damals konntest du leicht mit der Hand aus dem Boden ihn reißen,
Wie er durch eigene Kraft jetzt ins Unendliche ragt.
Was das sei, was du liebst, erspähe mit emsigem Geiste,
Lade ein Joch nicht erst auf, das allzu drückend erscheint!
Sträube dich gleich zu Beginn! Du bemühst zu spät dich um Heilung,
Wenn durch langen Verzug Kräfte das Übel gewann.
Eile darum, verschiebe es nicht auf künftige Zeiten,
Wenn es dir heute nicht paßt – morgen auch paßt es dir nicht!
Liebe vertröstet uns stets; durch Zögern verschafft sie sich Nahrung:
Dich zu befrein ist stets heute der passendste Tag.
Wenige Flüsse nur gibt's, die aus mächtigen Quellen entspringen:
Durch die gesammelte Flut werden die meisten geschwellt.
Hättest sogleich du gespürt, wie sehr du sündigen würdest,
Wäre mit Rinde dir nicht, Myrrha, bedeckt dein Gesicht.
Hab ich doch Wunden gesehn, die heilbar waren im Anfang,
Aber durch langen Verzug wurden sie tödlich zuletzt.
Doch es ergötzt uns zu sehr, von Venus' Früchten zu pflücken,
Darum sagen wir stets: „Morgen ist auch noch ein Tag!"

In das Gebein und ins Mark schleicht still sich indessen die Flamme,
Und der verderbliche Baum wurzelt sich gründlicher ein.

Doch wenn die passende Zeit für die früheste Hilfe dahin ist
Und dir die Liebe das Herz hält in verjährtem Besitz,
Dann ist schwerer das Werk. Doch nicht, weil spät mich der Kranke
Anruft, wird ihm darum ärztliche Hilfe versagt.
Hätte des Poeas Sohn auch besser getan, den verletzten
Teil mit der anderen Hand rasch sich zu schneiden vom Leib:
Ward er dennoch geheilt, wie man sagt, nach mehreren Jahren
Und hat dann noch zuletzt selber beendigt den Krieg.
Ich, der ich eben geeilt, die entstehende Krankheit zu tilgen,
Bringe nun langsam euch zögernde Hilfe herbei.
Suche, wenn irgend du kannst, das *beginnende* Feuer zu löschen
Oder – sobald es dahinsinkt durch die eigene Kraft.
Ist im Zuge die Wut, so weiche ihr, wenn sie im Zug ist:
Unter Gefahr nur stellt man sich entgegen dem Sturm.
Töricht, wenn mit der Flut dir hinabzutreiben vergönnt ist
Und du gegen den Strom dennoch zu schwimmen versuchst.
Ist unduldsam der Geist und sträubt er sich gegen die Kunst noch,
Weist er des Mahnenden Wort sicher mit Ärger zurück.
Besser, ich nähe mich dann, wenn schon er der Wunde Berührung
Zuläßt, schon der Vernunft Stimme zu hören sich neigt.
Wer, der von Sinnen nicht ganz, verböte der Mutter zu weinen
Bei der Bestattung des Sohns? Das ist zum Lehren kein Ort.
Erst wenn sie satt sich geweint, wenn das kranke Gemüt sie befriedigt,
Dann erst möge das *Wort* Mäßigung bringen dem Schmerz.

Heilkunst bedeutet Kenntnis der Zeit: Wenn zur Zeit man den Wein reicht,
Nützt er, zur Unzeit bringt Schaden der nämliche Wein.
Ja, durch Verbot erregst du sogar und entzündest die Fehler,
Wenn du die richtige Zeit, ihnen zu nahen, versiehst.

Drum, sobald du mir heilbar erscheinst durch meine Behandlung,
Geb ich den dringenden Rat: Fliehe die *Muße* zuerst.
Sie hat gemacht, daß du liebst; sie erhält das, was sie gemacht hat:
Grund und Nahrung zugleich ist sie des süßesten Leids.
Nimmst du die Muße nur fort, so zerbrichst du den Bogen Cupidos,
Sieh, und erloschen, verhöhnt liegen die Fackeln im Staub.
Wie die Platane des Weins, wie die Pappel sich freuet der Welle
Und wie das Schilfrohr sich freuet am schlammigen Grund,
So liebt Venus die Muße. Verlangst du die Liebe zu enden
(Amor flieht das Geschäft): treib ein Geschäft, und du siegst.
Trägheit und übermäßiger Schlaf, der niemals gestört wird,
Würfel und reichlicher Wein, der das Gehirn dir betäubt,
Solches erschlafft dir die Kräfte des Geists auch ohne Verwundung,
Und voll Arglist schleicht Amor dem Träumer ins Herz.
Müßigen folgt das Knäblein gern, doch die Tätigen haßt es.
Suche dem ledigen Geist, um ihn zu fesseln, ein Werk.
Hier ist der Markt, die Gesetze sind hier, hier Freunde zu schützen:
Möglichkeiten genug bietet im Frieden die Stadt.
Oder des Mavors blutigen Dienst, der den Jünglingen ansteht,
Wähle: die törichte Lust kehrt dir den Rücken sofort.

Siehe: der flüchtige Parther (von neuem ein Grund zu erhabnem
Siegsfest) schauet die Wehr Caesars auf seinem Gefild.
Parthergeschosse zugleich und Cupidos Pfeile besiegend,
Bringe zum heimischen Herd doppelt Trophäen zurück.
Als vom ätolischen Speer einmal erst Venus verletzt war,
Hat mit der Führung des Kriegs sie den Geliebten betraut.
Fragt ihr, wodurch Aegisth zum Ehbruch wurde veranlaßt?
Liegt doch der Grund auf der Hand: Mangel an Tätigkeit war's.
In langwierigem Kampf vor Ilion stritten die andern:
Griechenland hatte sein Volk alles hinübergesandt.
Wollt er dem Kriege sich weihn? Nichts gab es in Argos zu kämpfen!
Oder dem Recht? Es war leer von Prozessen der Markt.
Um nicht ganz untätig zu sein, was tat er? Er liebte!
Also nahet der Schalk, also verweilet der Schalk.

Auch Landleben erfreut das Gemüt und die Lust an dem Landbau;
Wer *der* Sorge sich weiht, hat vor den anderen Ruh!
Zähme den Stier, laß unter der Last ihn beugen den Nacken,
Brich schwerscholliges Land auf mit gebogenem Pflug,
Streue der Ceres Saat und stürze den Boden darüber,
Daß sie mit reichlichem Zins gebe der Acker zurück.
Sieh, wie die Zweige des Baums von der Wucht sich krümmen des Obstes,
Wie er die Last kaum trägt, die er doch selber gebar.
Sieh auch dem Bächlein zu, das mit holdem Gemurmel dahinfließt,
Sieh, wie die Schafe so knapp weiden das üppige Gras;
Sieh, dort klimmen zum Fels und zum jähen Geklippe die Ziegen,
Bringen den Zicklein bald strotzende Euter zurück.
Fröhlich bläst auf der Hirtenflöte sein Liedchen der Schäfer,
Dem der begleitende Schwarm munterer Hunde nicht fehlt.

Rindergebrüll ertönt in der Ferne aus ragender Waldung;
Um das verlorene Kalb klaget die Mutter betrübt.
Wie, wenn im Schwarm dem verrätrischen Rauch entfliehen die Bienen,
Daß von der Waben Gewicht werden die Körbe befreit?
Früchte verleiht der Herbst, schön ist durch die Ernten der Sommer;
Blumen gewährt der Lenz, mild ist der Winter am Herd.
Siehe, der Landmann liest zur gemessenen Zeit die gereiften
Trauben – es schäumt der Saft unter dem nackenden Fuß –,
Schnürt zur gemessenen Zeit das gehauene Gras, mit den weiten
Zinken des Rechens durchharkt er den geschorenen Grund.
Selber dann magst du Pflanzen dir ziehn im bewässerten Garten,
Selber den rieselnden Bach leiten in Gräben herbei.
Kommt dann zum Pfropfen die Zeit, so vermähle den Zweig mit dem Zweige,
Und es bedecke der Baum sich mit geliehenem Haar.
Hat *die* Lust nur einmal das Herz zu erfreuen begonnen,
Schleppt mit gebrochener Kraft Amor die Schwingen davon.
Übe du auch das Vergnügen der Jagd. Oft wurde von Phoebus'
Schwester in schmähliche Flucht schon Kytherea gejagt.
Setze mit witterndem Hund bald nach dem enteilenden Hasen,
Bald auf waldigen Höhn spanne die Netze zum Fang.
Schrecke den furchtsamen Hirsch durch farbige Lappengehege,
Und vom feindlichen Spieß falle der Eber durchbohrt.
Dann wird des Nachts dem Ermüdeten *Schlaf,* nicht Sorg um das Mädchen
Nahn und mit schwellender Ruh stärkend die Glieder durchziehn.
Leichterer Art ist die Lust, doch gewährt's auch Lust, wenn als Vogler
Man mit Schling und mit Rohr jagt nach geringem Gewinn

Oder ein hakiges Erz man versteckt zuunterst im Köder,
Das mit gierigem Maul töricht verschlinge der Fisch.
Dies und anderes sonst muß, bis du zu lieben verlernt hast,
Dienen zum Mittel, wodurch heimlich du selbst dich betrügst.

Nur – und fühltest du dich von den festesten Banden umschlungen –,
Geh in die Ferne und mach weit durch die Welt dich davon!
Zwar du weinst, du erinnerst dich oft der verlassenen Freundin,
Oft in der Mitte des Wegs hemmst du den zaudernden Schritt –
Aber je weniger gern du gehst, desto eiliger gehe:
Setz es durch, und zum Lauf zwinge den säumigen Fuß.
Halte kein Regen dich ab – wie erwünscht er auch kommt – noch des Fremdlings
Sabbat, der Unglückstag Allias halte dich nicht.
Frag nicht, wie viele Meilen du *fort,* nein, frage, wieviel noch
Fehlen, und suche nicht selbst Aufschub, um nahe zu sein.
Zähle die Zeit auch nicht, sieh nimmer dich häufig nach Rom um!
Fliehe! Der Parther ist *noch* sicher durch Flucht vor dem Feind.
Hart nennt mancher die Lehren vielleicht; ich gestehe, sie sind hart:
Doch man erträgt viel Schmerz, wenn er Gesundheit nur bringt.
Oft (wenn ungern auch) in der Krankheit trank ich den bittern
Saft und, wie sehr ich auch bat, wurde das Mahl mir versagt.
Daß du rettest den Leib, erträgst du Eisen und Feuer,
Letzest mit Wasser du nicht, dürstend, den trockenen Mund:
Daß du gesundest am Geist, willst nichts du zu dulden versuchen?
Sicherlich ist *der* Teil mehr als der Körper doch wert!

Aber zu unserer Kunst ist vor allem verdrießlich der Eingang;
Sonderlich muß man sich mühn, daß den Beginn man erträgt.
Siehst du nicht, wie zuerst die gebändigten Stiere das Joch quält
Und wie der Gurt zu Beginn scheuert das flüchtige Roß?
Ungern magst du vielleicht von der Heimat Laren dich trennen:
Dennoch trenne dich! Bald sehnst du zu ihr dich zurück.
Doch nicht der heimische Lar: es lockt dich die Liebe zur Freundin,
Um die Schuld, die du fühlst, hüllt sie ein glänzendes Wort.
Bist du nur erst entflohn, dann bieten dir hundert für einen
Trost die Begleiter, das Land und die Entfernung des Wegs.
Doch nicht denk, es genügt, daß du fort bist. Verweile du lange,
Bis aus der Asche die Glut weicht und die zündende Kraft.
Wenn du zur Rückkehr eilst, noch ehe den Geist du gestählt hast,
Wird mit erneuerter Wut Amor beginnen den Krieg;
Und wie fern du auch warst: du kehrst mit Durst und Begierde
Wieder, die Trennung gereicht grade zum Schaden dir noch.

Sehe sich vor, wer von schädlichem Kraut des hämonischen Landes,
Wer von der magischen Kunst irgend sich Nutzen verspricht!
Alt sind die Künste des Zaubergebräus; unschädlich die Hilfe,
Die in heiligem Lied unser Apollo verleiht.
Folgst du *mir,* so wird aus der Gruft kein Schatten beschworen,
Nicht mit verruchtem Gesang spaltet den Boden ein Weib,

Niemals wandert die Saat von Acker zu Acker hinüber,
Phoebus' Rund wird nicht plötzlich verlieren den Glanz.
Grade wie sonst enteilt zu den Wogen des Meers Tiberinus,
Grade wie sonst auch fährt Luna mit lichtem Gespann.
Nicht durch Zaubergesang entledigt das Herz sich der Sorgen,
Nicht, durch Schwefel besiegt, fliehet die Lieb aus der Brust.
Nützten, Kolcherin, dir die Gräser der phasischen Fluren,
Als du dein väterlich Haus nicht zu verlassen gewünscht?
Haben, o Circe, dir die Kräuter der Perse geholfen,
Als der neritische Kiel floh, von den Lüften entführt?
Hast du nicht alles getan, um zu fesseln den listigen Gastfreund?
Und zu sicherer Flucht spannte die Segel er aus.
Hast du nicht alles getan, dich vom grimmigen Brand zu befreien?
Wie du dich sträubtest – dir saß dauernde Lieb in der Brust.
Konntest die Menschen du gleich in tausend Gestalten verwandeln,
Warst du der eigenen Brust Recht zu verwandeln zu schwach.
Ja man erzählt, wie du den dulichischen Fürsten mit diesen
Worten, da schon er schied, länger zu halten versucht:
„Nicht mehr bitt ich von dir, was früher ich wagte zu hoffen,
Daß du (noch denk ich der Zeit!) werdest mein Ehegemahl
(Und doch durft ich dir wohl als Gemahlin würdig erscheinen,
Ich, des erhabenen Sol Tochter, ein göttliches Weib):
Eile nur nicht, dies fleh ich; der Aufschub gilt als Geschenk mir.
Kann mit Gelübden ich wohl noch um Geringeres flehn?
Siehst du das brandende Meer? Du hast wohl Grund, es zu fürchten!
Später auch wird dir der Wind günstiger wehen zur Fahrt.

Und was treibt dich zur Flucht? Kein Troja erhebt sich von neuem
  Hier, kein Rhesus ruft hier die Gefährten zum Krieg.
Lieb und Frieden ist hier, nur *ich* bin schmerzlich verwundet.
  Deinem Befehle gehorcht künftig mein ganzes Gebiet."
Also redete sie: Ulixes löste sein Fahrzeug,
  Und es entraffte der Süd Segel und Worte zugleich.
Circe glüht und schickt sich zur Kunst an, die ihr geläufig,
  Aber die Liebe, sie wird nimmer vermindert dadurch.
Drum, wer du seist, der unsere Kunst um Hilfe du angehst,
  Glaub an Kräutergebräu nimmer und Zaubergesang.
Wenn ein gewichtiger Grund in der Hauptstadt der Welt dich zurückhält,
  Nun so vernimm, was mir ratsam erscheint in der Stadt.
Der ist der beste Befreier, der rasch die verletzenden Bande
  Reißt von der Brust und den Schmerz gleich bis zum Ende vertilgt.
Wer so mutig sich zeigt, den werd ich selber bewundern,
  Der, ich gesteh es, bedarf meiner Ermahnungen nicht.
Du, der mit Not du nur, was du liebst, zu lieben verlernest,
  Der du nicht kannst und gern möchtest, du lerne von mir.

Ruf ins Gedächtnis dir oft die Verbrechen des schändlichen Mädchens,
  Stell die Verluste gesamt, die du erlittest, dir vor.
„Dies schon hat sie und das und ist mit dem Raub nicht zufrieden,
  Hat habgierig mein Haus über dem Kopf mir verkauft.
Ja, so schwor sie mir einst, so hat sie den Eid mir gebrochen!
  Oh, wie ließ sie mich oft liegen bei Nacht vor der Tür!
Andere zieht sie mir vor; sie will von mir nicht geliebt sein.
  Ach, und ein Krämer genießt Nächte, die *mir* sie versagt!"
Laß dies alles so recht dein ganzes Gefühl dir verbittern,
  Stell es dir vor und zieh Samen des Hasses daraus.

Oh, und könntest du gar dabei noch Beredsamkeit üben!
Aber empfinde nur erst Schmerz: die Beredsamkeit folgt.
Jüngst erst ward mit Sorgen mein Herz durch ein Mädchen gefesselt,
Doch die Neigung zu ihr stand meinem Herzen nicht an.
Ich, Podalirius, heilte mich selbst mit den eigenen Kräutern.
Und – ich muß es gestehn – schmählich erkrankt war der Arzt.
Aber mir half es, daß stets an die Fehler der Liebsten ich dachte,
Und auf dieselbe Art hab ich mich öfter geheilt.
„Ach", so sagt ich, „wie schlecht sind die Schenkel des Mädchens gewachsen!"
Und doch – soll ich's gestehn – waren sie wirklich es *nicht*.
„Oh, wie so gar nicht schön sind die Arme des Mädchens gebildet!"
Und doch – soll ich's gestehn – waren sie wirklich es *wohl*.
„Wie sie so klein ist!" – Auch *das* war falsch. „Wie viel vom Galan sie
Fordert!" – Zum Haß war *dies* schließlich der triftigste Grund.
Schlechtes ist selbst mit Gutem verwandt. Dies führt zu dem Irrtum,
Daß man Vorzüge oft fälschlich als Fehler verklagt.
Kannst du, so kehre du stets zum Schlechtern die Gabe des Mädchens,
Und wo die Grenze nur schmal, täusche den eignen Verstand.
Nenne sie *dick*, wenn sie *voll*, und *schwarz*, wenn sie dunkel von Haut ist,
Und bei zarter Gestalt tadelt man Magerkeit leicht.
Leicht auch nennt man ein Mädchen kokett, das gerade nicht bäurisch;
Bäurisch nennet man leicht eine, die sittsam nur ist.

Ja, *die* Gaben, woran am meisten es fehlt der Geliebten,
Laß sie (mit schmeichelndem Ton bitte sie!) zeigen vor dir.

Fordre zu singen sie auf, wenn sie nicht mit Stimme begabt ist,
Fordre zum Tanzen sie auf, kann sie nicht regen den Arm.
Ist in der Sprache sie roh, laß immer sie viel mit dir reden;
Weiß von den Saiten sie nichts, fordr auf der Leier ein Lied.
Plump ist ihr Gang? Laß spazieren sie gehn. Wenn strotzende Warzen
Ganz einnehmen die Brust, lasse die Binde sie fort.
Steht mit den Zähnen es schlecht, so erzähl ihr Geschichten zum Lachen,
Tränen die Augen ihr leicht, solche, worüber sie weint.

Auch *das* nützt, wenn du rasch, noch eh sie für andre geputzt ist,
Plötzlich des Morgens zu ihr lenkst deinen eiligen Schritt.
Putz entzückt uns. Mit Gold und Edelgesteinen bedeckt sie
Alles, ein winziger Teil ist von dem Mädchen – sie selbst.
Oft mußt unter dem allem mit Not die Geliebte du suchen;
Mit *der* Aegis betört Amor, der reiche, den Blick.
Komm, wenn niemand es ahnt, so ertappst du sicher sie wehrlos,
Und mit der Armen ist's aus, wenn du die Schwächen entdeckt.
Allzu sicher jedoch verlaß dich nicht auf die Vorschrift:
Kunstlos holde Gestalt ist es, was viele berückt.
Dann auch, wenn ihr Gesicht sie bestreicht mit giftigen Säften,
Tritt – und schäme dich nicht – dreist vor der Herrin Gesicht.
Büchslein findest du dann und Tausende farbiger Schminken,
Oesopum fließt ihr hinab über die mild warme Brust,
Grade wie Phineus' Tisch, so duften die Medikamente.
Mehr als einmal dabei ward es im Magen mir flau.

Und jetzt will ich dir sagen, was mitten im Spiele der Venus
  Nützt: Aus dem ganzen Gebiet werde die Liebe verjagt!
Vieles davon wird freilich die Scham mich zu sagen verhindern,
  Aber du mußt im Geist mehr, als ich sage, verstehn.
Denn jüngst mäkelte der und jener an unseren Büchlein.
  Diesen Zensoren erschien lüstern mein Musengesang.
Aber gefall ich nur so und singt man rings in der Stadt mich,
  Mag dann dieser und der tadeln aus Ärger mein Werk.
Wagt doch am Geiste des großen Homer sich der Neid zu vergreifen:
  Wer du auch warst, Zoïlus – daher nur kennt man dich noch.
Selbst an dessen Gedicht, der Trojas besiegte Penaten
  Trug an unseren Strand, nagte der frevelnde Zahn.
Neid zielt stets nach dem Höchsten, der Wind durchbrauset die Wipfel,
  Jovis Flammengeschoß zielt nach den ragendsten Höhn.
Doch du, wer du auch seist, den also kränket mein Freimut,
  Bist du gescheit, so miß jedes nach eigenem Maß.
Tapferer Kampf läßt gern im mäonischen Vers sich besingen.
  Könnte sich je dort Raum finden für tändelndes Spiel?
Tragiker singen Erhabnes, der Zorn steht schön dem Kothurne;
  Aber dem Alltagsbrauch fügt sich der Soccus geschickt.
Gegen den drohenden Feind magst keck den Jambus du zücken,
  Sei es der flüchtige, sei's jener mit hinkendem Fuß.
Schmeichelnde Elegie, sing feurige Liebesgedichte,
  Laß die Freundin gewandt spielen, wie du es ihr rätst!
In Kallimachos' Vers ist nimmer Achilles zu preisen,
  Und für Homerus' Mund eignet Cydippe sich nicht.
Wer ertrüg es, die Thaïs zu sehn mit Andromaches Gesten?
  Schmählich, wenn Thaïs sich uns in der Andromache zeigt.
Thaïs beherrscht mein Buch, freistehn mir lockere Scherze.
  Schleier, du kümmerst mich nicht! Thaïs beherrschet mein Buch.

Wenn sich dem lustigen Stoff entsprechend die Muse gebärdet,
  Hab ich gesiegt; man hat fälschlich der Schuld mich geziehn.
Platze, gefräßiger Neid! Groß ist schon jetzt mir der Name:
  Bald wird größer er sein, schreitet er fort wie bisher.
Aber du eilst zu sehr. Denn bleib ich am Leben, so kannst du
  Mehr dich noch ärgern, mein Geist sinnet auf manches Gedicht.
Denn ich erfreue mich dran; es wächst durch die Ehre der Ehrgeiz,
  Euer Pferdchen. das keucht schon bei der Steigung Beginn!
Und es gesteht das elegische Lied, so viel mir zu schulden,
  Wie dem Vergilius nur schuldet das Heldengedicht.
Diene zur Antwort dies auf den Neid. Jetzt ziehe die Zügel
  Kräftiger an, Poet, kehre zurück in die Bahn!

Wenn zum gemeinsamen Bett und zum Jünglingswerk du dich anschickst,
  Wenn der versprochenen Nacht Stunde dann näher gerückt,
Suche, daß nicht der Genuß an der Herrin, wenn du mit vollem
  Herzen ihn nimmst, dich besticht, erst dir ein anderes Weib.
Sei sie, wer immer sie sei, an der sich das erste Vergnügen
  Abkühlt; sicherlich wird lauer das folgende sein.
Lang erharrter Genuß ist am süßesten, wie uns der Schatten
  Lieb in der Sonn ist, im Frost Sonne, das Wasser beim Durst.
Zwar ich erröte, doch sprech ich es aus: Zum Liebesspiel wähle
  Sorgsam die Stellung aus, die für das Mädchen nicht paßt.

Das ist nicht schwer zu erreichen: kaum eine gesteht sich die Wahrheit,
Jede meint, alles sei ihr in *der* Beziehung erlaubt.
Dann auch rate ich dir, das Fenster völlig zu öffnen,
Sieh so bei hellichtem Tag, was man sonst lieber verbirgt.
Und wenn ihr dann das Ziel eurer Wünsche schließlich erreicht habt,
Wenn ihr völlig erschöpft daliegt an Körper und Geist,
Wenn dich der Überdruß packt und du wünschst, du hättest sie niemals
Angerührt, und du fühlst, nun sei's für lange genug –
Dann sieh hin, und merke dir gut, wenn ein Fehler am Körper
Ist, und hefte den Blick recht, ja recht lange darauf.

Manchem erscheint dies alles nur klein; das *ist* es auch wirklich:
Doch was im einzelnen nicht nützet, das hilft dir vereint.
Stirbt doch der mächtige Stier vom Bisse der giftigen Natter,
Von einem winzigen Hund wird oft der Keiler gestellt.
Siege du nur durch die Zahl, und verbinde die Lehren zu einer
Summe. Der Haufen wird groß, wirft man nur vieles darauf.
Doch da der Arten und Sinne so viel, so viel der Gestalten,
Kann ich mein Urteil nicht geben für jeglichen Fall.
Oft wird derselbe Anblick, durch den *dein* Sinn nicht verletzt wird,
Wenn ihn ein andrer erwog, schon als Verbrechen gerügt.
Diesem stockt' das Gefühl im vollsten Drange, sobald er
Einmal alles gesehn, völlig enthüllt war die Scham,
Jenem, weil er die Zeichen beschämt auf dem schmutzigen Lager
Sah, als das Mädchen sich nach dem Genusse erhob.
Wen dergleichen bewegt, der treibt nur Spiel mit der Liebe,
Nur ein lauwarmer Hauch traf von der Fackel sein Herz.

Schärfer und kräftiger wird der Knab anziehen den Bogen,
Daß ihr, verwundet, von mir stärkere Hilfe verlangt.
Was, wenn sich einer sogar versteckt, wenn ein stilles Bedürfnis
Sie verrichtet, und sieht, was doch die Sitte verwehrt!
Götter bewahrt, daß jemals *ich* zu solcherlei rate!
Mag es auch nützen, es ist besser, man geht nicht so weit!

Das auch rat ich euch, daß ihr zugleich zwei Freundinnen haltet,
Tapferer freilich ist der, der sich gar mehrere hält.
Wenn das Gemüt sich teilt und nach zwei Seiten sich wendet,
Jede der Gluten alsdann raubet der andern die Kraft.
Auch ein gewaltiger Strom wird seicht durch viele Kanäle.
Wütendes Feuer erstirbt, wenn man die Brände zerteilt.
Nicht *ein* Anker genügt, die gefirnißten Schiffe zu halten,
Nicht *ein* Haken genügt für die kristallene Flut.
Wer sich zeitig bereits mit doppelter Tröstung versorgt hat,
Steht als Sieger bereits selbst auf der Höhe der Burg.
Doch auch du, der du leider bisher *ein* Mädchen nur liebtest,
Such ein anderes Weib wenigstens jetzt für dich aus.
Minos löschte bei Prokris die Glut, die Pasiphaë schürte;
Durch Idaea besiegt, wich die bisherige Frau.
Phegeus' Tochter auch ward nicht immer geliebt von Alcmaeon,
Weil mit Kallirrhoë sie teilte das ehliche Bett.
Paris wäre gewiß noch als Greis von Oenone gefesselt,
Hätte aus Oebalus' Stamm ihn nicht das Kebsweib berückt.
Und es behagte der Gattin Gestalt dem Odrysertyrannen:
Aber die Schwester im Turm war noch von schönrer Gestalt.
Doch wozu noch Belege? So viele gibt's, daß ich ermüde.
Vom Nachfolger ist stets frühere Liebe besiegt.
Mutiger trägt es die Mutter, verliert von vielen sie einen,
Als wenn weinend sie ruft: „Ach du mein einziges Kind!"
Daß du jedoch nicht wähnst, ich erfände dir neue Gesetze
(Wäre der Ruhm doch mein, daß *ich* zuerst sie erfand!):

Atreus' Sohn schon sah es. Was hätt auch *der* nicht gesehen,
Dessen Befehlen sich ganz Hellas gehorsam gefügt!
Die er durch Mars als Beute gewann, er liebt die Chryseïs,
Aber ihr Alter, der Tor, weinet, wo immer er geht.
Was du nur weinst, langweiliger Greis? Sie gefallen sich beide:
Dein Diensteifer, du Narr, ist nur der Tochter zur Last!
Kalchas, der auf den Schutz des Achill sich stützte, befahl, sie
Auszuliefern; sie kehrt wieder zum Vater zurück.
„Eine noch gibt's, fast ebensoschön, die bis auf die erste
Silb auch ebenso heißt", sprach der Atride darauf:
„*Die* soll, ist er gescheit, Achill von selber mir lassen,
Widrigenfalls wird ihn zwingen mein Herrschergebot.
Und macht einer von euch, ihr Achiver, die Tat mir zum Vorwurf,
Werdet ihr sehn, wie *die* Hand tüchtig ihr Zepter regiert.
Denn, soll König ich sein und soll kein Weib bei mir schlafen,
Tret an Thersites sofort gern die Regierung ich ab."
Sprach's und nahm sie sogleich zum erheblichen Trost für die erste,
Und so hat er durch *sie* Sorge mit Sorge verscheucht.
Drum, Agamemnon gleich, nimm andere Flammen zu Hilfe,
Daß, wenn der Weg sich teilt, dann auch die Liebe sich trennt.
Fragst du, woher du sie nimmst? Geh, lies in unseren „Künsten",
Und dein Fahrzeug wird wimmeln von Mädchen sofort.

Hat mein Spruch nur *etwas* Gewicht und lehret Apollo
Für euch Sterbliche nur *etwas* von Nutzen durch mich:
Wirst, Unseliger, du gleich mitten im Ätna geröstet,
Mach, daß dem Mädchen du doch kälter erscheinest als Eis!
Tu, als sei es dir wohl; laß nie sie es, wenn du auch Schmerz fühlst,
Merken, und weintest du gleich lieber, so lach doch vor ihr!

Nicht verlang ich, daß mitten im Zug du den Sorgen entsagest:
So grausamen Befehl geb ich den Meinigen nicht.
Stelle dich nur so an, als seist du geheilt von dem Wahnsinn,
Dann wirst wirklich du tun, was du erheuchelt zuvor.
Oft schon tat ich, als läg ich im Schlaf, um nicht trinken zu müssen:
Während ich nur so tat, ward ich vom Schlafe besiegt.
Wie den Betrogenen oft ich verlacht, der, Verliebtheit nur heuchelnd,
Selbst in den Schlingen sich fing, die er dem Vogel gelegt!
Liebe beschleicht durch Gewohnheit das Herz, sie entweicht durch Gewohnheit.
Kannst du nur erst dich gesund *stellen*, so *bist* du gesund.
Sagt sie, du sollst zur versprochenen Nacht nur kommen, so komm auch.
Kommst du und ist dir die Tür dennoch verschlossen, ertrag's.
Sprich kein schmeichelndes Wort, doch schimpf auch nicht auf die Pfosten.
Liege die Seite dir nicht wund auf der Schwelle der Tür.
Kommt dann der folgende Tag, so enthalte dich jeglicher Klage,
Gib durch Mienen auch nicht irgendein Zeichen von Schmerz.
Dann entsagt sie dem Stolz, wenn sie sieht, wie alles dir gleich ist –
Dieses Geschenk auch wirft unsere Kunst dir noch ab.
Aber betrüge dich selbst und nimm dir das Ende der Liebe
Nicht gleich vor, oft kämpft gegen den Zügel das Roß.
Bleibe der Nutzen versteckt! Es geschieht, was du selbst dir verhehltest:
Spannt man zu sichtbar es aus, meidet der Vogel das Netz.
Daß sie sich nicht überhebt und dich nicht schließlich verspotten
Kann, so zeige dich stolz, daß sie dem Stolzen erliegt.

Steht dir offen die Tür? Geh, selbst wenn sie riefe, vorüber!
Schenkt sie die Nacht dir, so steh an, ob du kommest zur Nacht.
Da ist leicht die Geduld, wo, wenn die Geduld dich verließe,
Du auf das leichteste dir könntest verschaffen die Lust.

Kann ein Mensch mein Gesetz fortan noch zeihen der Härte?
Sieh, ich schicke mich jetzt selbst zum Vermitteler an.
Denn da der Menschen Gemüt so verschieden, verändr ich die Kunst auch.
Übel sind tausenderlei, Heilungen tausenderlei.
Manch ein Körper ist kaum mit schneidendem Eisen zu heilen;
Vielen hat Saft und Kraut lindernde Hilfe gebracht.
Bist du zu weich und kannst du nicht fort und hält dich die Fessel,
Setzt dir Amor ergrimmt fest auf den Nacken den Fuß,
Laß vom Ringen dann ab: es treibe der Wind dir die Segel,
Und wo die Flut hintreibt, folge das Ruder gemach.
Lösche den Durst nur getrost, von dem du tödlich entbrennest.
Sieh, ich gebe dir nach, trink aus der Mitte des Stroms.
Doch trink immer noch mehr, trink mehr, als dein Herz dir gebietet,
Bis aus dem Schlund – randvoll – über das Wasser dir quillt.
Magst du – es hindert dich nichts – bis zu Ende genießen dein Mädchen!
Mag sie dir rauben die Nacht, mag sie dir rauben den Tag.
Mach zum Ekel sie dir! Es macht auch Ekel ein Ende.
Bleib auch dann, wenn du selbst denkst, es sei heute genug,
Bis du dich tüchtig gestopft, bis die Lieb erstickt in der Fülle,
Bis dir ihr Haus zum Verdruß, bis es dir widerlich wird.

Auch Mißtrauen verleiht oft Dauer und Nahrung der Liebe.
Willst du von ihr dich befrein, mußt du von Furcht dich befrein.
Fürchtest du, daß sie nicht dein, daß ein anderer dir sie entziehe,
Wird Machaons Kunst kaum dir Gesundheit verleihn.
Von zwei Söhnen ist *der* zumeist der liebste der Mutter,
Den sie nicht wiederzusehn fürchtet, da fern er im Krieg.

Am Collinischen Tor ist ein altehrwürdiger Tempel,
Der nach des Eryx Höhn einst seinen Namen erhielt.
Auch der lethäische Amor ist dort, der Heilung dem Herzen
Bringt und mit kühlender Flut selber die Fackeln besprengt.
Jünglinge flehn um Vergessen dort mit frommen Gelübden
Oder ein zärtliches Weib, grausam verschmäht von dem Mann.
Der sprach also zu mir (nicht weiß ich, ob wirklich Cupido,
Ob es ein Traumbild war; irr ich nicht, war's nur ein Traum):
„Oh, der du bald uns bringst, bald heilst die bekümmerte Liebe,
Naso, füge noch dies deinen Geboten hinzu:
Denk ein jeder an das, was ihn drückt, dann fliehet die Liebe.
Mehr oder weniger gab jedem dergleichen der Gott.
Wer so das Puteal, die geschwinden Kalenden und Janus
Fürchtet, der quäle den Geist stets mit dem Schuldengewicht.
Ist dein Vater zu streng (wenn sonst auch alles nach Wunsch geht),
Muß er, so streng wie er ist, immer vor Augen dir stehn.
Ärmlich lebt mit der Frau, der die Mitgift mangelt, ein andrer:
Denk er beständig: Die Frau hindert allein mich am Glück!

Hast du ein treffliches Gut, trägt köstliche Trauben dein Weinberg,
Fürchte du immer, der Brand nag an der keimenden Frucht.
Jener erwartet ein Schiff zurück: an das stürmische Meer nur
Denk er, und wie mit Verlust jedes Gestad ihn bedroht.
Mög um den Sohn im Heer, um die heiratsfähige Tochter
Sorgen ein andrer; es gibt tausend der Gründe zur Angst.
Wolltest du hassen dein Weib, o Paris, mußtest der Brüder
Blutige Leichen du dir stellen im Geist vor den Blick."
Mehr noch wollt er mir sagen, da schwand die Gestalt mir des Knaben
Aus dem beruhigten Schlaf – war in der Tat es ein Schlaf.

Was nun tun? Palinurus verläßt mein Schiff in des Meeres
Mitte: so muß ich den Weg ziehn, den ich selber nicht weiß.
Einsamkeit schadet euch stets, wenn ihr liebt; vor Einsamkeit wahrt euch!
Wohin fliehst du? Du bist *sicher* – inmitten des Volks.
Nicht der verborgene Ort (die Verborgenheit mehret die Glut nur)
Tut dir not: dir gereicht grade die Menge zum Schutz.
Traurig nur wirst du, bist du allein; der verlassenen Herrin
Bild wird vor deinem Blick stehen, als wäre sie's selbst.
Trauriger ist deshalb auch die Nacht als die Stunden des Phoebus;
Denn die befreundete Schar fehlt, die den Schmerz mit dir trägt.
Flieh auch nicht das Gespräch noch halte die Türe verschlossen,
Und in Finsternis birg nicht dein verweintes Gesicht.
Sei auch ein Pylades stets dir zur Hand, den Orest zu beraten,
Da höchst nützlich auch hier stets sich die Freundschaft bewährt.

Was war Phyllis' Verderb denn sonst als die einsamen
Wälder?
Das war ihr sicherer Tod, daß sie Begleitung verschmäht.
Wie der barbarische Schwarm des edonischen Bacchus mit
losem
Haar dreijährige Weihn feiert, so rannte sie fort.
Und bald schaut sie, so weit sie vermag, in die Fernen des
Meeres,
Bald dann streckt sie sich matt hin auf den sandigen
Grund,
Ruft: „Demophoon, du Treuloser!" zum tauben Gewässer,
Und von Schluchzen durchbebt, stockt ihr beim Reden
das Wort.
Schmal, weithin von Schatten umwölkt, erstreckt sich ein
Fußpfad
Bis zu dem Meer; dorthin richtete oft sie den Schritt.
Neunmal ging die Arme den Weg. „So mag er denn
sehen!"
Sprach sie, und bleichen Gesichts blickt auf den Gürtel
sie erst,
Blickt zu den Zweigen dann auf, steht ratlos, stutzt vor
dem Wagnis,
Fürchtet sich – aber zuletzt führt sie die Finger zum
Hals.
Wärest, Sithonierin, du damals nicht einsam gewesen,
Hätt um Phyllis der Wald weinend sein Haar nicht
gestreut.
Magst du, durch Phyllis gewarnt, *zu* einsame Gegenden
meiden,
Du, den die Herrin verletzt, du, die gekränkt durch den
Mann.

Alles nun hatte der Jüngling getan, was unsere Muse
Nur ihm gebot, und fast war er im Hafen des Heils.
Da, als er einst in den Kreis sehnsüchtig Liebender eintrat,
Fiel er zurück; sein Geschoß zückte von neuem der
Gott.
Liebst du und willst du es nicht, so vermeide vor allem
Berührung;
Denn Ansteckung ist oft selbst auch verderblich dem
Vieh.

Sehn wir leidende Augen nur an, so schmerzen die eignen.
Mancherlei Übel verpflanzt gern sich von Leibe zu Leib.
Manchmal dringt in ein Feld, das hart ist von trockenen Schollen,
Aus nah fließendem Strom sickerndes Wasser hinein:
Also sickert versteckt, wenn du nicht vor dem Liebenden fliehest,
Liebe hindurch. Dazu haben wir alle Talent.

Ebenso war ein andrer geheilt: Ihn verletzte die Nähe,
Nicht ertrug er es einst, als die Geliebte er traf.
Schlecht war die Narbe verharscht, sie ward zur früheren Wunde;
Und nichts haben bei ihm unsere Künste genützt.
Ist dir das Feuer ganz nah, wird's schwer, dein Haus zu bewahren,
Immer am nützlichsten ist's, hältst du vom Brande dich fern.
Laß in dem Porticus nicht, wo *sie* lustwandelt, dich sehen,
Statte auch nimmer Besuch ab an dem nämlichen Ort.
Laß durch Erinnrung den Sinn – kaum lau! – nicht wieder entflammen!
Wär aus der Welt zu entfliehn möglich, du müßtest es tun!
Nicht ist ein Hungernder leicht, wenn der Tisch dasteht, zu beherrschen,
Und ein lebendiger Quell reizet den quälenden Durst.
So ist der Stier nicht leicht, wenn die Kuh er gesehen, zu halten;
Wenn er die Stute gesehn, wiehert der rüstige Hengst.

Setzest du dieses auch durch und berührst du endlich das Ufer,
Dennoch genügt es noch nicht, daß du sie selber verließt.
Sag auch der Schwester Lebwohl und der Mutter sowie der vertrauten
Amme, und wer noch sonst zu der Geliebten gehört.
Komme der Sklav auch nicht, noch in der Gebieterin Namen
Sag auf den Knien die Magd weinend ihr falsches Ade!

Wüßtest du selbst auch gern, was sie macht, doch darfst du nicht fragen.
Dulde! Es ist dein Gewinn, wenn du die Zunge bezähmst.

Du auch, der du erzählst, wie die Liebe zu Ende gegangen,
Und von der Herrin dein allerlei Schlimmes erwähnst,
Laß dein Klagen: Du wirst viel besser dich rächen durch Schweigen,
Bis aus der sehnenden Brust gänzlich ihr Bildnis entflohn.
Besser ist schweigen zumal als vom Bruch des Verhältnisses schwatzen.
Wer zu oft, daß er *nicht* liebe, versichert – der liebt.
Zuverlässiger ist's, allmählich das Feuer zu löschen
Als urplötzlich; du gehst sicher, beeilst du dich nicht.
Rascher entstürzt des Gebirgs Gießbach als ein stetiger Landstrom,
Während doch jener nur kurz, dieser in Ewigkeit fließt.
Laß unmerklich die Glut in die flüchtigen Lüfte verduften,
Stufe um Stufe gemach sterbe die Liebe dahin.
Schandbar ist es, ein Weib, das du eben noch liebtest, zu hassen:
Solch ein Ende geziemt nur für ein wildes Gemüt.
Besser, man sorgt sich nicht drum! Wer mit Hassen die Liebe beendigt,
Liebt entweder – wenn nicht, macht er kein Ende der Not.
Schmählich, wenn Mann und Weib, noch eben vereint, sich befehden:
Appias Nymphe sogar billigt nicht solchen Prozeß.
Mancher verklagt ein Weib – und liebt sie. Wäre der Zwist nicht,
Würde, da keiner daran mahnte, die Liebe vergehn.
Anwalt war ich einmal für einen; des Jünglings Geliebte
Saß in der Sänfte, er stieß schreckliche Drohungen aus.
Bürgschaft fordert er drauf und ruft: „Sie steig aus der Sänfte!"
Sie steigt aus: Er sieht, die er geliebt – und verstummt.

Und es entsinkt ihm die Hand, es entsinkt aus den
Händen die Klagschrift;
Man umarmt sich. Er ruft: „Mädchen, du hast mich
besiegt!“
Sicherer stets und passender ist's, wenn in Frieden man
scheidet
Und aus der Kammer nicht gleich eilt auf den
zänkischen Markt.
Was an Geschenken sie hat, laß ohne Prozeß sie behalten;
Groß ist meist der Gewinn gegen den kleinen Verlust.

Wenn durch Zufall du aber mit ihr zusammengeführt wirst,
Halte die Waffen dann fest, die ich dir gab, in dem
Sinn.
Jetzt tun Waffen dir not. Hier, Tapferster, gilt es zu
kämpfen!
Penthesilea darf deinem Geschoß nicht entgehn.
Jetzt mußt du den Rival und die Qual der Verliebten, die
Schwelle,
Dir vorstellen, und *wie* falsch bei den Göttern sie
schwor.
Putze das Haar auch nicht, wenn du denkst vor ihr zu
erscheinen,
Ordne die Toga dir nicht zierlich in wallendem Bausch!
Sorg nicht, wie du dem Mädchen gefällst, das gänzlich dir
fremd ist,
Gelte sie dir jetzt nur allen den übrigen gleich!

Doch was am meisten uns stets an unsern Bemühungen
hindert,
Will ich euch sagen: auch merkt jeder es leicht an sich
selbst.
Immer zögern wir, weil wir ja hoffen, daß sie uns liebe;
Da sich ein jeder gefällt, sind wir ein gläubiges Volk.
Traue den Worten du nie! Was ist so trügrisch wie
Worte?
Nicht der Unsterblichen Schar hat bei den Weibern
Gewicht.
Sei auf der Hut, daß du nicht von den Tränen des
Mädchens gerührt wirst;
Haben die Augen sie doch förmlich im Weinen geschult!

Man umstürmt der Verliebten Gemüt mit unzähligen Künsten,
Gleich dem Geklipp im Meer, rings von den Fluten gepeitscht.
Führe die Gründe nicht an, die dich zur Trennung bewegen.
Sag ihr nicht, was dich schmerzt; trag im geheimen den Schmerz.
Zähl ihre Sünden nicht auf, sie verteidigt sich nur, und du selber
Hilfst, daß die Sache für *sie* besser sich stellt als für dich.
Wer stillschweigt, der ist fest, wer viel Scheltworte dem Mädchen
Sagt, der verlangt, daß sie sich vor ihm rechtfertigen soll.
Ich will nicht, dem Dulichier gleich, abstumpfen die Pfeile
Oder die Fackeln in Hast rauben und löschen im Strom,
Noch hab ich vor, dem Knaben die purpurnen Schwingen zu stutzen;
Selbst sein Bogen wird nicht schlaffer durch unsere Kunst.
Klugheit allein lehrt unser Gesang. Ihr, gehorchet dem Sänger!
Steh, wie du pflegtest, mir bei, Phoebus, du heilender Gott.
Phoebus ist da! Die Leier ertönt! Es ertönte der Köcher!
Alle die Zeichen des Gotts künden mir: Phoebus ist da!
Wenn du ein wolliges Vlies, in Amyclaes Kesseln gesotten,
Tyrischem Purpur vergleichst, scheint es dir häßlicher stets.
Nun, so vergleichet auch *ihr* mit schöneren Mädchen die euern,
Und allmählich schämt jeder der seinigen sich.
Paris konnte für schön wohl jede der beiden erklären:
Da er sie Venus verglich, wurden sie beide besiegt.
Doch nicht allein die Gestalt, auch die Sitten und Künste vergleiche;
Nur daß dein Urteil nie werde durch Liebe getrübt!

Was mein Gesang jetzt lehrt, ist klein. Dies Kleine jedoch hat
Schon gar vielen genützt, unter den vielen auch mir.
Lies nicht Briefe, die einst dir das schmeichelnde Mädchen geschrieben!
Solch ein Brief rührt oft selbst auch ein festes Gemüt.

Gib, wie sehr du dich sträubst, sie alle gefräßigen Flammen,
Sage: „Der Holzstoß sei dies, welcher mein Feuer verzehrt!"
Hat doch Althaea den Sohn durch den Brand in der Ferne getötet:
Nichts als Lügen verbrennst *du* – und du zauderst dabei?
Kannst du, entferne das Wachsbild auch. Was soll dich ein stummes
Bildnis quälen? So fand Laodamia den Tod.
Schädlich sogar ist der schweigende Ort. Entfliehe den Orten,
Die euch umschlungen gesehn; Kummer bereiten sie dir!
„*Dies* ist der Platz, wo sie lag! *Dort* ist das Gemach, wo wir schliefen!
Hier in der lustigen Nacht gab sie mir Liebesgenuß!"
Durch die Erinnerung reißt man die Wunde der Liebe von neuem
Auf, daß sie klafft; es verletzt Schwache der leiseste Grund.
Wenn du die Asche, die fast schon tot, mit Schwefel berührest,
Lebt sie; unmerkliche Glut schlägt zur gewaltigsten auf.
So auch, wenn du nicht fliehst, was die Liebe nur irgend erneuert,
Flammt, das soeben ein Nichts, wieder das Feuer empor.
Argos' Kiele, wie wären sie gern den kapharischen Felsen
Und dir Greis, der sein Leid rächte durch Feuer, entflohn.
Nisus' Tochter gewandt zu umgehn, wie freut es den Schiffer!
Auch du scheue den Ort, den du zu innig geliebt.
Das sind die Syrten für dich! *Die* Akrokeraunien meide!
Hier verschlinget und speit gräßlich Charybdis die Flut.

Manches noch gibt's, was zwar durch Befehl zu erzwingen unmöglich,
Wenn zufällig jedoch selbst es sich findet, dir nützt.

Phaedra verliere ihr Geld – und Neptun, du schonst deinen Enkel,
Und vor des Ahnherrn Stier scheut nicht zurück das Gespann.
Wäre die Gnosierin arm, mit Vernunft wohl würde sie lieben.
Amor, der lockere Gott, wird durch den Reichtum genährt.
Hekale hat kein Mann, kein Weib entflammet den Irus.
Fragst du, warum? Er war Bettler, und jene war arm.
Fehlt doch der Armut Stoff, um Nahrung zu leihen der Liebe.
Freilich ist dies kein Grund, daß man die Armut sich wünscht.

Aber es lohnt sich schon, nicht stets dem Theater zu frönen,
Bis aus der ledigen Brust völlig die Liebe dir weicht.
Denn entnervt wird der Geist von Zither und Leier und Flöte
Und vom Gesang und des Arms rhythmisch geregeltem Schwung.
Dort zeigt ewig der Tanz Darstellungen nur von Verliebten.
Alles, was schadet und nutzt, lehret der Spielenden Kunst.

Ungern sprech ich es aus: Lies nicht in den zärtlichen Dichtern.
Ja, ich entferne von dir, was ich dir selber geschenkt.
Flieh den Kallimachos du; er ist kein Feind des Cupido.
Und dem Kallimachos gleich schadest du, Dichter von Kos.
Sappho hat wenigstens *mich* fügsamer gemacht der Geliebten,
Teos' Muse mir nicht störrige Sitten verliehn.
Wer las ohne Gefahr jemals Tibullus' Gedichte?
Oder die deinen, des Lied einzig nur Cynthia war?
Wem bleibt hart das Gemüt, wenn er Gallus' Schriften gelesen?
Auch aus meinem Gesang klinget ein ähnlicher Ton.

Doch wenn der Meister des Werks, Apoll, nicht täuschet den Sänger,
Ist der bedeutendste Grund unserer Not ein Rival.
Doch nie bilde dir ein, daß irgendein Mensch dein Rival ist.
Denk im Herzen: sie liegt immer allein in dem Bett.
Heftiger glühte in Lieb zu Hermione deshalb Orestes,
Weil einem anderen Mann sie zu gehören begann.
Was klagst du, Meneläus? Du gingst ja ohne die Gattin
Schon nach Kreta und trugst kühl die Entfernung von ihr.
Erst, da sie Paris geraubt, da konntest du nicht von der Frau mehr
Lassen, des anderen Glut mehrte die eigene dir.
Darum weinte Achill, als man die Briseïs ihm wegnahm,
Daß dem plisthenischen Mann sie zur Ergötzung bestimmt.
Und wohl weint' er mit Recht, das glaubt mir! Denn der Atride
Tat, was *nicht* zu tun schmähliche Schlaffheit nur ist.
Wahrlich, auch ich hätt's getan, denn ich bin nicht weiser als jener!
Dies war der beste Gewinn, den ihm der Ärger gebracht.
Denn wenn beim Zepter er schwört, daß er nie die Briseïs berührt hat,
Wird er im stillen dabei denken: Ein *Stock* ist kein *Gott*!

Geben die Götter dir Kraft, an der Tür der verlassenen Herrin
Weiterzugehn; daß dein Fuß nicht dem Entschluß sich versagt!
Und du kannst, wenn du wirklich es willst! Jetzt mußt du mit starkem
Schritte nur gehn und den Sporn geben dem eiligen Roß.
Denke, daß dort in der Schlucht Sirenen und dort Lotophagen
Hausen; gebrauche behend Segel und Ruder zugleich.

Ihn auch, der dich zuvor zu sehr nur gequält, den Rival auch
  Rat ich dir nicht wie bisher nur zu betrachten als Feind.
Grüß ihn wenigstens stets, wenn von Haß auch wirklich ein Rest bleibt.
  Kannst du ihm Küsse bereits geben, so bist du gesund.

Siehe, die Speisen sogar – um der Heilkunst ganz zu genügen –
  Nenn ich dir jetzt, die du fliehn, die du erwählen dir sollst.
Zwiebeln, ob Daunien sie, ob die libysche Küste sie sendet
  Oder auch Megara, sind alle so gut wie ein Gift.
Meide nicht weniger auch das Gewürz der erregenden Rauke,
  Und was sonst noch den Leib reizet zum Liebesgenuß.
Nützlicher ist dir das Kraut, das die Sehkraft schärfet, die Raute,
  Und was sonst noch den Leib hindert am Liebesgenuß.
Fragst du mich, was ich von Bacchus' Geschenk noch habe zu lehren?
  Davon lautet mein Rat kürzer vielleicht, als du denkst.
Wein regt auf zum Liebesgenuß, wenn du nicht bis zum Rausche
  Trinkst und in lauterem Wein Herz und Besinnung ertränkst.
Wind vermehrt und Wind erstickt auch wieder die Flamme,
  Sanftere Luft entflammt, stärkere tötet den Brand.
Meide den Wein; wenn nicht – so berausche dich *so,* daß die Sorgen
  Schwinden; es schadet dir nur, bleibst in der Mitte du stehn.

Hier ist das Ende des Werks. Nun kränzt das ermüdete Fahrzeug.
  Schon ist der Hafen erreicht, den ich zum Ziele mir nahm.
Fromme Gelübde dann zahlt als Lohn für den heiligen Sänger,
  Männer und Frauen, die ihr also geheilt durch mein Lied.

Anmerkungen

Liebeselegien

Erstes Buch

7 *stahl … einen der Füße* – Das Heldenepos mit seiner Darstellung „eiserner Kriege“ war durchgängig in Hexametern, Versen aus sechs daktylischen Metren (– ∪ ∪), geschrieben. Dagegen verwendete Ovid in seinen Liebesdichtungen elegische Distichen, Verspaare, bei denen auf einen Hexameter ein Pentameter folgt, also ein Vers aus fünf daktylischen Metren, die aber so angeordnet sind, daß sechs Hebungen erhalten bleiben.

Hexameter:	–́ ∪ ∪	–́ ∪ ∪	–́ ∪ ∪	–́ ∪ ∪	–́ ∪ ∪	–́ x
	1	1	1	1	1	1 = 6
Pentameter:	–́ ∪ ∪	–́ ∪ ∪	–́ |	–́ ∪ ∪	–́ ∪ ∪	–́
	1	1	$^1/_2$	1	1	$^1/_2$ = 5

der Fackeln Glut – Venus erregt hier Liebe mit den Waffen ihres Sohnes ↗ Amor.
die beköcherte Maid – ↗ Diana.
das aonische Spiel – Die Lyra (Leier), das Instrument des ↗ Phoebus Apollo.
Knab – ↗ Amor.

8 *Helikon* – Berg in der griechischen Landschaft Böotien, der als Sitz der Musen galt.
mit der Myrte … umkränze … die Schläfen – Die Myrte war der ↗ Venus geheiligt.
Muse – Hier ist Erato, die Schutzherrin der Liebesdichtung, angerufen.
elf Takte – Ein Verspaar im elegischen Distichon, vgl. die erste Anm. zu S. 7.

9 *Myrten* – Vgl. die zweite Anm. zu S. 8.
die Tauben der Mutter – Diese heiligen Vögel der ↗ Venus zogen den Wagen der Göttin durch die Luft.
Stiefvater – ↗ Vulcanus.

10 *des Ganges Lande gebändigt* – ↗ Bacchus eroberte der Sage nach die Welt von Indien aus.
Tiger – Der Wagen des Gottes wurde von Tigern (oder Panthern) gezogen.

10 *ewig mich fesseln* – Die Geliebte soll zumindest Gegenliebe heucheln.

11 *die neun Gefährtinnen* – Die neun Musen.
welcher die Reb erfand – ↗ Bacchus.
die Schwestern – Die drei ↗ Parzen.
die als Vogel der Flut täuschte der schlaue Galan – ↗ Leda.
die, über das Meer … getragen – ↗ Europa.

12 *daß … der Atrakerin Schönheit doppelgestaltiges Volk … zu den Waffen gedrängt* – Bei der Hochzeit der schönen Hippodamia mit dem Lapithenkönig Pirithous versuchte einer der eingeladenen Zentauren, Wesen mit Pferdeleib und menschlichem Oberkörper, die Braut zu rauben, worauf es zu einem heftigen Kampf kam.

15 *an die Türe gekettet* – Der Sklave, der die Tür zu hüten hatte, wurde bisweilen angekettet.

16 *die liebliche Mutter* – ↗ Venus.

19 *Maenalus* – Gebirge in der peloponnesischen Landschaft Arkadien.
die Kreterin – ↗ Ariadne.
die Binde – Sie war ein Zeichen der Priesterwürde.

20 *Volk der Quiriten* – Die römischen Vollbürger.

21 *parische Felsen* – Der Marmor von der Kykladeninsel Paros war besonders rein und feinkörnig.
Dipsas … zu Recht so genannt – Dipsas bedeutet im Griechischen „die Durstige".

22 *ääische Lieder* – Zaubersprüche, so genannt nach der Insel Aeaea, auf der die Zauberin ↗ Circe wohnte.
doppelt Pupille – Der berüchtigte „böse Blick" der Hexen.

23 *Aeneas' Stadt* – Rom.

24 *der Gott der Sänger* – ↗ Phoebus Apollo.
für Geld seine Freiheit erhandelt – Unter günstigen Umständen war es Sklaven möglich, sich mit erspartem Geld freizukaufen.
ein bekreideter Fuß – Sklaven aus Übersee wurden beim Verkauf mit Kreide (oder Gips) gekennzeichnet.
wächserne Bilder der Halle – In Wachs nachgebildete Totenmasken der Ahnen vornehmer römischer Familien; sie wurden im Atrium, der Vorhalle des Hauses, in Schreinen aufbewahrt und bei Leichenzügen dem gerade Verstorbenen vorangetragen.

25 *Heiliger Weg* – Eine etwa 400 m lange Straße in Rom, die vom Forum ausging; sie war von eleganten Geschäften gesäumt.

27 *die argolische Macht* – Die Macht der Griechen; Argolis ist eine Landschaft in Griechenland.
der Atrid – ↗ Agamemnon.

27 *Priamus' Tochter* – ↗ Kassandra.
Mars, in der Falle des Schmieds – ↗ Vulcanus legte ein feines, unsichtbares Netz aus, mit dessen Hilfe er seine Gattin ↗ Venus und den Kriegsgott des Ehebruchs überführte.
28 *Eurotas* – Fluß in Griechenland, an dem Sparta liegt.
phrygische Kiele – Schiffe aus Troja.
zweien vermählt – ↗ Helena.
Fehlt ihm der Bausch doch selbst... – Die Toga, das feierliche Gewand der Römer, besaß keine Taschen; jedoch wurde sie so kunstvoll umgelegt, daß sich über der Brust ein Bausch bildete.
30 *auf der Jungfrau Haupt stürzte der Waffen Gewicht* – Als die Sabiner nach dem Raub ihrer Töchter die Burg von Rom belagerten, verriet ihnen Tarpeïa, die Tochter des römischen Kommandanten, den Zugang; zum Lohn hatte sie sich ausbedungen, was die Sabiner an der linken Hand trügen. Sie erhielt aber nicht den gemeinten Schmuck für ihren Verrat, sondern starb unter den Schilden der Sabiner.
ein Halsband gab Grund – ↗ Alcmaeon.
31 *die Täfelchen* – Mit Wachs bestrichene Holztäfelchen, auf die man mit Griffeln Buchstaben ritzte. Sie wurden paarweise mit Schnüren zusammengebunden, die durch die Tafelränder liefen, und konnten auch versiegelt werden. Nach Glättung des Wachses waren die Täfelchen sogleich erneut zu verwenden.
mit Lorbeer will ich umwinden – Der Siegesbericht eines Feldherrn an den Senat wurde von dem Sieger nach seiner Rückkehr lorbeerumkränzt im Jupitertempel niedergelegt.
im heiligen Haus – Im Tempel.
32 *mit Mennige ganz durchfärbt* – Wachstäfelchen feinerer Ausführung waren rot gefärbt.
scheußliche Kreuze – Gekreuzigt wurden gewöhnlich nur Sklaven.
34 *vor die Hallen* – Vor den Tempel der Vesta; dort hielt der Prätor Gericht.
ein einziges Wort – Schuldner und Bürge verpflichteten sich zur Zahlung mit der Formel „spondeo" (ich verspreche).
Dein Sohn war schwarz – ↗ Memnon.
35 *der geliebte Jüngling* – ↗ Endymion.
der Vater der Götter ... hat zwei Nächte ... vereint – In dieser Doppelnacht weilte ↗ Jupiter bei Alkmene in der Gestalt ihres Gatten Amphitryon und zeugte den ↗ Herkules.
Serer – Ein ostasiatisches Volk.
Ida – Berg bei Troja.
36 *die thrakische Bacche* – Eine Bacchantin; in Thrakien wurde der Kult des ↗ Bacchus besonders orgiastisch begangen.

36 *aus hämonischem Born* – Aus thessalischem Born; Thessalien war wegen seiner angeblichen Hexen berüchtigt.

37 *sugambrisches Weib* – Die Sugambrer, eine germanische Völkerschaft, siedelten zwischen Lippe, Sieg und Ruhr.

38 *der Mäonier* – ↗ Homer; als Mäonier (= Lyder) wird er bezeichnet, weil Smyrna in Lydien unter seinen möglichen Heimatstädten genannt wird.

Tenedos ... Ida ... Simoïs – Hier als Schauplätze in der „Ilias" Homers genannt.

der Askräer – Hesiod (um 700 v. u. Z.), der in Askra am Fuße des Helikon wohnte; in seinem Lehrgedicht „Werke und Tage" behandelte er den Landbau.

das erste der Schiffe – Die „Argo", auf der ↗ Iason mit seinen Gefährten in die Kolchis fuhr, um das Goldene Vlies zu holen.

Tityrus und die Gefild und Aeneas' Waffen – Kennzeichnungen für die drei Hauptwerke ↗ Vergils; „Tityrus" ist eine Schäfergestalt aus den „Hirtengedichten", die „Gefilde" meinen das Gedicht „Über den Landbau" und „Aeneas' Waffen" die „Aeneis".

Tagus – Der Fluß Tajo in Spanien; er führte in der Antike noch Gold.

Kastalia – Diese Quelle bei Delphi war dem Gott ↗ Phoebus Apollo und den Musen geheiligt.

Myrte – Vgl. die zweite Anm. zu S. 8.

Zweites Buch

40 *Pelignum* – Landschaft in Mittelitalien.

wie des Pelion Abhang ragend der Ossa trug – In der Schlacht gegen die olympischen Götter suchten die Angreifer den Olymp zu erstürmen, indem sie die genannten thessalischen Gebirge aufeinandertürmten.

41 *die Hörner des blutigen Mondes* – Gemeint sind die zwei Spitzen der Mondsichel, die bisweilen rot gefärbt sind.

des Atreus Sohn, dieser wie jener – ↗ Agamemnon und ↗ Meneläus.

der gleichviel Jahre vertan – ↗ Ulixes.

Hämoniergespann – Das Gespann des ↗ Achilles.

die Halle, worin Danaos' Töchter zu sehn – Die Säulenhalle am Apollotempel auf dem Palatin, von Augustus nach seinem 31 v. u. Z. errungenen Sieg bei Aktium errichtet, war mit den Statuen der fünfzig Töchter des Ägypters ↗ Danaos geschmückt.

44 *nicht Mann noch Frau* – Der Wächter – es ist wie im vorigen Gedicht Bagōus – war ein Eunuche.

46 *spröde Sabinerin* – Die Sabinerinnen galten als besonders sittenstreng.

48 *wie Venus dem Mars ... sie gab* – Vgl. die vierte Anm. zu S. 27.

Zauber umstrickt ihr Gespann – Bei Mondfinsternissen tritt oft eine Rotfärbung ein.

die mäonische Frau – Die Lyderin.

50 *ismarischer Wütrich* – ↗ Tereus, so genannt nach dem Berg Ismeros in Thrakien.

Argiver – Orest stammte aus dem Gebiet von Argos mit den Städten Tiryns und Mykene.

der phokäische Jüngling – ↗ Pylades, der aus Phokis stammte.

51 *die Krähe..., die der ... Pallas verhaßt ist* – zunächst Lieblingsvogel der Göttin, hatte die Krähe sich durch die Meldung unangenehmer Nachrichten bei ihr unbeliebt gemacht.

Phylakes Held – Der thessalische Fürst Protesiläus, so genannt nach seiner Heimatstadt Phylake. Er sprang als erster der Griechen bei Troja an Land und wurde daher nach einem Orakelspruch als erster getötet.

seine Brüder – Unter ihnen ist vor allem ↗ Paris gemeint.

der siebente Tag – Er gilt als der Krisentag, an dem sich der Ausgang der Krankheit entscheidet.

der stets einzige seines Geschlechts – Nach fünfhundert Jahren Lebensdauer soll sich der Sage nach der Vogel Phoenix selber verbrennen; aus der Asche steigt ein verjüngter Vogel hervor.

Junos Vogel – Der Pfau.

53 *der geflügelte Knabe* – ↗ Amor.

der Thessaler – ↗ Achilles.

Mycenaes Herr – ↗ Agamemnon.

Phoebus' Erkorne – ↗ Kassandra.

Tantalus' Sproß – ↗ Agamemnon.

54 *Hat der hämonische Held nicht ... Hilfe gebracht* – ↗ Achilles, der aus Thessalien oder Hämonien stammte, verletzte den Telephus versehentlich mit seinem Speer und heilte ihn später dadurch, daß er Rost von diesem Speer auf die Wunde brachte.

55 *sichers Rapier* – Das zu Übungskämpfen dienende hölzerne Rapier wurde Gladiatoren, die nach mehrfach siegreich bestandenen Kämpfen freigelassen wurden, zum Zeichen ihrer Entlassung übergeben.

der purpurne Gott – ↗ Amor.

56 *die liebliche Mutter* – ↗ Venus.

58 *Pelion* – Gebirge in Thessalien.
auf verwegener Fahrt – Die „Argo" war der Sage nach das erste Schiff; sie diente ↗ Iason zur Fahrt in die Kolchis, von wo er das Goldene Vlies holte. Auf der Route lagen die Symplegaden, zwei Felsen am Bosporus, die in Abständen gegeneinander prallten.
59 *Keraunias Felsen* – Das gefürchtete Kap Akrokeraunia an der Küste von Epiros.
Syrt ... große wie kleine – Gefährliche Sandbänke vor der nordafrikanischen Küste.
Zwillingsgestirn – Das Sternbild Zwillinge, in das ↗ Kastor und Pollux verwandelt wurden; die beiden Brüder wurden besonders von Seeleuten um Hilfe angerufen.
thrakische Saiten – Aus Thrakien stammte der berühmte Sänger ↗ Orpheus.
60 *„Es bringt unsere Götter zurück!"* – Schiffe trugen am Heck Bilder ihrer Schutzgötter; gleichzeitig huldigt der Dichter damit seiner Geliebten.
nehm auf die Schultern dich hoch – Die Passagiere wurden durch das seichte Wasser an Land getragen.
Pergama – Die Burg von Troja.
die Atriden – ↗ Agamemnon und sein Bruder ↗ Meneläus, die Heerführer vor Troja.
61 *Tyndarus' Tochter* – ↗ Helena.
Kampf mit den Doppelgestalten – Vgl. die Anm. zu S. 12.
ein Weib ... führte die Schwäher hinein – Vgl. die erste Anm. zu S. 30.
62 *Paraetonium ... Canopus ... Pharos ... Memphis* – Städte bzw. die Insel Pharos in Ägypten.
Sistrum – Eine im Kult der ↗ Isis verwendete Klapper.
mag ... sich ... winden die Schlange – Die Schlange war der ↗ Isis geheiligt.
der gallische Schwarm – Gemeint sind die Galli, Priester der kleinasiatischen Göttin Kybele; was sie hier mit dem Isiskult zu schaffen haben, ist unklar.
63 *der ... würfe Gestein* – Die von Zeus geschickte Große Flut hatten als einziges Menschenpaar Deukalion und Pyrrha überlebt; auf göttliches Geheiß warfen sie Steine hinter sich, die – je nach Geschlecht des Werfers – zu Männern und Frauen wurden.
des Meeres Göttin – Thetis, die Mutter des ↗ Achilles.
Cäsarengeschlecht – Gaius Iulius Caesar und sein Adoptivsohn Augustus führten ihren Stammbaum über Aeneas bis auf die Göttin ↗ Venus zurück.
64 *der Knäblein Blut ... vergossen* – ↗ Medea.

65 *die Ääerin* – Die Zauberin ↗ Circe, die auf der Insel Aeaea wohnte.

der karpathische Greis – ↗ Proteus, der seinen Wohnsitz auf der Insel Karpathos hatte.

66 *der Peligner Gebiet sulmonisches Drittel* – Gemeint ist Ovids Heimatstadt Sulmo in der mittelitalischen Landschaft Pelignum, heute Sulmona.

der ikarische Hund – Der Sirius, dessen Aufgang am Firmament die „Hundstage" Ende Juli/Anfang August mit sich bringt.

Ceres' Frucht – Getreide.

Pallas' Beere – Die Olive.

libysche Syrten – Gefährliche Sandbänke vor der Küste Nordafrikas.

Untiere, die ihr den Schoß umbellet der Jungfrau – ↗ Scylla.

Malea – Kap an der Südspitze des Peloponnes.

67 *die gern helfenden Götter* – Vgl. die erste Anm. zu S. 60.

Liebt doch die Ulme die Reb – Die Römer ließen den Wein mit Vorliebe an Ulmbäumen hochranken.

68 *Kythera* – Insel südlich des Peloponnes, ein Hauptsitz des Venuskults.

Paphos – Stadt auf Zypern mit einem bedeutenden Tempel der Venus.

daß die Göttin des Meers sich dem phthiischen König … ergab – Die ↗ Nereïde Thetis, Mutter des ↗ Achilles, wurde die Gattin des Peleus, nachdem dieser sie in einem langen Ringkampf bezwungen hatte.

Ungleich … ist gefügt dies Lied – Vgl. die erste Anm. zu S. 7.

69 *Eurotas* – Fluß in Griechenland, an dem Sparta liegt.

Padus – Der Po.

eine Tragödie – Ovid schrieb eine „Medea", die aber verloren ist.

70 *Kothurn* – Eine Art Stiefel mit hohen, stelzenförmigen Absätzen, der von den Schauspielern in der Tragödie getragen wurde; oft geradezu Synonym für Tragödie.

„Die Kunst der zärtlichen Liebe" – Gemeint ist die „Liebeskunst", an der Ovid also schon arbeitete.

Oder ich schreibe… – Anspielung auf Ovids „Briefe berühmter Frauen"; das Werk enthält u. a. Briefe von ↗ Penelope an ↗ Ulixes, ↗ Phyllis an ↗ Demophoon, ↗ Oenone sowie ↗ Helena an ↗ Paris, Kanake an ↗ Makareus, ↗ Hypsipyle sowie ↗ Medea an ↗ Iason, ↗ Ariadne an ↗ Theseus, ↗ Phaedra an ↗ Hippolytus, ↗ Dido an ↗ Aeneas, ↗ Sappho an Phaon.

des äolischen Spiels Meisterin – ↗ Sappho; sie lebte auf der Insel Lesbos, die von Äolern besiedelt war.

70 *die trügrische Frau* – ↗ Helena; nach einer Sagenversion weilte nur ein Trugbild von ihr in Troja.

Drittes Buch

74 *schien ein Fuß ... länger zu sein* – Vgl. die erste Anm. zu S. 7.
Kothurn – Vgl. die erste Anm. zu S. 70.

75 *Thyrsos* – Ein Stab mit Efeubüschel oder Pinienzapfen an der Spitze, oft von Weinlaub umwunden, Zeichen des Gottes ↗ Bacchus, an dessen Festen Tragödien aufgeführt wurden.
mit der Myrte geschmückt – Die Myrte war der ↗ Venus geheiligt.
niedrige Türen – Ein beliebtes Motiv der Liebeselegie war die Ansprache des Liebenden an die verschlossene Haustür der Geliebten, vgl. das sechste Gedicht des ersten Buches, S. 15ff.

77 *Vorteil, den bietet des Circus Gesetz* – Anders als bei Theateraufführungen saßen Frauen und Mädchen bei Veranstaltungen im Circus nicht getrennt von den Männern.

78 *da kommt ja der Zug* – Bevor der Wettkampf begann, zogen in feierlicher Prozession der Veranstalter der Spiele auf einem Wagen, vornehme Jünglinge, die Wettkämpfer mit ihren Rennwagen, Tänzer und Sänger in den Circus ein. Auch Götterbilder wurden hereingetragen und auf einem Damm in der Mitte aufgestellt; mit einem Opfer wurden die Wettspiele eröffnet.

79 *die bogengewalt'gen Knaben* – Eroten.
Prätor – Hoher römischer Beamter; in der Kaiserzeit waren die Prätoren u. a. für die Abhaltung sämtlicher Spiele verantwortlich, die sie zum größten Teil aus eigener Tasche finanzieren mußten.
gebt das Signal ... mit geschwungnem Gewand – Durch Schwenken der Toga konnten die Zuschauer einen Fehlstart anzeigen, so daß das Rennen wiederholt werden mußte.

81 *Jovis* – Genitiv von ↗ Jupiter.

83 *der mavortische Stamm* – Nachkommen des ↗ Mavors.

86 *daneïscher Held* – ↗ Perseus.
das Haupt..., gräßlich von Schlangen umzischt – ↗ Medusa.

87 *zwei Lustren* – Zehn Jahre; ein Lustrum ist der Zeitraum von fünf Jahren.
phthiotisches Land – Thessalien.
Kalydon – Stadt in der griechischen Landschaft Ätolien.
das argolische Tibur – Städtchen in Latium, am Anio gelegen; es wurde der Sage nach von einem Griechen gegründet und wird

deshalb nach einem Synonym für „griechisch" argolisch genannt.

88 *idäisch* – Trojanisch; bei Troja lag der Berg Ida.
die Binde – Ein Zeichen der Priesterwürde.

89 *Ilions Herd* – Der Herd der ↗ Vesta, deren Kult ↗ Aeneas aus Ilion (Troja) mit nach Italien gebracht haben soll.

90 *die sithonische Flur* – Thrakien, das für die Römer hoch im Norden lag, wo die Sithonier wohnten.

91 *die ewige Jungfrau* – Eine Vestalin; diese Priesterinnen der ↗ Vesta waren zur Keuschheit verpflichtet.

92 *des Geheimen Verräter* – ↗ Tantalus.

93 *barg unter dem Wasser die Schmach* – Spülungen nach dem Geschlechtsverkehr wurden als Kontrazeptionsmittel angewandt.

94 *die ... sich ... mit Gold schmückt* – Nur wer wenigstens dem Ritterstand angehörte, d. h. ein Mindestvermögen von 400000 Sestertien nachweisen konnte, hatte die Erlaubnis, den goldnen Ritterring zu tragen.
die Jungfrau – ↗ Danaë.

95 *Alcides* – ↗ Herkules als Nachkomme des Alceus.
Marsfeld – Freie Fläche in der Tiberschleife vor den Toren Roms, u. a. als Versammlungsstätte und Exerzierplatz genutzt.

96 *dein Name bewährt* – Die Elegie galt ursprünglich als Klagegesang.
der Jüngling – ↗ Adonis.

97 *Ismarier* – Thraker, so genannt nach dem Berge Ismaros in Thrakien.
der Mäonier – ↗ Homer, vgl. die erste Anm. zu S. 38.
pïerisch – Zu den ↗ Pïeriden gehörig.
Avernus – See bei Cumae in Unteritalien, der als ein Eingang der Unterwelt galt.
die gierige Glut – In Rom wurden die Toten feierlich verbrannt.
die Schlaue – ↗ Penelope.
Sistrum – Eine im Kult der ↗ Isis verwendete Klapper.

98 *die auf Eryx' Waldhöhn thront* – ↗ Venus; auf dem Berg und in der gleichnamigen Stadt Eryx im Westen Siziliens befand sich ein bedeutendes Heiligtum der Göttin.
das phäakische Land – Die Insel Korfu; dort erkrankte Tibull schwer.

99 *jährliche Feier* – Die Ceralia am 19. April; sie wurden aus Freude über die alljährliche Rückkehr von Ceres' Tochter Proserpina aus der Unterwelt gefeiert. Der Gott Dis hatte sie in das Totenreich entführt und zu seiner Gattin gemacht. Vor dem Fest war Enthaltsamkeit vorgeschrieben.

99 *das erste Orakel* – Bei Dodona in Griechenland gab eine dem ↗ Jupiter geweihte Eiche durch ihr Rauschen Orakel kund.

102 *bekränzt mit gelobten Gewinden* – Vor Antritt der Fahrt wurden Blumengewinde für den Fall der glücklichen Heimkehr gelobt; die Gefahr ist also bestanden.

103 *Stoff bot ja Theben* – Anspielung auf die Sagen um den Zug der Sieben gegen Theben.

104 *der abantische Held* – ↗ Perseus, so genannt nach seinem Ahnherrn Abas von Argos.

ein dreifach Haupt – Der Zerberus, der den Eingang zur Unterwelt bewacht, besitzt drei Köpfe.

doppelgestaltige Fraun – ↗ Sirenen.

zur Bärin die Jungfrau – Die Nymphe Kallisto, eine Geliebte des ↗ Jupiter, wurde von der eifersüchtigen Juno in eine Bärin verwandelt und von dem Gott als Sternbild an den Himmel versetzt.

Kekrops' Vogel – Prokne, eine Nachfahrin des mythischen athenischen Königs Kekrops, wurde in eine Schwalbe verwandelt, nachdem sie die Schändung ihrer Schwester ↗ Philomela gerächt hatte.

Saat der thebanischen Zähne – Der Held Kadmos säte die Zähne eines von ihm erschlagenen Drachen. Daraus erwuchsen gewappnete Krieger, die sogleich einen Kampf miteinander begannen. Die fünf überlebenden Krieger wurden zu Stammvätern des thebanischen Adels.

Stiere ..., die Flammen gespien – Zu den Aufgaben, die ↗ Iason erfüllen mußte, um das Goldene Vlies zu erlangen, gehörte es auch, zwei feuerspeiende Stiere anzuschirren und mit ihnen zu pflügen.

Roßlenker – Phaëthon, ein Sohn des Sonnengottes ↗ Sol, durfte für einen Tag das Gespann seines Vaters führen. Dabei verlor er die Gewalt über die Sonnenrosse und geriet aus der Bahn. Um einen Brand des Weltalls zu verhindern, tötete ihn Jupiter mit dem Blitz. Phaëthon stürzte in den Fluß Eridanus ab, wo ihn seine Schwestern, in Pappeln verwandelt, beweinten.

aus Schiffen ... Göttinnen – Als die Gefährten des ↗ Aeneas, um die Weiterfahrt zu verhindern, die Schiffe in Brand setzen wollten, stürzten sich diese ins Meer und wurden von der Göttin Kybele in Najaden verwandelt.

der starrende Fels folgte der Leier Getön – Dies gelang ↗ Orpheus und dem Sänger Amphion, bei dessen Klängen sich die Stadtmauer von Theben von selbst zusammengefügt haben soll.

Faliskergebiet – Landschaft in Norditalien.

104 *mein Weibchen* – Gemeint ist die zweite oder dritte Ehefrau Ovids.

105 *grajische Sitte* – Griechische Sitte.

argivische Art – Im griechischen Argos wurde ↗ Juno besonders verehrt.

106 *Quirite* – Römischer Vollbürger.

108 *pelignische Flur* – Landschaft in Mittelitalien.

als der Verbündeten Macht Roma mit Schrecken erfüllt – Anspielung auf den Bundesgenossenkrieg 90 v. u. Z., in dem die Italiker die Verleihung des römischen Bürgerrechts durchsetzten.

holdester Knab – ↗ Amor.

amathusische Mutter – ↗ Venus, so genannt nach ihrem Kultort Amathus auf Zypern.

109 *in weiterer Bahn* – Vermutliche Anspielung auf die epischen Dichtungen Ovids, die „Verwandlungen" und die „Fasten".

Die Liebeskunst

Erstes Buch

113 *hämonisches Schiff* – Die „Argo", die den Thessaler ↗ Iason in die Kolchis brachte; Thessalien wurde auch Hämonien genannt.

114 *nicht von den Vögeln der Luft ... belehrt* – Der Vogelflug und das Verhalten gewisser Vögel dienten als Orakel; außerdem sprach man bestimmten Vögeln, wie z. B. Raben und Krähen, Weissagekräfte zu.

der in dem Tal Askras die Herden bewacht – Der griechische Dichter Hesiod (um 700 v. u. Z.), der als Hirt und Bauer in Askra am Fuße des Helikon lebte. Im Proömium seiner „Theogonie" spricht er davon, daß ihn die Musen auf dem Helikon zum Dichter geweiht hätten.

die Schwestern der Klio – Die übrigen acht Musen.

Haupt umwallende Binde ... langer Besatz – Ehrbare, freigeborene Frauen trugen eine Kopfbinde in Art eines Schleiers und einen breiten Besatz am Saum ihres Gewandes.

115 *ein grajisches Weib* – Ein griechisches Weib, ↗ Helena.

der phrygische Mann – ↗ Paris.

Gargara – Der Gipfel des Berges Ida bei Troja.

Methymna – Stadt auf der Insel Lesbos.

die Mutter – ↗ Venus.

Pompeius' schattige Halle – Eine Säulenhalle, die Gnaeus ↗ Pompeius Magnus auf dem Marsfeld neben einem ebenfalls von ihm erbauten Theater errichten ließ. Sie war auf zwei Seiten von Platanenhainen umgeben und erhielt außerdem durch Springbrunnen Kühlung.

115 *wenn des herkulischen Leun Zeichen die Sonne betritt* – Im Hochsommer, wenn die Sonne im Sternbild des Löwen steht. Der von ↗ Herkules erlegte nemeïsche Löwe war an den Himmel versetzt worden.

wo jüngst zu des Sohnes Geschenk ihr Geschenk noch die Mutter fügte – Im Namen seiner Schwester Octavia (69–11 v. u. Z.) stiftete Kaiser Augustus eine Säulenhalle ganz in der Nähe des 11 v. u. Z. errichteten Theaters, das zu Ehren des früh verstorbenen Marcus Claudius Marcellus, des Sohns der Octavia, erbaut worden war.

fremdes Gestein – Für den Bau der Säulenhalle verwendete man erstmals ausländischen Marmor.

Livische Halle – Eine Säulenhalle, die Kaiser Augustus zu Ehren seiner Gattin Livia auf dem Hügel Esquilin erbauen ließ.

wo die Beliden den unglückseligen Vettern Tod drohn – Vgl. die fünfte Anm. zu S. 41.

der leinenumwalleten Kuh memphitischer Tempel – Der Tempel der ägyptischen Gottheit ↗ Isis, die mit der ↗ Io gleichgesetzt wurde; ihre Priester trugen weiße Baumwollgewänder.

116 *Marmortempel der Venus* – Der Tempel der Venus Genetrix („Erzeugerin"), so genannt als Stammutter des Julischen Geschlechts, auf dem Forum Iulii, wo öffentliche Gerichtsverhandlungen stattfanden.

117 *Palatium* – Einer der sieben Hügel Roms.

so schaun sie zurück – Im Theater saßen die Frauen in den hinteren Reihen.

118 *der Festzug* – Vgl. die Anm. zu S. 78.

119 *grausenverkündender Sand* – Gladiatorenkämpfe fanden bisweilen auch auf dem Forum statt, das zu diesem Zweck mit Sand ausgestreut wurde, der das Blut aufsaugen sollte.

Aphrodites Knabe – ↗ Amor.

Spiel von der Seeschlacht – Kaiser Augustus ließ im Jahre 2 v. u. Z. bei der Einweihung eines Marstempels eine Seeschlacht aufführen, offenbar eine Nachgestaltung der Schlacht bei Salamis im Jahre 480 v. u. Z., in der die Perser von den Griechen vernichtend geschlagen wurden.

Kekrops' Stadt – Athen.

beide Meere – Das Adriatische und das Tyrrhenische Meer.

Parther – Altiranisches, kriegerisches Kulturvolk, dessen Großreich zwischen Euphrat und Indus im 1. Jahrhundert v. u. Z. seine größte Ausdehnung unter Einschluß von Medien, Baktrien, Babylonien und Mesopotamien erreichte. Sie galten zu Ovids Zeit als gefährlichste Feinde der Römer.

119 *Adler, die ... geraubt der Barbar* – In der Schlacht bei Carrhae 53 v. u. Z. hatten die Römer mehrere Feldzeichen an die Parther verloren, was als große Schande galt. Durch Verhandlungen erreichte man die Rückgabe im Jahre 20 v. u. Z.

120 *der Rächer* – Gemeint ist Gaius Iulius ↗ Caesar (3), ein Enkel des Augustus, der als Zwanzigjähriger im Jahre 1 v. u. Z. mit der Führung eines neuen Feldzugs gegen die Parther betraut wurde.

Götter – Damit sind die Angehörigen des Kaiserhauses gemeint. Gaius Iulius Caesar war nach seinem Tode zum Gott erklärt worden, und Augustus genoß schon zu Lebzeiten zumindest in den Provinzen göttliche Ehren.

der Tirynthier – ↗ Herkules, so genannt nach seiner Heimatstadt Tiryns.

Thyrsos – Vgl. die erste Anm. zu S. 75.

die Brüder – Lucius und Agrippa Postumus.

dein Vater – Kaiser Augustus hatte seine Enkel Lucius und Gaius adoptiert; beide starben jung.

Latiums Macht – Roms Macht.

121 *der, um zu siegen, du fliehst* – Anspielung auf die Taktik der Parther, die Feinde durch Scheinflucht zu Kämpfen in ungünstiger Position zu provozieren.

wo du ... ziehst goldstrahlend ... daher – Dieser vorweggenommene Triumphzug kam nicht zustande, da die Konflikte mit den Armeniern und Parthern 2 u. Z. vorerst auf diplomatischem Wege gelöst wurden.

Ort ... Gebirg ... Strom – Im Triumphzug wurden neben der Beute und den Gefangenen auch Darstellungen von Örtlichkeiten des eroberten Gebiets mitgeführt.

Persis – Das Perserland als allegorische Figur.

Achämenertal – Tal in Persien, so genannt nach dem dort herrschenden Königsgeschlecht der Achämeniden.

122 *Bacchus..., den man grad auftrug* – Man schenkt die Gabe des Gottes, den Wein, aus.

123 *Baiae* – Luxuriöser Badeort bei Neapel, heute Baji.

Hain und ... Tempel Dianas – Gemeint ist der Dianatempel bei Aricia am Nemi-See, etwa 24 km von Rom entfernt, der viele Gläubige anzog.

wo mit dem Schwert ... erkämpft – Oberpriester im Dianatempel war ein entlaufener Sklave, der seinen Vorgänger erschlagen hatte.

ungleich rollende Räder – Anspielung auf die ungleichen Verse des elegischen Distichons, vgl. die erste Anm. zu S. 7.

123 *Maenalus* – Gebirge in Arkadien; arkadische Hunde galten als gute Jagdhunde.

124 *Ida* – Gebirge auf Kreta.

Knossos … Cydonia – Kretische Städte.

125 *der aonische Gott* – ↗ Bacchus, dessen Mutter Semele aus Aonien, ein älterer Name für Böotien, stammte.

die Kreterin – Aërope, die Gattin des ↗ Atreus.

126 *Atreus' Sohn* – ↗ Agamemnon.

Ephyres Brand – Die Stadt Korinth, die mit einem alten Namen Ephyre heißt, brannte nieder, als ↗ Krëusa (2) durch das vergiftete Brautkleid von Flammen erfaßt wurde.

die Mutter, die … die Kinder erwürgt – Medea brachte aus Eifersucht ihre Söhne von ↗ Iason um.

127 *Ilion … ließ jubelnd das Roß ein* – Nach zehnjähriger vergeblicher Belagerung Trojas zogen die Griechen zum Schein von der Stadt ab und ließen ein hölzernes Pferd als angebliches Weihegeschenk für die Göttin Minerva zurück, in dessen Innerem die tapfersten Helden versteckt waren. Die Trojaner holten es in ihre Stadt, und während eines Freudenfestes über ihren vermeintlichen Sieg wurden sie überwältigt.

128 *der Erste des Monats, wo … Venus sich reibt an den Mars* – Der 1. April, offensichtlich ein Tag, an dem man Geschenke machte.

der Tag, wo … der Circus … sich schmückt – Vermutlich eine Anspielung auf die Saturnalien am 17. Dezember; an diesem Tag waren kleine Geschenke üblich.

129 *Plejaden … Böcklein* – Sternbilder; die Plejaden sind am Winterhimmel zu sehen, und bei Untergang der Böcklein am Firmament, Ende Oktober, begann die Zeit der Winterstürme.

Allias Fluten gefärbt – An der Allia, einem Nebenfluß des Tiber, wurden die Römer der Überlieferung nach am 16. Juli 387 v. u. Z. vernichtend geschlagen. Dieser Tag galt seither als offizieller Unglückstag, an dem man auch keine größeren Geschäfte tätigte.

ein entgürteter Krämer – Die legere Kleidung ist ein Indiz dafür, daß er mit dem Mädchen gemeinsame Sache macht.

Schriftliches – Gemeint ist ein Wechsel oder eine Bankanweisung.

130 *geglättete Täfelchen* – Vgl. die erste Anm. zu S. 31.

131 *die edelen Künste* – Dazu zählte vor allem die Rhetorik.

Pergama – Die Burg von Troja, die erst nach zehnjähriger Belagerung fiel; vgl. die Anm. zu S. 127.

132 *Porticus* – Eine Säulenhalle.

Dindymas Mutter – Die kleinasiatische Göttin Kybele, so genannt nach dem Bergzug in Phrygien. In ihrem orgiastischen

Kult spielten die Galli, Priester, die sich selbst entmannten, eine Rolle.

132 *die Kreterin* – ↗ Ariadne.

133 *die Göttin* – ↗ Venus.

Marsfeld – Vgl. die zweite Anm. zu S. 95.

„Es liegt unter der Achsel der Bock" – Umschreibung für Körpergeruch.

die Gnosierin – ↗ Ariadne, so genannt nach ihrer Heimatstadt Knossos auf Kreta.

Dia – Anderer Name für die Insel Naxos.

134 *Mimalloniden* – Die Bacchanten im Gefolge des ↗ Bacchus.

Satyrn – Wilde, lüsterne Begleiter des ↗ Bacchus.

135 *„Euoi!"* – Freudenruf der Bacchanten, der auf Euius, einen Kultnamen des ↗ Bacchus, zurückgeht.

nyktelischer Vater – Der „nächtliche" Vater, ↗ Bacchus; zu seinem Kult gehörten auch Mysterien, die mit nächtlichen Weihen verbunden waren.

beim Trinken das erste Los ... erlangen – Der Symposiarch, der dem Trinkgelage vorstand, wurde durch Würfeln bestimmt; er erhielt als Zeichen seiner Würde einen Kranz.

136 *ein Verwalter* – Wenn der Hausherr längere Zeit abwesend war, setzte er einen Freigeborenen als Generalbevollmächtigten ein.

ist der Tisch entfernt – Tische wurden bei den Römern nach der Mahlzeit fortgeräumt.

137 *richtender Spruch* – Das Urteil des ↗ Paris.

äolischer Süd – Der Südwind galt als Sohn des ↗ Aeolus.

138 *schlafähnliche Ruh* – Anspielung auf die Lehre Epikurs, die Götter lebten in Zwischenwelten und kümmerten sich nicht um den Weltenlauf.

139 *Hämonier* – ↗ Achilles, der aus Phthia in Thessalien oder Hämonien stammte.

140 *der Unglückslohn für den Schönheitssieg* – Venus versprach dem ↗ Paris für seinen Urteilsspruch die schöne ↗ Helena.

Ida – Berg bei Troja.

Göttin..., welche die zwei überwand – Venus besiegte die Göttinnen Juno und Minerva im Schönheitswettbewerb.

Schwäher – Der Schwiegervater ↗ Priamus.

Ilion – Ein anderer Name für Troja.

Alle vereinte der Schwur... – Der Vater Helenas hatte ihre vielen Freier schwören lassen, daß sie den von der Tochter auserwählten Ehemann nicht bekriegen, ihn im Gegenteil sogar im Notfall unterstützen würden.

der pelische Speer – Die Lanze des ↗ Achilles, die dessen Vater Peleus von dem Zentauren Chiron erhalten hatte; sie war aus dem Holz einer Esche vom thessalischen Gebirge Pelion gearbeitet.

141 *Kranz der Pallas* – Ein Kranz aus Olivenzweigen, der als Preis bei sportlichen Wettkämpfen verliehen wurde.

142 *wenn du ein Tüchelchen ... legst um das ... Haar* – Dies tat man zum Zeichen der Trauer, hier aus Liebeskummer.

wie Phoebus die Pallas – Beide waren Kinder des ↗ Jupiter und empfanden also allenfalls geschwisterliche Liebe füreinander.

Zweites Buch

144 *„Paean"* – Gesang zu Ehren des ↗ Phoebus Apollo, der den Beinamen Paean führt.

Askras Greis – Hesiod, vgl. die zweite Anm. zu S. 114.

Mäonier – ↗ Homer, vgl. die erste Anm. zu S. 38.

Amyclaes ... Strand – Das Städtchen Amyclae lag in der Nähe Spartas, von wo ↗ Paris die Helena entführte.

nach der Liebe benannt – Der Name Erato kommt vom griechischen Verb „eran" = lieben.

Gastfreund – ↗ Daedalus.

146 *Tegeas Jungfrau* – Die Nymphe Kallisto, eine Geliebte Jupiters, stammte aus Tegea in Arkadien; sie wurde in das Sternbild des Großen Bären verwandelt.

147 *Samos ... Naxos ... Paros ... Delos* – Inseln im Ägäischen Meer.

der klarische Gott – ↗ Phoebus Apollo, so genannt nach seiner Orakelstätte Klaros in Kleinasien; er war auf Delos geboren.

der lebinthische Strand – Lebinthos, eine Sporadeninsel.

Calymne ... Astypalaia – Inseln im Ägäischen Meer.

deckt ein Grab das Gebein – Icarus wurde auf der Insel Ikaria bestattet.

148 *hämonische Künste* – Thessalische Künste; Thessalien oder Hämonien war wegen seiner angeblichen Hexen berüchtigt.

was dem Fohlen am Kopf wächst – Der Auswuchs an der Stirn neugeborener Fohlen diente zu Liebeszaubern.

medeïsches Kraut – Die kolchische Königstochter Medea verstand sich auf Zauber, dennoch wurde sie von ↗ Iason verlassen.

marsische Sprüche – Den Marsern, einem Volk in Latium, wurden Zauberkräfte zugesprochen.

die Phasierin – ↗ Medea, so genannt nach dem Fluß Phasis in ihrer Heimat Kolchis.

148 *Leichengerüst* – Der Holzstoß, auf dem die Toten verbrannt wurden.
zwei Sprachen – Das Lateinische und das Griechische.
des Meers Göttinnen – ↗ Kalypso und ↗ Circe.

149 *der odrysische Fürst* – ↗ Rhesus, so genannt nach dem thrakischen Volksstamm der Odryser.
Simoïs – Nebenfluß des Skamander bei Troja.
sithonisch – Thrakisch; der Volksstamm der Sithonier wohnte in Thrakien.
Pergama – Die Burg von Troja.

150 *chaonischer Schwarm* – Tauben, so genannt nach der Landschaft Chaonia in Epirus.
auf Gesetzes Befehl – Anspielung auf die Ehegesetzgebung des Kaisers Augustus.

151 *bringet den Parthern den Krieg* – Vgl. die sechste Anm. zu S. 119.
Nonakris – Burg in Arkadien.
ein andres Geschoß – Die Pfeile ↗ Amors.
mänalische Wälder – Die Wälder des wildreichen Gebirges Maenalus in Arkadien.

152 *Knöchel* – Eine Art Würfel aus den Hinterfußknochen von Haustieren, die nur vier unterschiedlich große Flächen zum Liegen boten, die zwei anderen waren abgerundet. Am häufigsten fiel der Knöchel auf die breiteste Seite; dies galt am wenigsten und wurde als „Hund" bezeichnet.
Spiel, das der Feldschlacht Stellungen nachahmt – Es ähnelte dem heutigen Dame- oder Schachspiel.
der gläserne Feind – Die Spielfiguren waren meistens aus Glas.
der die Untierbrut vertilgt – ↗ Herkules.
ionische Mädchen – Die Dienerinnen der lydischen Königin Omphale.
der tirynthische Halbgott – ↗ Herkules, so genannt nach seiner Heimatstadt Tiryns.

153 *der dörrende Hundsstern* – Der Sirius, der an den heißen Hundstagen im Hochsommer am Firmament aufgeht.
der cynthische Gott – ↗ Phoebus Apollo, so genannt nach dem Berge Cynthus auf Delos, wo der Gott geboren wurde.
Pherae – Stadt in Thessalien.

154 *Tag, wo der Gallier Heerschar … erlag* – Der 7. Juli; er wurde zur Erinnerung an den Sieg über die Latiner (nicht Gallier) gefeiert, die das Recht auf vollwertige Ehen mit Römerinnen gefordert hatten. Man schickte als Bräute gekleidete Sklavinnen zu ihnen, die sie betörten und der Waffen beraubten. Daher bekamen an diesem Tag Mägde und Sklavinnen Geschenke.

154 *Heiliger Weg* – Vgl. Anm. zu S. 25.

155 *ein koïsches Kleid* – Ein durchsichtiges Schleiergewand von der Insel Kos.

Tunica – Ein ärmelloses, hemdartiges Untergewand.

157 *Schwefel und Eier* – Beiden wurde eine reinigende Kraft zugeschrieben.

158 *der Gastfreund* – ↗ Paris.

die Mänade – Die Bacchantin.

der aonische Gott – ↗ Bacchus, so genannt nach einem alten Namen für die Landschaft Böotien, aus der seine Mutter ↗ Semele stammte.

159 *Phasis' Barbarin* – ↗ Medea, so genannt nach dem Fluß Phasis in ihrer Heimat Kolchis.

die Schwalbe – Prokne, die ihre Schwester ↗ Philomela rächte.

mehr, als du schriebst – Im Wachs, mit dem die Täfelchen bezogen waren, konnte man bei nachlässiger Glättung noch Spuren eines vorher geschriebenen Briefes entdecken.

der Atride – ↗ Agamemnon.

Lyrnesierin – ↗ Briseïs, die aus der Stadt Lyrnesus bei Troja stammte.

160 *Priamus' Tochter* – ↗ Kassandra.

Saturei – Bohnenkraut, dessen ätherische Öle durchblutungsfördernd wirken.

die Göttin, die an des Eryx Höhen weilet – ↗ Venus, vgl. die erste Anm. zu S. 98.

anregendes Kraut – Gemeint ist die Rauke.

Hymettus – Berg in Attika, der für seine Bienenzucht berühmt war.

163 *die Inschrift* – Sie befand sich am Apollotempel in Delphi und lautete: „Erkenne dich selbst!"

164 *Hybla* – Berg auf Sizilien.

Athos – Vorgebirge auf der Halbinsel Chalkidike.

Pallas' Baum – Der Olivenbaum.

165 *der pelasgischen Eichen Ausspruch* – Im Heiligtum des Jupiter von Dodona wurde aus dem Rauschen der Eichen geweissagt; die Pelasger waren die mythischen Ureinwohner Griechenlands.

166 *die vielerzählte Geschichte* – Vgl. die vierte Anm. zu S. 27.

die Beine des Gatten – ↗ Vulcanus hinkte.

Lemnos – Insel im Ägäischen Meer, auf der Vulcanus besonders verehrt wurde.

167 *Paphos* – Stadt auf Zypern, ein Zentrum des Venuskults.

Wasser und Feuer – Beides war bei der Haushaltsgründung unabdingbar, daher spielte es in den Hochzeitszeremonien eine besondere Rolle.

167 *Ceres' heiliger Brauch* – Die Eleusinischen Mysterien; sie verhießen den Gläubigen ein Weiterleben nach dem Tode und unterlagen strenger Geheimhaltung. Die Kultgeräte wurden in Kisten verwahrt, die Kulthandlungen selbst waren von dröhnendem Lärm begleitet.

des thrakischen Samos erhabne Opfer – Auf der Insel Samothrake wurden die Mysterien der Kabiren begangen.

168 *prahlende Schilder* – Eine Anspielung auf die Tafeln, die im Triumphzug mitgeführt wurden; vgl. die dritte Anm. zu S. 121.

169 *der Held* – ↗ Perseus.

die, welche schielt – Venus wurde ein leicht schielender Blick nachgesagt.

170 *Konsul* – Da es in Rom keine Jahreszählung in unserem Sinne gab, wurden die Jahre mit den Namen der beiden höchsten Beamten, der Konsuln, gekennzeichnet.

Zensor – Die beiden Zensoren überprüften u. a. die Bürgerlisten.

171 *die linke Hand* – Sie galt als die zärtliche Hand.

172 *Phrygerblut* – Die Phryger waren Landsleute der ↗ Briseïs.

Myrten – Sie waren der ↗ Venus geheiligt.

Danaërheer – Das Heer der Griechen vor Troja.

173 *Spolien* – Erbeutete Rüstungen, die man in Tempeln den Göttern weihte.

Drittes Buch

174 *der Knabe* – ↗ Amor.

Atreus' jüngerer Sohn – ↗ Meneläus.

Atreus' älterer Sohn – ↗ Agamemnon.

Phylakes Held – ↗ Protesiläus, der Gatte der ↗ Laodamia; er stammte aus der thessalischen Stadt Phylake.

Acheron – Fluß in der Unterwelt und Bezeichnung für das Totenreich selbst.

Pheretiade – ↗ Admetus als Sohn des Phereus.

175 *„Neun Wege"* – Bevor sie sich das Leben nahm, soll ↗ Phyllis neunmal vergeblich zur Küste geeilt sein, um ihren Geliebten Demophoon zu begrüßen. Die Bäume am Wege verloren vor Mitleid ihr Laub.

der Gastfreund – ↗ Aeneas, der als Inbegriff ehrfürchtigen Verhaltens galt.

die therapnische Schöne – ↗ Helena, so genannt nach der Stadt Therapne bei Sparta.

175 *sang ... später der Helena Lob* – Der Dichter Stesichoros (6. Jh. v. u. Z.) verurteilte Helena als Ursache des Trojanischen Krieges, worauf er von den Dioskuren, den Brüdern der Helena, des Augenlichts beraubt worden sein soll; nach einem Widerruf wurde er wieder sehend.

177 *Latmier* – ↗ Endymion, so genannt nach dem Berg Latmos bei Milet, wo Luna den schönen Jüngling fand.

rosige Göttin – ↗ Aurora.

Wasser zur Spülung – Auf diese Weise hoffte man eine Empfängnis zu verhüten.

178 *der ... sich siebenmal deckte den Leib* – ↗ Ajax besaß einen berühmten Schild, der aus sieben Schichten bestand.

Kapitol – Auf dieser alten Burg Roms stand der Tempel der drei obersten Gottheiten Jupiter, Juno und Minerva.

Kurie – Die Curia Hostilia, in der gewöhnlich die Senatssitzungen stattfanden; sie war nach einem Brand neu errichtet worden.

Palatium – Auf diesem Hügel in Rom stand der Palast des Kaisers sowie ein Apollotempel, den Augustus nach seinem 31 v. u. Z. errungenen Sieg über Kleopatra und Antonius bei Aktium errichten ließ. Der Kaiser glaubte unter dem besonderen Schutz des Gottes ↗ Phoebus Apollo zu stehen.

179 *nach Art der kyllenischen Leier* – Eine hochgetürmte Lockenfrisur; die Leier war von dem Gott Mercur erfunden worden, der auf dem Gebirge Kyllene in Arkadien geboren war.

hybläische Flur – Gebiet um den Berg Hybla auf Sizilien, berühmt wegen seiner Bienenzucht.

180 *Gnosierin* – ↗ Ariadne, so genannt nach ihrer Heimatstadt Knossos auf Kreta.

der Gott – ↗ Bacchus.

germanischer Saft – Ein Mittel, das die Haare rotblond – wie die der Germanen – färbte, vermutlich die gallische „Seife"; sie bestand hauptsächlich aus Talg und Buchenasche.

vor der Jungfraun Chor, Herkules grad im Gesicht – Die Perückenmacher hatten ihre Läden vor dem Tempel des Herkules am Circus Flaminius, der auch mit Statuen der neun Musen geschmückt war.

teure Besätze – Goldplättchen an den Säumen der Gewänder.

die ... Phrixus und Helle ... entrückt – Nephele („Wolke"), die Mutter der beiden; es handelt sich also um eine weißgraue Farbe.

ähnlich der Flut – Eine bläulich changierende Farbe; der Stoff hieß Cumatile (von griechisch „kyme" = Woge).

dem Krokus gleich – Ein gelber Farbton; der Farbstoff wurde aus dem Safrankrokus gewonnen und konnte bis ins Orange-Rot spielen.

180 *die tauige Göttin* – ↗ Aurora.

181 *Seriphos* – Kykladeninsel, auf der Danaë, die Mutter des ↗ Perseus, wohnte. Zu ihr brachte der Held die ↗ Andromeda.

Caïcus – Fluß in der kleinasiatischen Landschaft Mysien.

den ledigen Platz ... ergänzen – Zusammengewachsene Augenbrauen galten als schön.

Cydnus – Fluß in der kleinasiatischen Landschaft Kilikien; dort wuchs eine besondere Safrankrokussorte.

ein Buch – Von dem genannten Werk sind etwas mehr als hundert Verse erhalten.

182 *Oesopum* – Ein übelriechendes Schafswollfett.

Venus..., die die triefenden Locken sich auswringt – Eine Darstellung der aus dem Meere auftauchenden Göttin, der sogenannten Venus Anadyomene.

die goldenen Bilder – Sie gehörten zur Bühnendekoration.

183 *parthische Mädchen und Fraun* – Die Parther sind hier als die gefürchtetsten Feinde der Römer genannt; vgl. die sechste Anm. zu S. 119.

die das Trugbild des Stiers führte von Sidon durchs Meer – ↗ Europa; sie stammte aus der phönizischen Stadt Sidon im heutigen Libanon.

troïscher Räuber – ↗ Paris.

184 *pharisches Kleid* – Ein weißes Gewand aus Ägypten, so genannt nach der Insel Pharos vor Alexandria.

185 *umbrischer Wirt* – Die Umbrer, ein italisches Bergvolk, wurden als bäurisch verachtet.

186 *der Stab* – Das Plektron zum Anschlagen der Zither.

dreiköpfiger Hund – Der Zerberus, der den Eingang zur Unterwelt, zum Tartarus, bewachte.

Rächer der Mutter – Der Zeussohn Amphion rächte seine Mutter Antiope, die von ihrer Schwägerin Dirke mißhandelt worden war, indem er die Schuldige an einen rasenden Stier band; bei seinem Gesang fügten sich Steine von allein zur Stadtmauer von Theben.

Nablion – Ein orientalisches Saiteninstrument.

der koïsche Dichter – Der Elegiendichter Philetas von der Insel Kos, der um 300 v. u. Z. in Alexandria lebte.

der teische Greis – Der griechische Dichter Anakreon (559 bis 478 v. u. Z.), der aus der kleinasiatischen Küstenstadt Teos stammte. Seine Lieder über kultivierten Lebensgenuß, die Liebe und den Wein waren berühmt und fanden viel Nachahmung.

186 *wie Geta ... den Vater betrügt* – Eine Standardsituation der Komödie war, daß der schlaue Sklave, hier Geta, „der Geter", seinem verliebten jungen Herrn gegen den strengen oder geizigen Vater beisteht.

das herrlichste Werk – Die „Aeneis" des ↗ Vergil.

Lethe – Strom in der Unterwelt, aus dem die Schatten der Verstorbenen Vergessenheit tranken.

187 *worin beide Partein er belehrt* – Ovid belehrt in der „Liebeskunst" sowohl Männer wie Frauen.

Briefe – Gemeint sind Ovids „Heroides", die „Briefe berühmter Frauen" an ihre abwesenden Liebhaber; zumindest der Gedanke, mythologische Figuren zu Verfassern solcher Briefe zu machen, war neu.

neun Schwestern – Die neun Musen.

Knöchel – Vgl. die erste Anm. zu S. 152.

kriegrisches Brettspiel – Vgl. die zweite Anm. zu S. 152.

188 *Mit drei Steinen...* – Ein offensichtlich sehr beliebtes Spiel, von dem zahlreiche Spieltafeln gefunden wurden.

Marsfeld – Vgl. die zweite Anm. zu S. 95.

Virgo – „Die Jungfrau", eine Quelle, die durch eine Wasserleitung bis zum Marsfeld geführt wurde; noch heute speist sie die Fontana Trevi.

der tuskische Strom – Der Tiber, der in Etrurien, der heutigen Toskana, entspringt.

Pompeius' Halle – Vgl. die sechste Anm. zu S. 115.

auf der Jungfrau Haupt glühet das Himmelsgespann – Ende August stand die Sonne im Sternbild der Jungfrau.

189 *Tempel des lorbeerumkränzten Phoebus* – Vgl. die vierte Anm. zu S. 178.

Canopus' Kiel – Die Flotte des Antonius und der ägyptischen Königin Kleopatra, so genannt nach der Stadt Canopus in Unterägypten.

Schwester – Octavia; zu der in ihrem Namen gestifteten Säulenhalle vgl. die achte Anm. zu S. 115.

Gattin – Livia; zur Livischen Halle vgl. die zehnte Anm. zu S. 115.

sein Eidam – Marcus Vipsanius Agrippa (63–12 v. u. Z.), Admiral und Feldherr des Augustus, Gatte von dessen Tochter Iulia. Er hatte 36 v. u. Z. die Flotte des Sextus Pompeius bei Naulochos auf Sizilien besiegt und auch entscheidenden Anteil am Seesieg bei Aktium 31 v. u. Z.; er ließ u. a. eine Säulenhalle in Rom erbauen.

die memphitische Kuh – ↗ Isis, so genannt nach der ägyptischen Stadt Memphis; als Kuh wird sie wegen ihrer Gleichsetzung mit ↗ Io bezeichnet.

189 *Kampfspiel* – Gemeint sind Gladiatorenkämpfe.
das glühende Rad ... schwenkt um das Ziel – Wagenrennen fanden im Circus statt.
des Efeus Ehre – Gemeint ist die Anerkennung, die man mit seinem dichterischen Schaffen erringt; der Efeu war dem Dichtergott ↗ Bacchus geheiligt.
190 *der Vogel des Zeus* – Der Adler.
Priamus' Lehren – Damit ist vermutlich darauf angespielt, daß Priamus ursprünglich auf Grund eines Orakels seinen Sohn ↗ Paris ausgesetzt hatte.
191 *goldener Tempel* – Vgl die Anm. zu S. 116.
appischer Quell – Eine der nach Rom führenden Wasserleitungen, die den Brunnen am Tempel der Venus Genetrix speiste; der Brunnen war mit Nymphengestalten geschmückt.
Kekropiden – Athenerinnen, so genannt nach Kekrops, dem mythischen König von Athen.
Aconit – Das Gift des Eisenhutes.
192 *Täfelchen* – Vgl. die erste Anm. zu S. 31.
ehrender Schleier – Ehrbare Frauen trugen ein schleierartiges Kopftuch.
Ätnas Blitz – Im Innern des Ätna auf Sizilien schmiedeten ↗ Vulcanus und die Kyklopen für Jupiter Blitze.
193 *als ... ihr Antlitz sie sah* – Durch das Flöteblasen war das Gesicht entstellt; zudem hatte das Instrument Ähnlichkeit mit einem Phallus.
195 *aonische Jünger* – Die Dichter im Gefolge der Musen, deren geheiligter Berg Helikon in Böotien oder Aonien lag.
197 *grausamer Mann* – Gemeint ist der feste Gönner des Mädchens, kein Ehemann.
198 *durch die Rute befreit* – Bei der Freilassung wurde der Sklave oder die Sklavin mit einem Stab berührt und vor einem Beamten und Zeugen für frei erklärt.
unter der Binde – Wollene Brustbänder sollten die Büste heben.
an der Wade – Die Beine waren mit wollenen Binden umwikkelt.
die pharische Kuh – ↗ Isis, so genannt nach der Insel Pharos vor Alexandria; als Kuh wird sie wegen ihrer Gleichsetzung mit ↗ Io bezeichnet.
Sistrum – Eine im Kult der ↗ Isis verwendete Klapper.
Orte..., wohin nie ein Begleiter sich wagt – Beim Isiskult und auch bei den Festen der ↗ Fauna war Männern der Zutritt verwehrt.
199 *aus dem Namen erhellt, wozu Nachschlüssel ... dienen* – Der Nachschlüssel heißt auf lateinisch „adulter", was gleichzeitig „Ehebrecher" bedeutet.

199 *lethäisch* – Vergessenheit bringend wie das Wasser des Stroms Lethe in der Unterwelt, aus dem die Schatten der Verstorbenen tranken.

200 *die lemnische Schar* – Die Frauen von Lemnos töteten ihre Männer, als sich diese mit anderen Konkubinen abgaben.

Hymettus – Berg in der griechischen Landschaft Attika.

201 *Cytisus* – Goldregen.

Thyrsos – Vgl. die erste Anm. zu S. 75.

202 *des Kylleniers Sproß* – ↗ Cephalus als Sohn des Mercur, der auf dem Berg Kyllene in Arkadien geboren war.

das heitre Versehn mit dem Namen – Aura bedeutet „Lufthauch".

203 *fettige Hand* – Man kannte in der Antike zwar Löffel und Messer, jedoch noch keine Gabeln; gegessen wurde mit den Fingern, die an Brot gesäubert wurden.

Priamus' Sohn – ↗ Paris.

Cyprias Sohn – ↗ Amor.

204 *Phylléerin* – Bewohnerin der Stadt Phyllos in Thessalien; die Anspielung ist unklar.

wie der Parther, der flieht – Vgl. die erste Anm. zu S. 121.

205 *Schwanengespann* – Schwäne waren sowohl dem ↗ Phoebus Apollo wie auch der ↗ Venus geheiligt, so daß sich ein Liebesdichter mit besonderem Recht gerade dieses Gespanns bedient.

Spolien – Vgl. die Anm. zu S. 173.

Heilmittel gegen die Liebe

209 *der Tydide* – ↗ Diomedes als Sohn des Tydeus.

wie man mit Kunst dich erwerbe – Anspielung auf die „Liebeskunst".

mein neuer Gesang trennt nicht den früheren auf – ↗ Penelope hielt die Freier hin, indem sie nachts auftrennte, was sie tagsüber gewebt hatte.

210 *dein Stiefvater* – ↗ Mars.

deine Erzeugerin – ↗ Venus.

der wachsame Mann – Wieder ist nicht der Ehemann, sondern der Gönner des Mädchens gemeint.

Leichengerüst – Der Holzstoß, auf dem die Toten verbrannt wurden.

der pelische Speer – Vgl. die siebente Anm. zu S. 140.

Herkules' Sohn – Telephos; er wurde von ↗ Achilles versehentlich mit dem pelischen Speer verwundet und später durch Rost desselben Speers geheilt.

211 *dardanisches Schiff* – Das Schiff des ↗ Aeneas, so genannt nach dem Stammvater der Trojaner Dardanus.

211 *die Mutter* – ↗ Medea.
Danaër – Die Griechen vor Troja, so genannt nach Danaos, dem mythischen Gründer der Stadt Argos in Griechenland.
Pergama – Die Burg von Troja.
214 *Wie die Platane des Weins…* – Die Weinreben rankten sich an Bäumen, meist Ulmen oder Platanen, hoch.
das Knäblein – ↗ Amor.
215 *der flüchtige Parther* – Vgl. die sechste Anm. zu S. 119.
erhabnes Siegsfest – Dazu kam es nicht, weil der Konflikt mit den Parthern 2 u. Z. vorerst auf diplomatischem Wege gelöst wurde.
Caesar – ↗ Caesar (3), der Enkel des Augustus.
vom ätolischen Speer … verletzt – Der Ätoler ↗ Diomedes verwundete die Göttin.
der Geliebte – ↗ Mars.
Argos – Hier als Synonym für Mycenae, die Stadt des ↗ Agamemnon, gebraucht.
der Schalk – ↗ Amor.
216 *Phoebus' Schwester* – ↗ Diana.
217 *der Unglückstag Allias* – Vgl. die zweite Anm. zu S. 129.
noch sicher durch Flucht – Vgl. die zweite Anm. zu S. 215.
218 *hämonisches Land* – Thessalien, dessen Hexen berüchtigt waren.
219 *Phoebus' Rund* – Die Sonne.
Kolcherin – ↗ Medea.
phasische Fluren – Die Kolchis, durch die der Phasis floß.
der neritische Kiel – Das Schiff des ↗ Ulixes, auf dessen Heimatinsel Ithaka der Berg Neritos lag.
der listige Gastfreund – ↗ Ulixes.
der dulichische Fürst – ↗ Ulixes, so genannt nach der Insel Dulichium nahe bei Ithaka.
222 *Aegis* – Der Schild der ↗ Pallas; er trug das Bild der ↗ Medusa, deren Anblick versteinerte.
Oesopum – Ein übelriechendes Schafswollfett.
223 *dessen Gedicht* – Gemeint ist die „Aeneis" des ↗ Vergil.
Jovis – Genitiv zu Jupiter.
mäonischer Vers – Der epische Hexameter ↗ Homers; der Dichter sollte aus Mäonien, wie Lydien noch genannt wird, stammen.
Kothurn – Vgl. die erste Anm. zu S. 70.
Soccus – Ein niedriger Schuh, den die Schauspieler in der Komödie trugen, Synonym für Komödie.
Jambus – Dieses Versmaß (∪ –́) wurde für Spottgedichte bevorzugt; meist bestand ein Vers aus sechs Füßen, beim sogenannten Hinkjambus sprang der Rhythmus im letzten Fuß um (∪ –́ –́ ∪).

223 *Elegie* – Vgl. die erste Anm. zu S. 7.

Kallimachos' Vers – Das elegische Distichon, vgl. die erste Anm. zu S. 7.

Schleier – Das schleierartige Kopftuch, das die ehrbaren Frauen trugen.

226 *der Odrysertyrann* – ↗ Tereus; die Odryser sind ein thrakischer Volksstamm.

die Schwester im Turm – Tereus hatte ↗ Philomela in einem Turm versteckt.

227 *Atreus' Sohn* – ↗ Agamemnon.

Eine noch gibt's... – ↗ Briseïs.

Achiver – Die Griechen vor Troja.

unsere „Künste" – Die ersten beiden Bücher der „Liebeskunst".

230 *Collinisches Tor* – Ein Stadttor am Hügel Quirinal, das zu Ovids Zeit bereits innerhalb der Stadt lag.

altehrwürdiger Tempel – Ein Tempel der Venus; sie trug den Beinamen Erycina, da sie bei dem Berg und der Stadt Eryx auf Sizilien ein berühmtes Heiligtum besaß.

der lethäische Amor – Der Liebesgott, der wie der Fluß Lethe in der Unterwelt Vergessenheit spendete.

Puteal – Ein durch Blitzschlag geheiligter Platz, der eine brunnenähnliche Ummauerung erhielt. Bei einem solchen Puteal auf dem Forum trieben die Wechsler und Geldverleiher ihre Geschäfte.

Kalenden – Der erste Tag im Monat, an dem die ziemlich hohen Zinsen fällig waren.

232 *der edonische Bacchus* – Beim thrakischen Stamm der Edonen wurde der Gott besonders verehrt.

Sithonierin – ↗ Phyllis, die aus Thrakien stammte, wo die Sithonier wohnten.

233 *Porticus* – Eine von Säulen getragene, überdachte Wandelhalle.

234 *Appias Nymphe* – Vgl. die Anm. zu S. 116 und die zweite Anm. zu S. 191.

235 *die Klagschrift* – Es handelt sich nicht um eine Anklageschrift in modernem Sinne, sondern lediglich um Notizen für die Verhandlung.

236 *dem Dulichier gleich* – ↗ Ulixes, so genannt nach der Insel Dulichium nahe bei Ithaka, verstand es, sich der Liebe von ↗ Circe und ↗ Kalypso zu entziehen.

der Knabe – ↗ Amor.

Amyclae – Städtchen bei Sparta, dessen Bewohner für ihre einfache Tracht bekannt waren.

jede der beiden – Die Göttinnen ↗ Juno und ↗ Pallas, die im Schönheitsstreit der Venus unterlagen.

237 *Argos' Kiele* – Die Schiffe der Griechen, die nach Troja ausgefahren waren.

Greis, der sein Leid rächte – Nauplius; er rächte seinen von den Griechen ermordeten Sohn Palamedes, indem er die von Troja heimkehrenden Schiffe der Griechen durch falsche Leuchtfeuer auf die Klippen bei Kap Kaphareus auf der Insel Euböa auflaufen ließ.

Nisus' Tochter – ↗ Scylla.

die Syrten – Vgl. die zweite Anm. zu S. 59.

Akrokeraunien – Vgl. die erste Anm. zu S. 59.

238 *die Gnosierin* – ↗ Pasiphaë, so genannt nach der kretischen Stadt Knossos.

Dichter von Kos – Philetas, vgl. die fünfte Anm. zu S. 186.

Teos' Muse – Anakreon, vgl. die sechste Anm. zu S. 186.

239 *der plisthenische Mann* – ↗ Agamemnon, so genannt nach seinem Bruder oder Oheim Pleisthenes.

Atride – ↗ Agamemnon.

Lotophagen – Die „Lotosesser", ein sagenhaftes Volk in der „Odyssee" Homers; wer von der Lotosfrucht aß, vergaß die Rückkehr in die Heimat.

240 *Daunien* – Die Landschaft Apulien in Italien, so genannt nach dem mythischen König Daunus.

Megara – Stadt in Mittelgriechenland.

lauterer Wein – Normalerweise wurde der Wein mit Wasser gemischt.

kränzt das ... Fahrzeug – Nach der Rückkehr des Schiffes in den Hafen wurden die Götterbilder am Heck zum Dank mit Kränzen umwunden.

Alphabetisches Namenverzeichnis der historischen und mythologischen Gestalten

Accius: Lucius Accius (geb. um 170 v. u. Z.), bedeutendster römischer Tragödiendichter, von dessen über vierzig Stücken jedoch nur Fragmente bekannt sind.

Achelōus: Gott des gleichnamigen Flusses in der Landschaft Akarnanien in Mittelgriechenland. Er kämpfte mit Herkules um ↗ Deïanira, wobei er die Gestalt eines Stieres annahm. Er unterlag und verlor dabei ein Horn.

Achill, Achilles: Der stärkste griechische Held vor Troja, Sohn des Peleus und der ↗ Nereïde Thetis. Er war nur an der Ferse verwundbar und fiel im Kampf durch einen Pfeil des ↗ Paris, dem ↗ Phoebus Apollo beim Schuß die Hand führte.

Acrisius: Vater der ↗ Danaë.

Admetus: König von Pherae in Thessalien. Bei ihm diente der Gott ↗ Phoebus Apollo als Rinderhirte, entweder um eine Schuld zu sühnen oder weil er den König liebte.

Adonis: Geliebter der ↗ Venus, der auf der Jagd durch einen Eber umkam. Die Göttin verwandelte ihn in eine Blume. Ihm zu Ehren wurde im Sommer das Adonisfest gefeiert.

Aeacus: Großvater des ↗ Achilles.

Aegisth: Sohn des ↗ Thyestes, Geliebter der Klytaemnestra, deren Gatten ↗ Agamemnon sie gemeinsam umbrachten.

Aeneas: Sohn der ↗ Venus und des Trojaners Anchises. Er überlebte den Untergang Trojas; nach langen Fahrten erreichte er Latium, wo seine Nachkommen die Stadt Rom gründeten.

Aeolus: Der Herrscher über die Winde. Er gab dem ↗ Ulixes, als dieser auf seiner Irrfahrt zu ihm verschlagen wurde, als Gastgeschenk Lederschläuche mit, in denen alle der Heimkehr ungünstigen Winde eingeschlossen waren. Während der Held schlief, öffneten die Gefährten die Schläuche aus Neugier, so daß die Schiffe wieder zurückgetrieben wurden.

Aeson: Vater des ↗ Iason.

Agamemnon: König von Mycenae in der griechischen Landschaft Argolis, Sohn des ↗ Atreus, Bruder des ↗ Meneläus, Heerführer der Griechen vor Troja. Nach seiner Heimkehr wurde er von seiner Gattin Klytaemnestra und deren Geliebten Aegisth ermordet.

Ajax: Der nach ↗ Achilles stärkste Held der Griechen vor Troja, Gatte der ↗ Tekmessa. Als ihm die Rüstung des gefallenen Achilles nicht zuerkannt wurde, geriet er in Wahnsinn und tötete im Glauben, die griechischen Heerführer vor sich zu haben, eine Schafherde. Wieder bei Sinnen, beging er Selbstmord.

Alcathous: Sohn des ↗ Pelops, der die Stadt Megara bei Athen wiederaufbaute.

Alcmaeon: Sohn des Sängers und Sehers ↗ Amphiaraos. Er tötete seine Mutter Eriphyle, die sich mit einem Halsband hatte bestechen lassen, ihren Gatten zur Teilnahme am Zug der Sieben gegen Theben zu nötigen, obwohl er wußte, daß er dabei den Tod finden würde. Auf der Flucht vor den Furien fand er endlich bei dem Flußgott Achelöus Ruhe, dessen Tochter Kallirrhoë er ehelichte, obwohl er schon mit Arsinoë verheiratet war.

Alkestis: Gattin des ↗ Admetus. Sie ging freiwillig anstelle ihres Mannes in den Tod, wurde aber von ↗ Herkules der Unterwelt wieder entrissen.

Alphëus: Gott des gleichnamigen Flusses auf dem Peloponnes. Er verfolgte die Quellnymphe Arethusa unter dem Meer hindurch bis nach Sizilien; dort tritt die Quelle bei Syrakus nahe dem Meer an die Oberfläche.

Althaea: Mutter des Meleagros, der ihre Brüder im Streit erschlug. Sie verbrannte daraufhin ein Holzscheit, an welches das Leben ihres Sohnes magisch gebunden war, und nahm sich anschließend selbst das Leben.

Amaryllis: Schäferin aus ↗ Vergils „Hirtengedichten", die gern Edelkastanien aß.

Ammon: Oberster libysch-ägyptischer Gott, von den Römern mit ↗ Jupiter gleichgesetzt. Er wurde widderköpfig dargestellt. Berühmt war sein Orakel in der Oase Siwah.

Amoebus: Ein berühmter Kitharaspieler aus Athen.

Amor: Römischer Liebesgott, Sohn der ↗ Venus. Er wurde als geflügelter Knabe dargestellt; mit seinen Pfeilen, die er in einem Köcher bei sich trug, oder auch mit Fackeln konnte er sowohl erwiderte wie unerwiderte Liebe erregen.

Amphiaraos: Mythischer Seher, der seinen Tod im Zug der Sieben gegen Theben voraussah und deshalb nicht in den Kampf ziehen wollte. Seine Gattin Eriphyle, durch ein Halsband bestochen, überredete ihn jedoch zur Teilnahme am Krieg. Er verschwand mit seinem Gespann in einer Erdspalte, die Jupiter durch einen Blitz vor ihm geöffnet hatte.

Amymone: Eine der fünfzig Töchter des Ägypters ↗ Danaos. Während der Flucht der Schwestern nach Griechenland suchte sie nach einer Quelle, die schließlich ↗ Neptun, dessen Geliebte sie wurde, für sie hervorsprudeln ließ.

Andromache: Tochter des Königs von Theben, Gattin des ↗ Hektor. Sie galt als ein Muster treuer Gattenliebe, wurde aber gleichzeitig als plump und schwerfällig beschrieben.

Andromeda: Tochter des äthiopischen Königs Kepheus. Da sich ihre Mutter gerühmt hatte, schöner als die ↗ Nereïden zu sein, sollte sie nach dem Willen ↗ Neptuns einem Seeungeheuer geopfert werden. ↗ Perseus rettete sie vor dem Tode, als sie bereits an einen Felsen angekettet ihr Schicksal erwartete.

Anio: Gott des gleichnamigen Flusses in Latium. Er rettete ↗ Ilia vor dem Tode und machte sie zu seiner Gattin.

Anubis: Der ägyptische Totengott. Er wurde mit einem Schakalskopf dargestellt.

Apelles: Berühmtester griechischer Maler (2. Hälfte des 4. Jh. v. u. Z.). Sein Bild, das die Geburt der Venus Anadyomene aus dem Meere darstellte, befand sich auf der Insel Kos; Augustus ließ es nach Rom holen. Sämtliche Werke des Apelles sind verloren.

Aphrodite: Griechische Göttin der Liebe, mit ↗ Venus identifiziert.

Apis: Ein in Memphis göttlich verehrter Stier, der als Symbol des ↗ Osiris galt.

Apoll, Apollo: ↗ Phoebus Apollo.

Arat: Aratos (um 310–um 245 v. u. Z.), griechischer Schriftsteller, Verfasser der „Himmelserscheinungen", eines Lehrgedichts über Astronomie in Hexametern.

Argus: Ein hundertäugiger Riese. Er bewachte im Auftrag der ↗ Juno die ↗ Io.

Ariadne: Tochter des kretischen Königs ↗ Minos. Sie stand ↗ Theseus im Kampf gegen den Minotaurus bei, indem sie ihm mit Hilfe eines Wollknäuels den Rückweg aus dem Labyrinth ermöglichte. Theseus nahm sie auf der Heimfahrt nach Athen mit sich, ließ sie aber auf der Insel Naxos, während sie schlief, treulos zurück. Der Gott ↗ Bacchus fand sie dort und machte sie zu seiner Gattin. Ihre Krone wurde als Sternbild an den Himmel versetzt.

Arion: Legendenumwobener griechischer Dichter und Sänger (um 600 v. u. Z.). Er soll auf einer Seefahrt von Räubern ausgeplündert und dem Meer überantwortet worden sein, jedoch rettete ihn ein Delphin, den er mit seinem Gesang angelockt hatte.

Asopos: Gott des gleichnamigen Flusses in Böotien.

Atalanta, Atalante: Eigentlich zwei Gestalten, die Ovid zu einer Person vermischt: zum einen die Teilnehmerin an der Jagd auf den

Kalydonischen Eber, zum andern die Tochter des ↗ Schoenus. Diese ließ ihre zahlreichen Freier mit ihr um die Wette laufen; wen sie besiegte, verlor sein Leben. Sie wurde von ↗ Milanion überlistet.

Atreus: Vater von ↗ Agamemnon und ↗ Meneläus. Weil sein Bruder ↗ Thyestes seine Frau verführt hatte, tötete er dessen beide Söhne und setzte sie ihm zum Mahl vor. Bei diesem Anblick wandte der Sonnengott sein Gespann um und ließ es wieder Nacht werden.

Atticus: Ein Jugendfreund Ovids.

Aurora: Römische Göttin der Morgenröte, Gattin des ↗ Tithonos, Mutter des ↗ Memnon. Sie eilte mit ihrem Gespann dem des Sonnengottes voraus.

Automedon: Wagenlenker des ↗ Achilles vor Troja.

Bacchus: Römischer Gott des Weines. Er wurde als Jüngling von mädchenhafter Schönheit dargestellt, bisweilen auch mit Hörnern, Symbol der Kraft und Relikte einer früheren Stiergestalt des Gottes. Der Sage nach eroberte er von Indien aus die Welt. Da an seinen Festen Theateraufführungen stattfanden, war er auch ein Gott der Dichter.

Battos: Gründer der Stadt Cyrene in Nordafrika, der Heimatstadt des ↗ Kallimachos.

Boötes: Sternbild in der Nähe des Großen Bären.

Boreas: Der stürmische Nordwind.

Briseïs: Sklavin des ↗ Achilles. Da ↗ Agamemnon sie als Ersatz für die Tochter des ↗ Chryses gefordert hatte, blieb der Held zürnend dem Kampfe fern, so daß die Trojaner in dieser Zeit das militärische Übergewicht gewinnen konnten.

Briseus: Vater der ↗ Briseïs.

Busiris: Mythischer König von Ägypten, der alle Fremden den Göttern zum Opfer brachte.

Byblis: Zwillingsschwester des Caunus, die in Liebe zu ihrem Bruder entbrannte.

Caesar: 1. Gaius Iulius Caesar (100–44 v. u. Z.), römischer Feldherr und Staatsmann, erster Alleinherrscher in Rom. Er wurde nach seinem Tode zum Gott erklärt. – 2. Gaius Iulius Caesar Octavianus (63 v. u. Z. bis 14 u. Z.), der Kaiser Augustus. Das Geschlecht der Julier führte seinen Stammbaum über Iulus, den Sohn des ↗ Aeneas, auf die Göttin ↗ Venus zurück. – 3. Gaius Iulius Caesar (20 v. u. Z.–4. u. Z.), Enkel des Augustus. Er wurde im Jahre 1 v. u. Z. mit der Führung des Feldzugs gegen die Parther betraut, doch kam es zu einer diplomatischen Einigung.

Calvus: Gaius Licinius Macer Calvus (82–47 v. u. Z.), römischer Dichter, Freund des ↗ Catull. Von seinem Werk sind nur wenige einzelne Zeilen erhalten.

Camillus: Marcus Furius Camillus (gest. 364 v. u. Z.), römischer Feldherr und Staatsmann. Er eroberte 395/394 v. u. Z. Falerii, die Stadt der Falisker.

Catull(us): Gaius Valerius Catullus (87 oder 84–um 54 v. u. Z.) aus Verona, römischer Lyriker. Aus vielen seiner Gedichte spricht leidenschaftliche Liebe zu Clodia, die aus einem vornehmen römischen Geschlecht stammte und von ihm unter dem Pseudonym Lesbia besungen wurde.

Cephalus: Sohn des Gottes Mercurius, der als Jüngling von ↗ Aurora gewaltsam entführt wurde, Gatte der ↗ Prokris, die er ungewollt tötete.

Ceres: Römische Göttin des Ackerbaus. Sie besaß einen von Drachen gezogenen Wagen, mit dem sie den Helden Triptolemus aussandte, um den Ackerbau über die Welt zu verbreiten.

Charis: Anmutige Begleiterin der ↗ Venus; es gab drei Charitinnen (Grazien).

Charybdis: Ein Meeresungeheuer, das in rhythmischen Abständen Wasser einsog und wieder ausspie. Es wurde als Strudel in der Meerenge von Sizilien lokalisiert.

Chiron: Ein weiser Zentaur, Sohn des ↗ Saturn, der sich seiner Mutter Phillyra in Roßgestalt genähert hatte. Er unterrichtete viele Helden, u. a. in der Heilkunst, als deren Erfinder er galt, im Reiten, in der Jagd und in der Musik.

Chryseïs: Tochter des ↗ Chryses.

Chryses: Priester des ↗ Phoebus Apollo. Er versuchte vergeblich, ↗ Agamemnon zur Herausgabe seiner Tochter Chryseïs zu bewegen. Erst als Phoebus eine Pest über das Heer der Griechen hereinbrechen ließ, wurde sie ausgeliefert.

Circe: Tochter des ↗ Sol und der Nymphe Perse, eine Zauberin. Sie wohnte auf der Insel Aeaea, wo sie ↗ Ulixes lange Zeit zurückhielt.

Corinna: Eine Geliebte Ovids, die er in seinen „Liebeselegien" besang; Gestalt wie auch Name sind fiktiv.

Crassus: Marcus Licinius Crassus (115–53 v. u. Z.), römischer Feldherr und Staatsmann. Er fiel in der Schlacht bei Carrhae gegen die Parther, desgleichen sein gleichnamiger Sohn.

Cupido: „Begehren", Beiname des ↗ Amor.

Cydippe: Ein vornehmes junges Mädchen, das der Jüngling Acontius mit einer List zur Frau gewann. Er ritzte den Schwur, Cydippe wolle nur den Acontius heiraten, in einen Apfel und stellte es so an, daß sie diese Worte im Tempel der Diana auf Delos laut vorlas. Die Göttin wachte über die Einhaltung dieses unfreiwillig geleisteten Schwures, indem sie eine andere Hochzeit durch wiederholte Erkrankungen des Mädchens unmöglich machte.

Cynthia: Die Geliebte des ↗ Propertius, die er unter diesem Namen in seinen Elegien verherrlichte.

Cypria: Beiname der ↗ Venus, deren Kult auf der Insel Zypern besonders heimisch war.

Daedalus: Mythischer athenischer Baumeister und kunstfertiger Erfinder. Er floh wegen einer Blutschuld zu König ↗ Minos nach Kreta. Dort baute er u. a. das Labyrinth für den Minotaurus, den Sohn der ↗ Pasiphaë. Da ihm Minos die Heimkehr verwehrte, verfertigte er aus Wachs und Federn Flügel für sich und seinen Sohn Icarus, mit deren Hilfe sie entflohen. Der Sohn stürzte dabei ins Meer, das nach ihm das „Ikarische" genannt wird.

Danaë: Geliebte des ↗ Jupiter. Sie wurde von ihrem Vater Acrisius in einem Turm eingeschlossen, doch der Gott gelangte in Gestalt eines Goldregens zu ihr und zeugte mit ihr den Helden ↗ Perseus, den mythischen Begründer des persischen Königshauses.

Danaos: Sohn des Belus, Zwillingsbruder des Aegyptus. Zur Beilegung eines Streits vermählten die Brüder ihre jeweils fünfzig Kinder miteinander, Danaos befahl aber seinen fünfzig Töchtern, den Danaïden oder auch Beliden, ihre Männer in der Hochzeitsnacht zu töten. Bis auf Hypermnestra befolgten sie alle den Befehl ihres Vaters. Zur Strafe müssen die Danaïden in der Unterwelt Wasser in ein Faß ohne Boden schöpfen.

Daphnis: Ein Hirt, der unglücklich in eine Najade verliebt war.

Deïanira: Eine Königstochter aus Kalydon, Gattin des ↗ Herkules. Der Held kämpfte um ihren Besitz mit dem Flußgott ↗ Achelōus.

Deïdamia: Tochter des Königs Lycomedes von Scyrus, unter dessen Töchtern Thetis ihren Sohn ↗ Achilles in Frauenkleidern versteckte, um ihn vor dem Tod im Trojanischen Krieg zu bewahren.

Delia: Eine Geliebte des ↗ Tibull, die er unter diesem Namen in seinen Elegien besang.

Demophoon: Sohn des ↗ Theseus. Er wurde auf der Heimfahrt von Troja zur thrakischen Königin ↗ Phyllis verschlagen und versprach ihr, nach dem Besuch seiner Heimat zu ihr zurückzukehren, erfüllte sein Versprechen aber zu spät.

Diana: Römische Göttin der Jagd, Zwillingsschwester des ↗ Phoebus Apollo, eine jungfräuliche Göttin. Sie erlegte das Wild mit Pfeilen, die nie das Ziel verfehlten.

Dido: Königin von Karthago. Sie nahm ↗ Aeneas auf seiner Irrfahrt nach dem Trojanischen Krieg bei sich auf und verliebte sich in ihn. Als der Held auf göttlichen Befehl weiter nach Latium segelte, beging Dido mit Aeneas' Schwert Selbstmord.

Diomedes: Griechischer Held vor Troja, Sohn des Tydeus. Er verwundete im Kampf die Göttin ↗ Venus, die auf seiten der Trojaner kämpfte.

Dione: Eine Meeresgöttin, nach einer Sagenversion durch ↗ Jupiter Mutter der ↗ Venus, auch Name der Venus selbst.

Dolon: Ein trojanischer Späher, der von ↗ Ulixes entdeckt und getötet wurde.

Egeria: Eine Quellnymphe, Gattin des sagenhaften zweiten römischen Königs Numa.

Elissa: Ein Name der karthagischen Königin ↗ Dido.

Enceladus: Ein Sohn der Erdgöttin ↗ Tellus, der die Titanen in ihrem Kampf gegen die olympischen Götter unterstützte und von ↗ Jupiter unter dem Ätna begraben wurde.

Endymion: Schöner Jäger oder Hirte, Geliebter der Mondgöttin Luna. Sie versenkte ihn in Schlaf, um ihn küssen zu können.

Enipeus: Gott des gleichnamigen Flusses in Thessalien.

Ennius: Quintus Ennius (239–169 v. u. Z.), bedeutendster römischer Dichter der archaischen Zeit, erster Epiker lateinischer Sprache. Er stammte als Sohn freier, aber armer Eltern aus Rudiae in Kalabrien, kam 204 v. u. Z. mit Cato dem Älteren nach Rom und fand Zutritt zum Kreis um die ↗ Scipionen. Von seinem in Hexametern geschriebenen Hauptwerk, den „Annalen", einer Darstellung der Geschichte Roms von Aeneas' Flucht aus Troja bis auf seine Zeit, sind etwa 600 Verse erhalten, auch von anderen Werken besitzen wir Fragmente.

Erato: Die Muse der Liebesdichtung.

Erycina: Beiname der ↗ Venus.

Euadne: Gattin des ↗ Kapaneus. Sie folgte ihm freiwillig in den Tod.

Euanthe: Tochter des Flußgottes ↗ Asopos.

Europa: Phönikische Königstochter, Geliebte des ↗ Jupiter. Der Gott verwandelte sich in einen Stier und entführte die Jungfrau auf seinem Rücken über das Meer bis nach Kreta. Nach ihr wurde der gleichnamige Erdteil benannt.

Eurytion: Ein Zentaur. Er löste den Kampf der Lapithen mit den Zentauren aus, als er im Rausch versuchte, die Braut des Pirithous zu rauben.

Fauna: Die Bona Dea, die „Gute Göttin". Ihr Tempel durfte nur von Frauen betreten werden.

Fortuna: Römische Glücksgöttin. Ihr Tag war der 24. Juni, an dem man ein auf König Servius Tullius zurückgeführtes Fest beging.

Da dieser König Sohn einer Sklavin gewesen war, wurde es besonders von Sklaven und Plebejern gefeiert.

Galatea: Eine der ↗ Nereïden.

Gallus: Cornelius Gallus (69–26 v. u. Z.), römischer Elegiendichter. Er war Präfekt in Ägypten, fiel aber bei Kaiser Augustus in Ungnade und beging Selbstmord. Von seinem Werk ist nur ein einziger Vers erhalten.

Gorge: Tochter der schönen Königin ↗ Althaea.

Gorgo: Die Gorgone ↗ Medusa.

Gradivus: Beiname des ↗ Mars.

Graecinus: Gaius Pomponius Graecinus, ein Freund Ovids.

Gyas: Ein hundertarmiges Ungeheuer, Sohn der ↗ Tellus. Es kämpfte gegen die olympischen Götter.

Halaesus: Ein Verwandter des ↗ Agamemnon.

Harmonia: Tochter der ↗ Venus und des ↗ Mars.

Hekale: Eine alte ärmliche Frau, die einmal dem ↗ Theseus in ihrer Hütte Obdach gewährte.

Hektor: Ältester Sohn des ↗ Priamus, der stärkste Held und Anführer der Trojaner, Gatte der ↗ Andromache. Er wurde von ↗ Achilles getötet und dreimal um die Mauern Trojas geschleift. Sein Vater erreichte durch einen Bittgang, daß seine Leiche zur Bestattung ausgeliefert wurde.

Helena: Tochter der Leda und des Spartanerkönigs Tyndar(e)us oder des ↗ Jupiter, Schwester des ↗ Kastor und der Klytaemnestra, Gattin des Spartanerkönigs ↗ Meneläus, die schönste Frau der Welt. Sie wurde von dem trojanischen Königssohn ↗ Paris entführt, wodurch es zum Trojanischen Krieg kam.

Helle: Tochter des Königs Athamas und seiner ersten Gattin Nephele („Wolke"). Sie und ihr Bruder Phrixus flohen vor der Stiefmutter ↗ Ino, indem sie mit Hilfe ihrer Mutter auf dem Widder mit dem Goldenen Vlies durch die Lüfte davonflogen. Helle stürzte dabei in den nach ihr benannten Hellespont.

Herkules: Sohn des ↗ Jupiter und der Alkmene, Heros, in dem sich Mut, Kraft und Tapferkeit verkörperten, Gatte der ↗ Deïanira. Schon den Säugling verfolgte die eifersüchtige ↗ Juno und schickte zwei Schlangen, die den Helden in der Wiege töten sollten; Herkules erdrückte sie jedoch. Auf Betreiben der Göttin mußte er später zwölf schwierige Arbeiten ausführen, darunter die Erlegung wilder Untiere. Der Held trug für kurze Zeit anstelle des Atlas das Himmelsgewölbe auf seinen Schultern. Er mußte wegen einer Blutschuld drei Jahre lang bei der lydischen Königin Omphale als Sklave Frauenarbeit verrichten. An seinem Lebensende wurde er als Gott auf den Olymp entrückt.

Hermione: Tochter des ↗ Meneläus und der ↗ Helena, Gattin des ↗ Orestes, dem sie durch ihren Großvater Tyndareus verlobt worden war. Vor Troja versprach ihr Vater sie aber dem Pyrrhus zur Frau, so daß sie zunächst bis zu dessen Tod bei ihm leben mußte.

Hero: Geliebte des Jünglings Leander. Um zu Hero zu gelangen, durchschwamm Leander allnächtlich den Hellespont, wobei ihm eine Lampe den Weg wies. In einer stürmischen Nacht erlosch das Licht, und der Jüngling ertrank. Hero nahm sich das Leben.

Hilaera: Tochter des messenischen Königs Leukippos, die mit ihrer Schwester ↗ Phoebe (2) von den Brüdern ↗ Kastor und Pollux geraubt wurde.

Hippodamia: Tochter des Königs von Pisa in Elis, Oenomaus. ↗ Pelops warb um sie und besiegte ihren Vater im Wagenrennen.

Hippolytus: Sohn des ↗ Theseus. Als leidenschaftlicher Jäger verehrte er die jungfräuliche Göttin ↗ Diana und bewahrte seine Keuschheit auch gegen die Liebe seiner Stiefmutter ↗ Phaedra. Sie beschuldigte ihn aus Rache bei seinem Vater unerlaubter Nachstellungen, worauf dieser ihn verfluchte und bewirkte, daß ↗ Neptun einen Stier aus dem Meer aufsteigen ließ, vor dem das Gespann des Hippolytus scheute. Beim Sturz fand der Jüngling den Tod.

Homer(us): Homeros (8. Jh. v. u. Z.), der legendenumwobene Dichter der „Ilias“ und der „Odyssee“.

Hylaeus: Ein Zentaur, Nebenbuhler des ↗ Milanion.

Hylas: Ein schöner Jüngling, Waffenträger des ↗ Herkules. Er wurde von Quellnymphen ins Wasser gezogen.

Hymenaeus: Gott der Eheschließung, der bei der Hochzeit angerufen wurde.

Hypsipyle: Tochter des lemnischen Königs Thoas, Gattin des ↗ Iason, die wegen Medea von ihm verlassen wurde.

Iasion: Ein Jäger, Geliebter der ↗ Ceres.

Iason: Sohn des vertriebenen iolkischen Königs Aeson. Er wurde von seinem Oheim Pelias beauftragt, das Goldene Vlies aus der Kolchis zu holen. Zur Fahrt bediente er sich der „Argo“, des ersten Schiffes überhaupt. Es gelang ihm, mit Hilfe der zauberkundigen kolchischen Königstochter Medea die Aufgabe zu lösen. Später verließ er die mit ihm geflohene Medea, worauf sie die beiden Söhne tötete, die sie von ihm hatte. Vor seiner Verbindung mit Medea war er mit der lemnischen Königstochter ↗ Hypsipyle vermählt.

Icarus: Sohn des ↗ Daedalus.

Idaea: Die zweite Gattin des ↗ Phineus.

Idalia: Beiname der ↗ Venus nach ihrer Kultstätte in Idalion auf Zypern.

Ilia: Nachkommin des ↗ Aeneas und somit auch des trojanischen Königs Laomedon, durch ↗ Mars Mutter der Zwillinge Romulus und Remus, die die Stadt Rom gründeten. Sie war von ihrem Oheim Amulius, der ihren Vater Numitor vom Thron gestoßen hatte, zur Vestalin gemacht worden und daher eigentlich zur Keuschheit verpflichtet. Als sie sich in ihrer Verzweiflung das Leben nehmen wollte, rettete sie der Flußgott ↗ Anio und machte sie zu seiner Gattin.

Ilithyia: Göttin der Geburt.

Inachus: Gott des gleichnamigen Flusses in der griechischen Landschaft Argolis.

Ino: Stiefmutter von ↗ Helle und Phrixus. Sie wollte ihre Stiefkinder beseitigen, indem sie bei einer Dürre anriet, die Geschwister den Göttern zu opfern. Diese wurden aber von ihrer Mutter Nephele („Wolke") gerettet.

Io: Geliebte des ↗ Jupiter. Um sie vor seiner Gattin Juno zu verbergen, verwandelte der Gott sie in eine Kuh. Juno verlangte diese als Geschenk und ließ sie von dem hundertäugigen Riesen Argus bewachen, der aber von dem Götterboten Mercurius im Auftrage Jupiters getötet wurde. Io wurde zur Göttin ↗ Isis.

Iole: Tochter des mythischen Königs Eurytus von Oechalia, die nach der Zerstörung ihrer Heimatstadt dem ↗ Herkules zufiel.

Irus: Ein Bettler, Gestalt aus der „Odyssee" Homers.

Isis: Ägyptische Göttin, deren Kult auch in Rom Verbreitung gefunden hatte. Sie wurde besonders von Frauen verehrt. An den Festen der Göttin war Enthaltsamkeit geboten; dennoch hatten die Isistempel keinen guten Ruf, weil ihre Priester als Kuppler galten.

Itys: Sohn des ↗ Tereus und der Prokne. Er wurde von seiner Mutter und deren Schwester ↗ Philomela getötet und dem Vater zum Mahl vorgesetzt.

Iulus: Sohn des ↗ Aeneas von seiner trojanischen Gattin Krëusa, die auf der Flucht umkam. Über ihn führten die Julier, zu denen ↗ Caesar und Augustus gehörten, ihr Geschlecht auf die Göttin ↗ Venus zurück.

Janus: Römischer Gott des Aus- und Eingangs, des Anfangs und des Endes. Er wurde mit einem Doppelgesicht dargestellt. In der Nähe seines Tempels in Rom befanden sich die Banken.

Juno: Die höchste römische Göttin, Gattin des ↗ Jupiter. Als Göttin der Frauen beschützte sie insbesondere die Ehe.

Jupiter: Der höchste römische Gott, der als „der Beste und Größte" im Staatskult verehrt wurde, Gatte der ↗ Juno. Als Herr des Himmels und des Lichts schleuderte er Blitz und Donner. Seine Liebesabenteuer waren allbekannt: in Gestalt eines Schwanes näherte er sich Leda; als Stier entführte er Europa; als Adler bemächtigte er sich des trojanischen Königssohnes Ganymedes, als Goldregen gelangte er zu Danaë.

Kalchas: Seher der Griechen vor Troja.

Kallimachos: Hellenistischer Dichter und Gelehrter (vor 300–um 240 v. u. Z.). Er wirkte um 260 v. u. Z. in Alexandria und schrieb u. a. Epigramme, Götterhymnen, Kleinepen und die „Aitia" („Ursachen"), die im elegischen Versmaß Ursprungssagen von Benennungen, Gebräuchen und Festen boten. Sein Werk ist zum großen Teil verloren.

Kallirhoë: Tochter des Flußgottes ↗ Achelōus, die zweite Gattin des ↗ Alcmaeon.

Kalypso: Eine Nymphe, die den schiffbrüchigen ↗ Ulixes bei sich aufnahm und lange Zeit festhielt.

Kamene: Muse; die römischen Kamenen wurden den neun Musen gleichgesetzt.

Kapaneus: Held, der am Zug der Sieben gegen Theben teilnahm. Er wurde von ↗ Jupiter wegen seines Frevelmuts bei der Eroberung der Stadt mit dem Blitz erschlagen.

Kassandra: Tochter des ↗ Priamus, Priesterin des ↗ Phoebus Apollo. Sie besaß die Gabe der Weissagung, doch war sie mit dem Fluch geschlagen, daß ihr keiner glaubte. Bei der Eroberung Trojas flüchtete sie vergeblich an den Altar der ↗ Minerva. Sie wurde Sklavin des ↗ Agamemnon und kam zusammen mit ihm ums Leben.

Kastor: Zwillingsbruder des Pollux; beide sind Söhne der ↗ Leda, jedoch stammt Kastor von dem sterblichen Vater Tyndareus, Pollux von ↗ Jupiter, demnach ist Kastor ein Bruder der ↗ Helena. Aus Liebe zu seinem Bruder verzichtete Pollux auf einen Teil seiner Unsterblichkeit, und die Brüder wurden als Sternbild der Zwillinge an den Himmel versetzt. Kastor galt als guter Reiter.

Kekrops: Mythischer König von Athen, Ahnherr von Prokne und ↗ Philomela.

Kepheus: Mythischer König von Äthiopien, Vater der ↗ Andromeda.

Klio: Die Muse der Geschichtsschreibung.

Krëusa: 1. Eine Najade, die von dem Flußgott ↗ Penēus entführt wurde. – 2. Korinthische Königstochter, der zuliebe sich ↗ Iason von Medea trennte. Die Verlassene schickte ihr ein vergiftetes Brautkleid, in dem sie verbrannte.

Kytherea: Beiname der ↗ Venus nach der südlich des Peloponnes gelegenen Insel Kythera, einem Hauptsitz des Venuskults.

Laïs: Schöne Hetäre aus Korinth, die zur Zeit des Peloponnesischen Krieges (431–404 v. u. Z.) lebte.

Laodamia: Gattin des Protesiläus, der als erster Grieche vor Troja fiel. Sie erreichte seine Rückkehr aus der Unterwelt für kurze Zeit und folgte ihm danach ins Totenreich.

Laomedon: Mythischer König von Troja, Vater des ↗ Priamus.

Laren: Bei den Römern die Götter des Hauses, Synonym für Heimat.

Latinus: Mythischer König von Latium. Er gab seine Tochter Lavinia dem Trojaner ↗ Aeneas zur Frau, was zum Krieg mit ihrem vormaligen Verlobten Turnus führte.

Leander: Ein Jüngling, der allnächtlich den Hellespont durchschwamm, um seine Geliebte ↗ Hero zu besuchen.

Leda: Geliebte des ↗ Jupiter, Gattin des Königs Tyndareus von Sparta, Mutter der Dioskuren ↗ Kastor und Pollux sowie der ↗ Helena. Um sie zu verführen, nahm der Gott die Gestalt eines Schwanes an.

Liber: Italischer Fruchtbarkeitsgott, der mit ↗ Bacchus gleichgesetzt wurde.

Linos: Ein Sohn des ↗ Phoebus Apollo. Er unterrichtete ↗ Herkules im Kitharaspiel und wurde von diesem im Zorn erschlagen. Andere Versionen seines Todes sind, daß er ausgesetzt und von Hunden zerrissen wurde oder nach einem Wettstreit mit seinem Vater von dem Sieger getötet wurde. Nach ihm soll der Klagesang „Ailinos" genannt sein.

Lucifer: „Der Lichtbringer", der Morgenstern. Er schirrte ↗ Sols Gespann an.

Lucina: Römische Geburtsgöttin. Sie galt als eine Erscheinung der ↗ Diana.

Lucretius: Titus Lucretius Carus (um 96–55 v. u. Z.), römischer Dichter. Sein großes Lehrgedicht „Über die Natur der Dinge" basiert auf der Philosophie Epikurs.

Luna: Römische Mondgöttin.

Lyaeus: „Der Sorgenlöser", Beiname des ↗ Bacchus.

Lycoris: Die Geliebte des ↗ Gallus.

Macer: Ein Freund Ovids. Er schrieb offenbar ein Epos, das die Ereignisse vom Schwur der griechischen Fürsten, ↗ Helena aus Troja heimzuholen, bis zum Zorn des ↗ Achilles über den Raub der ↗ Briseïs, also dem Beginn der Homerischen „Ilias", behandelte.

Machaon: Sohn des Aesculap, ein berühmter Arzt.

Makareus: Sohn des Windbeherrschers Aeolus. Er verliebte sich in seine Schwester Kanake, die ein Kind von ihm gebar und deshalb von ihrem Vater gezwungen wurde, sich zu töten.

Manen: Die Totengeister in der Unterwelt.

Mars: Römischer Kriegsgott, Geliebter der ↗ Venus.

Mavors: Altertümlicher Name für ↗ Mars.

Medea: Zauberkundige kolchische Königstochter, die ↗ Iason zum Goldenen Vlies verhalf. Sie folgte dem Helden nach Griechenland. Als er sie verließ, tötete sie die beiden Söhne, die sie von ihm hatte.

Medusa: Die sterbliche unter den drei Gorgonen, Ungeheuern, deren Anblick versteinerte. Sie hatten fratzenhafte Züge und trugen statt der Haare Schlangen auf dem Haupt. Medusa wurde von ↗ Perseus getötet.

Memnon: Sohn der ↗ Aurora und des Trojaners ↗ Tithonos. Er hatte eine dunkle Hautfarbe. Im Trojanischen Krieg wurde er von ↗ Achilles getötet. Zu seinem Gedenken erschienen jedes Jahr die Memnonsvögel an seinem Grabe und kämpften miteinander.

Menander: Menandros (342–291 v. u. Z.), bedeutendster Dichter der sogenannten Neuen attischen Komödie. Er schrieb über 100 Komödien, von denen jedoch neben Einzelfragmenten nur eine vollständig, weitere zwei in Teilen erhalten sind.

Meneläus: König von Sparta, Sohn des ↗ Atreus, Bruder des ↗ Agamemnon, Gatte der schönen ↗ Helena, die ihm von ↗ Paris geraubt wurde, als er sich auf eine Reise nach Kreta begeben hatte.

Milanion: Freier der ↗ Atalanta. Er besiegte sie im Wettlauf, indem er ihr während des Laufs drei goldene Äpfel in den Weg rollte; sie hob sie auf und verlor dadurch Zeit.

Minerva: Römische, ursprünglich etruskische Göttin, die mit ↗ Pallas Athene gleichgesetzt wurde.

Minos: Mythischer König von Kreta, Gatte der ↗ Pasiphaë. Er war nach seinem Tode einer der drei gerechten Richter in der Unterwelt.

Mulciber: Beiname des ↗ Vulcanus; er bedeutet etwa „Erweicher des Eisens".

Myron: Berühmter griechischer Bildhauer (Mitte des 5. Jh. v. u. Z.). Er schuf u. a. den Diskuswerfer.

Myrrha: Tochter des Cinyras. Sie liebte ihren Vater, von dem sie unerkannt den ↗ Adonis empfing; sie wurde in die Myrrhe verwandelt.

Najaden: Nymphen, die in Gewässern wohnten.

Naso: Der vollständige Name Ovids lautet Publius Ovidius Naso.

Nemesis: Die letzte Geliebte des ↗ Tibull, die er unter diesem Pseudonym besang.

Neptun: Römischer Gott des Meeres und der Ströme.

Nereïden: Meeresnymphen, die fünfzig Töchter des Meeresgottes Nereus.

Nereus: Greiser Meeresgott, Vater der fünfzig Nereïden. Er besaß die Gabe der Weissagung.

Nestor: Der älteste der griechischen Heerführer vor Troja.

Niobe: Königin von Theben, die sich über die Göttin Latona erhob, weil sie selbst vierzehn Kinder, die Göttin nur zwei habe. Daraufhin töteten deren Kinder ↗ Phoebus Apollo und ↗ Diana alle Kinder Niobes. Sie selbst wurde vor Schmerz zu Stein.

Nireus: Der nach ↗ Achilles schönste griechische Krieger vor Troja.

Nisus: Mythischer König von Megara, Vater der ↗ Scylla.

Numa: Numa Pompilius, der sagenhafte zweite römische König; ihm werden zahlreiche Maßnahmen zur Ordnung des römischen Staatswesens zugeschrieben.

Oebalus: König von Sparta, Großvater der ↗ Helena.

Oenone: Eine Nymphe, Gattin des ↗ Paris, als dieser noch als Hirt auf dem Berge Ida lebte. Sie wurde von ihm der ↗ Helena wegen verlassen.

Orest(es): Sohn des ↗ Agamemnon. Er tötete seine Mutter Klytaemnestra, um sie für den Mord an seinem Vater zu bestrafen. Daraufhin verfolgten ihn die Furien, die Göttinnen der Nacht.

Orion: Ein wilder Jäger aus Böotien, der die Plejaden verfolgte. Er wurde als Sternbild an den Himmel versetzt.

Orithyia: Athenische Königstochter, die der Sturmgott ↗ Boreas gewaltsam entführte und zu seiner Gattin machte.

Orpheus: Ein mythischer Sänger aus Thrakien, Sohn des ↗ Phoebus Apollo und der Muse Kalliope. Sein Gesang bewegte selbst Tiere und Steine. Er durfte seine früh verstorbene Gattin Eurydike aus der Unterwelt heimholen, verlor sie aber unterwegs wieder, weil er sich entgegen dem Gebot nach ihr umschaute.

Osiris: Der ägyptische Sonnengott, Gatte der ↗ Isis.

Palinurus: Der Steuermann des ↗ Aeneas. Er fiel unvermutet über Bord und ertrank.

Pallas (Athene): Griechische Göttin der Wissenschaften und Künste, u. a. Erfinderin der Flöte, Schutzherrin des Handwerks, aber auch Kriegsgöttin, von den Römern mit ↗ Minerva identifiziert. Sie entsprang als Jungfrau in voller Rüstung dem Haupt des ↗ Zeus.

Paris: Sohn des ↗ Priamus. Er entschied als Hirt am Berge Ida den Streit der Göttinnen Juno, Minerva und Venus, wer von ihnen die

Schönste sei. zugunsten der Liebesgöttin, weil sie ihm die schönste Frau der Welt, ↗ Helena, zur Belohnung versprochen hatte. Diese raubte er aus Sparta und löste damit den Trojanischen Krieg aus. Zuvor war er mit der Nymphe ↗ Oenone vermählt.

Parze: Eine der drei Schicksalsgöttinnen. Sie spannen die Lebensfäden der Menschen und bestimmten durch dessen Länge die Lebensdauer des einzelnen.

Pasiphaë: Gattin des ↗ Minos. Sie wurde von ↗ Venus mit unnatürlicher Liebe zu einem Stier geschlagen, mit dem sie den menschenfressenden Minotaurus zeugte, ein Wesen, das halb Mensch, halb Stier war. Um die Begattung zu ermöglichen, verbarg sie sich in einer hölzernen Kuh.

Patroklos: Treuer Freund des ↗ Achilles.

Pelops: Sohn des ↗ Tantalus. Er warb um ↗ Hippodamia und gewann sie zur Frau, weil er ihren Vater Oenomaus, den König von Pisa in Elis, im Wagenrennen besiegte. Das gelang ihm, weil er dessen Wagenlenker bestach, einen Nagel am Wagen des Königs durch einen Stift aus Wachs zu ersetzen. Unterliegende Freier wurden sonst von dem König mit dem Speer getötet.

Penaten: Die Götter des Hauses, auch Synonym für Heimat.

Penelope: Gattin des ↗ Ulixes. Sie blieb dem Helden während seiner zwanzigjährigen Abwesenheit treu, obwohl sie von vielen Freiern umworben wurde. Um diese hinzuhalten, gab sie vor, erst noch ein Tuch fertig weben zu wollen; dabei trennte sie nachts das am Tag Gewebte heimlich auf. Als diese List verraten worden war, willigte sie ein, den zu heiraten, der den Bogen ihres Mannes spannen könne. Dies gelang nur Ulixes selber, der unerkannt als Bettler heimgekehrt war und nun Rache an den Freiern nahm.

Penëus: Gott des gleichnamigen Flusses in der Landschaft Thessalien im Nordosten Griechenlands.

Penthesilea: Königin der Amazonen, die vor Troja mit den Griechen kämpfte und von ↗ Achilles getötet wurde.

Perillus: Ein Schmied, der dem Tyrannen ↗ Phalaris einen ehernen Stier anbot, in dem Verurteilte bei lebendigem Leibe geröstet werden konnten. Er selbst wurde das erste Opfer.

Perse: Eine Nymphe, Mutter der Zauberin ↗ Circe.

Perseus: Sohn der ↗ Danaë und des Jupiter. Er bekam den Auftrag, das Haupt der ↗ Medusa zu holen, was ihm mit Hilfe von Flügelschuhen und eines Spiegels gelang, durch den er den direkten, zu Stein machenden Anblick des Schlangenhauptes vermied. Danach rettete er ↗ Andromeda vor einem Seeungeheuer und nahm sie zur Frau.

Phaedra: Gattin des ↗ Theseus. Sie verliebte sich in ihren Stiefsohn ↗ Hippolytus, wurde aber von ihm abgewiesen. Daraufhin bezichtigte sie ihn, er habe ihr nachgestellt, und beging Selbstmord.

Phalaris: Tyrann von Agrigent in Sizilien (6. Jh. v. u. Z.), der durch seine Grausamkeit berüchtigt war.

Phegeus: Mythischer König von Psophis in Griechenland, Vater der Arsinoë, der Gattin des ↗ Alcmaeon.

Phemios: Berühmter Sänger der griechischen Sage.

Phillyra: Mutter des ↗ Chiron.

Philomela: Athenische Königstochter. Sie wurde von ihrem Schwager ↗ Tereus entehrt und der Zunge beraubt; trotzdem verriet sie ihrer Schwester Prokne die Untat durch eine Stickerei. Die beiden töteten Proknes Sohn Itys und setzten ihn dem Vater zum Mahle vor. Der verfolgte die Schwestern, wobei Philomela in eine Nachtigall verwandelt wurde, Prokne in eine Schwalbe.

Phineus: Thrakischer König. Er ließ seine Söhne auf Beschuldigungen ihrer Stiefmutter hin blenden und wurde deshalb selbst von den Göttern des Augenlichts beraubt. Außerdem suchten ihn die Harpyien heim, Vögel, die ihm seine Mahlzeiten wegfraßen oder so besudelten, daß sie ungenießbar waren.

Phoebe: „Die Glänzende". 1. Beiname der ↗ Diana. – 2. Tochter des messenischen Königs Leukippos. Sie wurde zusammen mit ihrer Schwester Hilaera von den Brüdern ↗ Kastor und Pollux geraubt.

Phoebus (Apollo): Römischer Lichtgott, Zwillingsbruder der ↗ Diana, Schutzherr der neun Musen und der Dichtkunst sowie Gott der Sänger, Gott der Heilkunst. Er spielte die Leier und war mit Bogen und Pfeilen bewaffnet. Als Herr des Orakels von Delphi war er auch mit Weissagungen befaßt.

Phoenix: Sohn des Amyntor. Er wurde von seinem Vater verdächtigt, dessen Geliebte verführt zu haben, und zur Strafe geblendet.

Phrixus: Bruder der ↗ Helle, der auf dem Widder mit dem Goldenen Vlies bis in die Kolchis gelangte.

Phyllis: Thrakische Königstochter. Sie verzweifelte, als ihr Geliebter ↗ Demophoon nicht, wie versprochen, zu ihr zurückkehrte, und erhängte sich. Zuvor war sie neunmal vergeblich den Weg zur Küste gegangen, wo sie das Schiff des Geliebten erwartete.

Pieriden: Die neun Musen, als deren Heimat die makedonische Landschaft Pierien galt.

Pirithous: Mythischer König von Larisa in Thessalien, treuer Freund des ↗ Theseus.

Podalirius: Arzt der Griechen vor Troja.

Poeas: Vater des Philoktet, den die Griechen auf der Fahrt nach Troja auf der Insel Lemnos aussetzten, weil sie den Gestank seiner von einem Schlangenbiß herrührenden Wunde und seine Schmerzensschreie nicht ertragen konnten. Da Troja aber ohne die Pfeile des Philoktet nicht erobert werden konnte, holten sie ihn nach, und der Arzt Machaon heilte ihn.

Pollux: Zwillingsbruder des ↗ Kastor; er galt als guter Faustkämpfer.

Pompeius: Gnaeus Pompeius Magnus (106–48 v. u. Z.), römischer Feldherr und Politiker.

Priamus: König von Troja, Vater u. a. von ↗ Kassandra, ↗ Hektor und ↗ Paris.

Priap: Garten- und Fruchtbarkeitsgott. Er wurde mit einem riesigen Phallus dargestellt.

Prokris: Gattin des ↗ Cephalus. Sie wurde von ihm ungewollt getötet, als sie ihn mißtrauisch belauschte. Zuvor war sie ihm selber mit ↗ Minos untreu geworden.

Prometheus: Sohn des Titanen Iapetos. Er hatte den Menschen u. a. das Feuer gebracht und war deshalb von Zeus zur Strafe an den Kaukasus geschmiedet, wo ihm ein Adler die täglich nachwachsende Leber abfraß.

Propertius: Sextus Propertius (um 49–um 15 v. u. Z.), römischer Elegiendichter.

Proteus: Ein Meeresgott, der sich in beliebige Gestalten verwandeln konnte.

Pylades: Treuer Freund des ↗ Orestes. Auch während der Verfolgung durch die Furien verließ er den Freund nicht und begleitete ihn nach Tauris; dort waren die Freunde bereit, einer für den anderen auf dem Opferaltar zu sterben.

Quirinus: Name des vergöttlichten ↗ Romulus.

Remus: Zwillingsbruder des ↗ Romulus, Sohn der ↗ Ilia und des ↗ Mars. Sein Bruder erschlug ihn im Zorn, weil er über die im Bau befindliche Mauer der Stadt Rom gesprungen war.

Rhesus: König der Thraker, der den Trojanern im letzten Kriegsjahr zu Hilfe kam. Er wurde von ↗ Ulixes und ↗ Diomedes im Schlafe getötet, und seine berühmten Rosse gerieten in die Hände der Griechen.

Romulus: Legendärer Begründer der Stadt Rom, Sohn der ↗ Ilia und des ↗ Mars; um den Fortbestand Roms zu sichern, ließ er Spiele veranstalten, bei denen die Römer die Töchter der eingeladenen Sabiner raubten.

Sabinus: Ein Freund Ovids. Er verfaßte zu einigen der Ovidschen „Briefe berühmter Frauen" Antwortbriefe der Partner.

Salmoneus: König von Elis; seine Tochter hieß Tyro.

Sappho: Bedeutendste griechische Dichterin (um 600 v. u. Z.). Sie lebte auf der Insel Lesbos. Die Dichterin soll sich wegen einer unglücklichen Liebe zu dem Jüngling Phaon vom Leukadischen Felsen gestürzt haben. Ihr Werk ist nur fragmentarisch erhalten.

Saturn: Altitalischer Gott, Vater des ↗ Jupiter und der ↗ Juno. Unter seiner Herrschaft lebten die Menschen glücklich und bedürfnislos im Goldenen Zeitalter.

Schoeneus: Böotischer Königssohn, Vater der ↗ Atalanta.

Scipio: Name einer berühmten römischen Adelsfamilie, aus der bedeutende Feldherren und Staatsmänner hervorgingen, u. a. Publius Cornelius Scipio Africanus Maior (um 235–183 v. u. Z.) und Publius Cornelius Scipio Aemilianus Africanus Minor (185–129 v. u. Z.). Die Scipionen waren Förderer des griechischen Kultureinflusses und scharten Dichter und Wissenschaftler um sich.

Scylla: Eine Nymphe. Sie wurde von ↗ Circe aus Eifersucht in ein Meeresungeheuer verwandelt, aus dessen Leib sechs Hunde hervorwuchsen, die von vorüberfahrenden Schiffen Menschen raubten, Personifikation einer gefährlichen Klippe in der Meerenge von Sizilien. Ovid vermischt diese Gestalt mit der gleichnamigen Tochter des Königs Nisus von Megara. Dem feindlichen Feldherrn ↗ Minos zuliebe riß sie ihrem Vater im Schlafe ein purpurnes Haupthaar aus, in dem seine Stärke beschlossen lag, und gab damit ihre Heimatstadt dem Untergang preis. Scylla wurde in einen Vogel, Nisus in einen Seeadler verwandelt.

Semele: Geliebte des ↗ Jupiter. Von ↗ Juno betört, bat sie den Gott, vor ihr in seiner göttlichen Herrlichkeit zu erscheinen. Der Anblick tötete sie. Ihren ungeborenen Sohn ↗ Bacchus rettete der Gott, indem er ihn in seinem Schenkel austrug.

Semiramis: Mythische assyrische Königin.

Side: Geliebte des ↗ Orion.

Silen: Greiser Erzieher und Begleiter des ↗ Bacchus.

Sirenen: Töchter des Flußgottes ↗ Achelöus, die in Vögel verwandelt wurden, dabei aber ihr Menschenantlitz und ihre Stimme behielten. Sie betörten mit ihrem Gesang vorüberfahrende Schiffer, die an den Klippen ihrer Insel scheiterten und umkamen. Einzig ↗ Ulixes hörte sie und entkam ihnen trotzdem durch eine List.

Sisiphus: Gründer oder König von Korinth, nach einer Sagenversion Vater des ↗ Ulixes.

Sol: Der römische Sonnengott. Er fuhr mit einem vierspännigen Wagen über das Firmament.

Sophokles: Griechischer Tragödiendichter (um 496–406 v. u. Z.). Sieben seiner Tragödien sind vollständig erhalten.

Styx: „Der Verhaßte", Fluß in der Unterwelt, bei dem die Götter ihre Eide beschworen.

Talaos: Vater der Eriphyle, der Gattin des ↗ Amphiaraos.

Tantalus: Sohn des ↗ Jupiter. Er verriet Geheimnisse seines Vaters und wurde daher bestraft, in der Unterwelt unter einem früchtetragenden Apfelbaum in Wasser stehen zu mussen, aber weder Durst noch Hunger stillen zu können, weil das Begehrte bei jeder Annäherung zurückweicht.

Tatius: Mythischer König der Sabiner, der nach Gründung der Stadt Rom (753 v. u. Z.) Mitregent des ↗ Romulus und nach dessen Tod römischer König war.

Tekmessa: Nebengattin des ↗ Ajax, eine Gefangene aus vornehmem Geschlecht.

Telamon: Vater des ↗ Ajax.

Tellus: Die Erdgöttin. Sie unterstützte die Titanen und Giganten, ihre Kinder, in ihrem schließlich vergeblichen Kampf gegen die olympischen Götter.

Tereus: Mythischer Thrakerkönig. Er entehrte seine Schwägerin ↗ Philomela; daraufhin tötete seine Gattin Prokne den gemeinsamen Sohn Itys. Bei der Verfolgung der Schwestern wurde Tereus in einen Wiedehopf verwandelt.

Thaïs: Berühmte griechische Hetäre, Geliebte Alexander des Großen.

Thalia: Die Muse des heiteren Lustspiels.

Thamyras: Ein thrakischer Sänger. Er vermaß sich zu einem Wettstreit mit den Musen im Gesang und Kitharaspiel. Er unterlag und wurde zur Strafe geblendet und seiner Kunst beraubt.

Thersites: Der häßlichste griechische Kämpfer vor Troja. Er begehrte gegen die Feldherren auf und wurde von ↗ Ulixes gezüchtigt.

Theseus: Mythischer König von Athen, Sohn des Aegeus oder des ↗ Neptun. Er nahm die kretische Königstochter ↗ Ariadne, die ihm im Kampf gegen den Minotaurus beigestanden hatte, auf der Heimfahrt mit sich, ließ sie aber auf der Insel Naxos treulos zurück. Später war er mit ↗ Phaedra verheiratet.

Thrasius: Ein Wahrsager aus Zypern.

Thyestes: Bruder des ↗ Atreus, der dessen Gattin Aërope verführte. Sein Sohn Aegisth wurde der Geliebte der Klytaemnestra und tötete mit ihr ↗ Agamemnon.

Tiberinus: Der Gott des Flusses Tiber.

Tibull(us): Albius Tibullus (um 50–19 oder 17 v. u. Z.), römischer Elegiendichter.

Tiphys: Der Steuermann der „Argo“, mit der ↗ Iason in die Kolchis fuhr, um das Goldene Vlies zu holen.

Tithonos: Schöner trojanischer Königssohn, Bruder des ↗ Priamus. ↗ Aurora verliebte sich in ihn und nahm ihn zum Gatten. Sie erwirkte für ihn Unsterblichkeit, vergaß aber, auch ewige Jugend zu erbitten, so daß er zum Greis wurde.

Tityos: Ein riesengestaltiger Sohn des ↗ Jupiter. Er suchte sich der Göttin Latona zu nähern und wurde von deren Kindern ↗ Phoebus Apollo und ↗ Diana mit Pfeilen erlegt. In der Unterwelt büßt er seinen Frevel: er liegt auf dem Boden ausgestreckt, und ein Geier frißt ihm die ständig nachwachsende Leber ab.

Triton: Sohn des ↗ Neptun. Er konnte mit den Tönen seines Muschelhorns das Meer aufwühlen oder besänftigen.

Tydeus: Vater des ↗ Diomedes.

Tyndar(e)us: Mythischer König von Sparta, Gatte der ↗ Leda, Vater von Klytaemnestra und auch von ↗ Helena sowie ↗ Kastor und Pollux.

Ulixes, Ulyß: Der klügste und listigste griechische Held vor Troja, Gatte der ↗ Penelope. Nach dem zehnjährigen Krieg irrte er noch weitere zehn Jahre umher, bevor er seine Heimat Ithaka wieder erreichte.

Varro: Publius Terentius Varro aus Atax (81–36 v. u. Z.), römischer Dichter. Er verfaßte ein Epos über den Zug der Argonauten.

Venus: Römische Liebesgöttin, Gattin des ↗ Vulcanus, den sie aber u. a. mit ↗ Mars betrog, Mutter des ↗ Amor und des ↗ Aeneas.

Vergil(ius): Publius Vergilius Maro (70–19 v. u. Z.) aus Andes bei Mantua, bedeutendster römischer Epiker. Er schrieb neben kleinen Gedichten die „Hirtengedichte", ein Lehrgedicht „Über den Landbau" sowie das römische Nationalepos „Aeneis".

Vesta: Göttin des heiligen, ewig brennenden Herdfeuers, das in ihrem Tempel von den Vestalinnen gehütet wurde.

Victoria: Die geflügelte Siegesgöttin der Römer.

Vulcanus: Römischer Gott des Feuers und der Schmiedekunst, Gatte der ↗ Venus. Er fertigte auf Bitten der Thetis für deren Sohn ↗ Achilles herrliche Waffen an.

Xanthos: Gott des gleichnamigen Flusses in der Nähe von Troja, auch Skamander genannt.

Zeus: Der oberste griechische Gott, von den Römern mit ↗ Jupiter identifiziert.

Zoïlus: Zoïlos (4. Jh. v. u. Z.), griechischer Redner und Sophist, Kritiker des Homer, daher „Homergeißel" genannt.

Inhalt